U0480104

文明互鉴

中国与世界

Cultural and Social Dimensions in Edgar Allan Poe's Heterotopian Tales

本书由战略支援部队信息工程大学出版基金资助

Rethinking 19th-Century America by
Imagining Other Spaces

异域想象反思中的19世纪美国

爱伦·坡异托邦小说的文化社会阐释

张运恺 / 著

四川大学出版社
SICHUAN UNIVERSITY PRESS

图书在版编目（CIP）数据

异域想象反思中的 19 世纪美国：爱伦·坡异托邦小说的文化社会阐释 / 张运恺著. -- 成都：四川大学出版社，2024.11

（文明互鉴：中国与世界 / 曹顺庆总主编）
ISBN 978-7-5690-6484-1

Ⅰ.①异… Ⅱ.①张… Ⅲ.①坡（Poe, Edgar Allan 1809-1849）—小说研究 Ⅳ.①I712.074

中国国家版本馆 CIP 数据核字（2024）第 000987 号

书　　名：	异域想象反思中的 19 世纪美国：爱伦·坡异托邦小说的文化社会阐释
	Yiyu Xiangxiang Fansi zhong de 19 Shiji Meiguo: Ailun Po Yituobang Xiaoshuo de Wenhua Shehui Chanshi
著　　者：	张运恺
丛 书 名：	文明互鉴：中国与世界
丛书主编：	曹顺庆
出 版 人：	侯宏虹
总 策 划：	张宏辉
丛书策划：	张宏辉　欧风偲　罗永平
选题策划：	敬铃凌　张　晶
责任编辑：	张　晶
责任校对：	于　俊
装帧设计：	何思影
责任印制：	李金兰
出版发行：	四川大学出版社有限责任公司
	地址：成都市一环路南一段 24 号（610065）
	电话：(028) 85408311（发行部）、85400276（总编室）
	电子邮箱：scupress@vip.163.com
	网址：https://press.scu.edu.cn
印前制作：	四川胜翔数码印务设计有限公司
印刷装订：	四川五洲彩印有限责任公司
成品尺寸：	155mm×235mm
印　　张：	15.75
字　　数：	212 千字
版　　次：	2024 年 11 月　第 1 版
印　　次：	2024 年 11 月　第 1 次印刷
定　　价：	78.00 元

本社图书如有印装质量问题，请联系发行部调换

版权所有 ◆ 侵权必究

扫码获取数字资源

四川大学出版社
微信公众号

文明互鉴
中国与世界

总主编

曹顺庆

学术委员会（以姓名拼音为序）

Galin Tihanov	欧洲科学院院士、伦敦玛丽女王大学教授
Lucia Boldrini	欧洲科学院院士、国际比较文学学会主席、伦敦大学教授
Steven Tötösy de Zepetnek	欧洲科学与艺术院院士、四川大学长江讲席教授
Theo D'haen	欧洲科学院院士、鲁汶大学荣休教授
曹顺庆	四川大学杰出教授、欧洲科学与艺术学院院士、四川大学文学与新闻学院学术院长
陈晓明	北京大学教授
方维规	北京师范大学教授、欧洲科学院院士
王　宁	上海交通大学教授、欧洲科学院院士、拉丁美洲科学院院士
周　宪	南京大学教授
朱立元	复旦大学教授

"文明互鉴：中国与世界"丛书总序

曹顺庆

世界文明的历史脉络中究竟隐藏着怎样的发展规律？作为全世界数千年唯一未曾中断的中华文明，在其中究竟扮演着何种角色？贡献了怎样的智慧？多元文明的未来发展又将以何种态势趋进？这些追问与反思，催生了我们这套"文明互鉴：中国与世界"丛书的问世。

一代有一代之学问，一代亦有一代之学人。当下正值百年未有大变局之际，中国学者更应以"中国立场，世界视野"的气魄，在讲述中国当代学术话语、引领中外学术对话中，彰显中国学术在中国式现代化文明观指导下的新气象，再现中华文明在数千年的灿烂光芒。

一、世界文明观中的"东方主义"

中国古籍早已有"见龙在田，天下文明"（《易·乾·文言》）、"濬哲文明，温恭允塞"（《书·舜典》）等记述，然而长期以来，"文明"概念的定义、阐释、研究，文明史的书写、文明观的塑造，都牢牢把控在西方学者的手中，"文明"概念在世界的流传实际上就是欧洲中心主义。萨义德曾提出著名的"东方主义"（Orientalism），指出在西方任何教授东方、书写东方或者研究东方的人都是具有不可避免的带有文明偏见的"东方学家"（Orientalist），西方学界的"东方主义"并不是真正地、客观地展现东方的文明、东方的美，而是充斥着强烈的殖民主义观念和西方中心主义思想。

我们先看看西方学界的文明偏见：时任英国首相亚瑟·詹姆斯·贝尔福（Arthur James Balfour）认为，"西方民族从诞生之日起就显示出具有自我治理的能力……那些经常被人们宽泛地称作'东方'的民族的整个历史，然而你却根本找不到自我治理的痕迹"，而当时英国驻埃及代表和总领事克罗默伯爵（Evelyn Baring, 1st Earl of Cromer）直接将贝尔福所说的"东方人"贬低为"臣属民族"。① 时任法国首相弗朗索瓦·基佐（François Guizot）认为："在埃及和印度，文明原则的单一性有一个不同的效果：社会陷入一种停滞状态。单一性带来了单调。国家并没有被毁灭，社会继续存在，但一动也不动，仿佛冻僵了。"② "法国是欧洲文明的中心和焦点"③。东方文明"单一性""僵滞论"深入人心。

西方哲学界最具影响力的黑格尔（Friedrich Hegel）对东方文明的诋毁，导致中国哲学、印度哲学等在西方遭遇了长达数百年的否定。黑格尔自负学富五车，但西方中心主义却主导了他的学术判断。他说，"真正的哲学是自西方开始"④，并特别指出在东方"尚找不到哲学知识"⑤，"东方思想必须排除在哲学史以外"⑥，"东方哲学本不属于我们现在所讲的题材和范围之内；我们只是附带先提到它一下。我们所以要提到它，只是为了表明何

---

① 萨义德：《东方学》，王宇根译，北京：生活·读书·新知三联书店，1999年，第40、45页。
② 基佐：《欧洲文明史》，程洪逵等译，北京：商务印书馆，2005年，第3页。
③ 基佐：《欧洲文明史》，程洪逵等译，北京：商务印书馆，2005年，第3页。
④ 黑格尔：《哲学史讲演录》第1卷，贺麟、王太庆译，北京：商务印书馆，1983年，第98页。
⑤ 黑格尔：《哲学史讲演录》第1卷，贺麟、王太庆译，北京：商务印书馆，1983年，第97页。
⑥ 黑格尔：《哲学史讲演录》第1卷，贺麟、王太庆译，北京：商务印书馆，1983年，第98页。

以我们不多讲它"①。孔子是中国的圣人，但在他眼里，"孔子和他的弟子们的谈话（《论语》），里面所讲的是一种常识道德，……在哪一个民族里都找得到，……这是毫无出色之点的东西"②。至于孟子，他认为比孔子还要次要，更不值得多提。"易经"虽然涉及哲学的抽象思想和纯粹范畴方面，但是，他认为"并不深入，只停留在最浅薄的思想里面"③。黑格尔对中华文明中的汉字、圣人、经典、哲学，无一不出诋毁之语，极尽嘲讽之能，西方文明优越感、西方中心主义昭然若揭。

当代法国著名学者德里达（Jacques Derrida）在 2000 年访华时说："中国没有哲学，只有思想。"④ 他后来解释说："哲学本质上不是一般的思想，哲学与一种有限的历史相联，与一种语言、一种古希腊的发明相联：它首先是一种古希腊的发明，其次经历了拉丁语和德语'翻译'的转化等等，它是一种欧洲形态的东西。"⑤ 黑格尔与德里达否认中国哲学的根本原因，在于其根深蒂固的西方文明优越论，认为哲学是自古希腊以来的西方的独家创造。这些看法，显然是严重的偏见。世界文明史告诉我们，哲学并非古希腊才有，印度古代哲学、中国古代哲学、阿拉伯哲学以及其他非西方哲学都是客观存在的，不容个别学者抹杀。对黑格尔的这种看法，钱锺书先生提出过严厉的批评。在《管锥编》第一册第一篇文章《论易之三名》中，钱锺书先生如此写道："黑格尔尝鄙薄吾国语文，以为不宜思辩；又自夸德语

---

① 黑格尔：《哲学史讲演录》第 1 卷，贺麟、王太庆译，北京：商务印书馆，1983 年，第 115 页。
② 黑格尔：《哲学史讲演录》第 1 卷，贺麟、王太庆译，北京：商务印书馆，1983 年，第 119 页。
③ 黑格尔：《哲学史讲演录》第 1 卷，贺麟、王太庆译，北京：商务印书馆，1983 年，第 120 页。
④ 王元化：《关于中西哲学与文化的对话》，《文史哲》2002 年第 2 期，第 6 页。
⑤ 德里达：《书写与差异》，张宁译，北京：生活·读书·新知三联书店，2001 年，第 9 - 10 页。

能冥契道妙，举"奥伏赫变"（Aufheben）为例，以相反两意融会于一字（ein und dasselbe Wort für zwei entgegengesetzte Bestimmungen），拉丁文中亦无义蕴深富尔许者。其不知汉语，不必责也；无知而掉以轻心，发为高论，又老师巨子之常态惯技，无足怪也；然而遂使东西海之名理同者如南北海之马牛风，则不得不为承学之士惜之。"[1] 美国著名学者安乐哲（Roger T. Ames）指出："我个人觉得这是一个非常简单的问题。如果说中国没有历史，这是一个笑话。一个民族、一个文明传统都有它自己的历史。如果说中国没有文化，没有文学，这是一个笑话，因为中国有杜甫、李白，有著名的文学家。同样，如果说'中国没有哲学'是根本不通的，如果哲学是追求一种智慧，为了帮助我们生活得更好，中国当然是有哲学的。西方对'哲学'有他们自己特别的理解，他们要把这个词与他们的传统联系在一起，哲学如果不是我们的，就不是哲学了，我个人认为这是一个很偏见的想法。"[2]

遗憾的是，一些东方学者也罔顾人类文明发展的历史性，追随西方偏见，遵循着西方文明优越论。例如，日本"启蒙之父"福泽谕吉（Fukuzawa Yukichi）就认为："现代世界的文明情况要以欧洲各国和美国为最文明的国家，土耳其、中国、日本等亚洲国家为半开化的国家，而非洲和澳洲的国家算是野蛮的国家……文明、半开化、野蛮这些说法是世界的通论，且为世界人民所公认。"东方文明就是在这样一个一个的"黑格尔"式的诋毁与自戕中沉沦！

乃至于 21 世纪，西方国家强大的军事力量、高速的经济发

---

[1] 钱锺书：《管锥编》，北京：中华书局，1979 年，第 1 - 2 页。
[2] 普庆玲：《安乐哲：说"中国没有哲学"这是一个笑话》，凤凰网国学，2018 年 6 月 26 日。http://www.chinakongzi.org/rw/zhuanlan/201807/t20180712_179929.htm。

展、迅猛的科技进步，让"西方文明优越论"有了坚实的物质基础而进一步放肆地蔓延至全球。哈佛大学著名政治学家亨廷顿（Samuel Phillips Huntington）在其《文明的冲突》中以主人公的姿态，提出了西方21世纪最有代表性、最具影响力的文明观——"文明冲突论"，认为下一次世界大战将是文明之战，文明的冲突将左右全球政治，主导未来国际关系。他公然提出："西方是而且在未来的若干年里仍将是最强大的文明"[1]；"世界在某种意义上是一分为二的，主要的区分存在于迄今占统治地位的西方文明和其他文明之间，然而，其他文明之间没有任何共同之处。简言之，世界是划分为一个统一的西方和一个由许多部分组成的非西方。"[2] 亨廷顿还宣称，"在人类生存的大部分时期，文明之间的交往是间断的或根本不存在"。这些言论基本不符合史实。

二、世界文明史中的"东西互鉴"

世界文明发展从古至今，生生不息，得益于文明之间的交流互鉴。西方文明自古希腊时期到文艺复兴时期、启蒙运动时期，乃至在20世纪这个被称为"西方理论的世纪"，都离不开东西方的文明互鉴，得益于东方文明的助力。遗憾的是，西方学界长期否定东方影响。值此百年未有之大变局之际，中国学者乃至整个东方学者应当站出来，以文明发展的基本史实正本清源，纠正西方文明的傲慢与偏见。

1. 东方文明是古希腊文明之源

古希腊作为地中海文明交汇的中心，在古典时代之后对西方

---

[1] 塞缪尔·亨廷顿：《文明的冲突与世界秩序的重建》，周琪等译，北京：新华出版社，1998年，第8页。
[2] 塞缪尔·亨廷顿：《文明的冲突与世界秩序的重建》，周琪等译，北京：新华出版社，1998年，第18页。

文明的发展与创新确实起到了突出的作用。但是，若因此将古希腊文明奉为西方文明独立生成的来源，并不客观。20世纪以来，基于大量的考古材料与典籍发现，古希腊文明与东方文明的渊源逐渐被一一揭示。例如，1996年，瑞士苏黎世大学瓦尔特·伯克特（Walter Burkert）在意大利卡·弗斯卡里大学以"希腊文化的东方语境"为主题举办了四场讲座，讲座中，伯克特以大量翔实的史料对希腊建筑、巫术、医学、文学中蕴含的东方元素进行了细致的考证和比较研究。

众所周知，全世界有四大文明古国，都具有非常古老而辉煌的文明。四大文明古国是指古苏美尔－古巴比伦（美索不达米亚）、古埃及、古代中国、古印度等四个人类文明最早诞生的地区。人类今天拥有的很多哲学、科学、文字、文学艺术等方面的知识，都可以追溯到这些古老文明的贡献。古希腊文明便是吸收古苏美尔－古巴比伦、古埃及文明孕育而成的次生文明。以文字为例，古希腊文字并非古希腊人原创，而是来源于亚洲腓尼基字母，而腓尼基字母又是从古苏美尔－古巴比伦楔形文字学习过来的，是腓尼基人在古苏美尔－古巴比伦楔形字基础上，将原来的几十个简单的象形字字母化而形成，时间约在公元前1500年左右。公元前8世纪，古希腊人在学习腓尼基字母的基础上，加上元音而发展形成古希腊字母，并在古希腊字母的基础上，形成了拉丁字母。古希腊字母和拉丁字母后来成为西方国家字母的基础。古希腊的青铜器来自古两河文明，古希腊的巨石建筑是向古埃及学习的。早期埃及与早期希腊文明的交往有两个高峰期，第一次是在埃及的喜克索斯王朝时期（约公元前1650至前1550年），第二次是在埃及的新王国时期（约公元前1550至前1069

年),也就是希腊的迈锡尼时期。① 希罗多德(Herodotus)曾在著作《历史》(Histories)一书中客观评述了东方文化对希腊的影响,他甚至认为东方是一切文化和智慧的源泉。他指出埃及的太阳历优于希腊历法,希腊的字母来自腓尼基②,希腊人使用的日晷来源于巴比伦文明,希腊神话中的名字都是从埃及引进以及阿玛西斯统治阶段埃及对于希腊人的优待,从法律到建筑无一不是希腊人向埃及人学习的成果。③ 被称为欧洲最早的古代文明、作为希腊古典文明先驱的"米诺斯文明",也明显有埃及的影响。早期希腊文明与埃及、腓尼基的文明交流,丰富了希腊科学、语言、文学、建筑、天文等诸方面的知识,奠定了古希腊文明成为西方文明源头的基底。

2. 欧洲文艺复兴对阿拉伯文明的互鉴

不仅古希腊文明的起源是文明互鉴的成果,西方的文艺复兴亦是文明互鉴的结果。西方文明史中基本上不提西欧学习阿拉伯文明的200年历史,这或许是因为他们不愿意彰显他们引以为傲的伟大文艺复兴居然其源头是东方的阿拉伯文明。研治阿拉伯文学的美国学者菲利浦·希提(Philip K. Hitti)在其著作《阿拉伯通史》中指出:"在8世纪中叶到13世纪初这一时期,说阿拉伯语的人民,是全世界文化和文明的火炬的主要举起者。古代科学和哲学的重新发现,修订增补,承先启后,这些工作,都要归功于他们,有了他们的努力,西欧的文艺复兴才有可能。"④

---

① 郭丹彤:《古代埃及文明与希腊文明的交流互鉴》,《光明日报》,2019年1月14日,第14版。

② 希罗多德:《历史》(下册),王以铸译,北京:商务印书馆,2009年,第434-435页。原文为:"这些和卡得莫司一道来的腓尼基人定居在这个地方,他们把许多知识带给了希腊人,特别是我认为希腊人一直不知道的一套字母……这些字母正是腓尼基人给带到希腊来的。"

③ 希罗多德:《历史》(下册),王以铸译,北京:商务印书馆,2009年,第221页。

④ 希提:《阿拉伯通史》(上册),马坚译,北京:商务印书馆,1979年,第664页。

阿拉伯人保存了古希腊罗马众多珍贵文献，通过"翻译反哺"，促成了文艺复兴运动。之所以说阿拉伯文明唤醒西方，是因为如果没有阿拉伯的文明唤醒，欧洲的文艺复兴不可能产生，而如果没有文艺复兴运动，西方近现代的思想启蒙和科学文化发展以及文明进步或许根本不会发生。

众所周知，欧洲中世纪被称为黑暗的世纪，昔日璀璨的古希腊罗马文化艺术黯然跌落神坛，近乎殆灭，却是横跨欧亚非三大洲的阿拉伯帝国的辉煌时期，是阿拉伯文化大为兴盛之时。阿拉伯虚心向古希腊罗马文化学习，甚至向中国大唐文化学习。穆罕穆德发出"学问虽远在中国，亦当求之"的感叹。阿拔斯王朝（公元750~1258年）时期更是出现了"百年翻译运动"的盛况，最为著名的便是哈利发麦蒙时期的"智慧宫"，全国学者齐聚巴格达，将柏拉图、亚里士多德等人的哲学著作，托勒密、欧几里德、阿基米德的天文、数学著作，盖伦、希波克拉底的医学著作尽数翻译为阿拉伯文。例如医学家盖伦的希腊文解剖学7册原本早已散佚，幸而翻译为阿拉伯文才得以流传。到了11世纪前后，阿拉伯文明对古希腊罗马时期人文、科学文献的保存再一次反哺西方。文明互鉴大大促进了西方文明的复兴。在西班牙的托莱多，曾经翻译为阿拉伯文的古希腊哲学、医学、数学等著作被译为拉丁文引入西欧。这场"二次翻译"直接影响了西欧文艺复兴运动的兴起。

阿拉伯不仅是一间古希腊文明的"藏书阁"，其自身的文明传统亦光照了欧洲的人文、科学领域。希提认为，"意大利的诗歌、文学、音乐，在普罗旺斯和阿拉伯的影响下，开始欣欣向荣"①"穆斯林的几种天文学著作，先后译成拉丁语，传入欧洲，

---

① 希提：《阿拉伯通史》（上册），马坚译，北京：商务印书馆，1979年，第733页。

特别是西班牙,对于基督教欧洲天文学的发展,起了决定性的作用"①,诸如等等。西方文学经典如《神曲》《十日谈》《坎特伯雷故事集》皆有《一千零一夜》的影子;白塔尼的天文著作传入西欧后被奉为"权威著作",哥白尼也受到了阿拉伯学者的启发,他在《天体运行论》一书中多处引证白塔尼的著作和观点。阿拉伯人的数学也是进一步奠定了文艺复兴时期欧洲大学的数学基础,阿尔·花剌子模(Al-Khwarizmi)以印度数学改革计算方式,成为世界"代数之父",其著作《积分和方程计算法》长期为欧洲各大院校所用。今天人们所说的"阿拉伯数字",实际上是印度人发明的数字,也是经阿拉伯人传入欧洲的。文艺复兴被称为是西方从"黑暗"走向"光明"的重要阶段,对这个过程,阿拉伯文明、东方文明功甚大矣。

3. 西方现当代哲学和中国哲学的互鉴

必须承认,近代以来,西方文明功不可没,对全人类文明做出了巨大贡献。即便如此,在表面上西方文化一家独大的现象下,文明互鉴、文明交流依然是人类文明发展的主流和基本脉络。例如,当代西方哲学与文论,尤其是现象学、阐释学、解构主义,海德格尔、迦达默尔、德里达等西方哲学与文论大家,在当下中国学术界走红。不少人甚至认为,当代西方哲学与文论,就是西方文明的自成一家的独创,就是西方文明高于东方文明的标志,但实际上,如此受人崇拜的当代西方哲学与文论,依然是文明互鉴、文明交流的结果。

例如海德格尔(Martin Heidegger)作为西方 20 世纪影响力最为深远的哲学家、思想家之一,其哲学思想在中国是哲学研究的热点、焦点,但鲜为人知的事实是,中国的老子哲学催生了海

---

① 希提:《阿拉伯通史》(上册),马坚译,北京:商务印书馆,1979 年,第 445 页。

德格尔关于存在问题（the Question of Being）的思考，使他成为西方形而上学的最终克服者。德国学者波格勒（O. Poggeler）说："对于海德格尔，《老子》成了一个前行路上的避难所。"①奥地利汉学家格拉姆·帕克斯（Graham Parkes）首先表明了通过亚洲思想去理解海德格尔的必要性。葛瑞汉认为，如果将海德格尔的思想带入一种与之完全相异的文化共鸣中深入考虑，那么海德格尔宣称自己是西方第一位克服形而上学传统的思想者的这一论断值得被严肃对待。②海德格尔之所以能有如此成就，是他对东方思想、对中国哲学的借鉴与吸收后的学术创新。伽达默尔也曾说过，研究海德格尔必须在其作品与亚洲哲学之间进行严肃的比较。③众所周知，长期以来，西方的Being，就是"存在"、"是"、"有"。但是，海德格尔提出：Being不仅仅是"有"，而且还应当包括"无"。这是一个石破天惊的"开启"！（re-open the question of Being），是对西方形而上学的最终克服。然而，是什么东西导致海德格尔认为是自己首先重新开启存在问题的？事实上，是东方思想，尤其是《老子》的有无相生的思想。2000年由克罗斯特曼出版社（Vittorio Klostermann）出版的《海德格尔全集》第75卷中有一篇写于1943年的文章，题为"诗人的独特性"，探讨荷尔德林诗作的思想意义，文中引用了《老子》第十一章论述"有无相生"观点的全文："三十辐共一毂，当其无，有车之用。埏埴以为器，当其无，有器之用。凿户牖以为室，当其无，有室之用。故有之以为利，无之以为用。"④这是老子"有无相生"最典型的论述。海德格尔汲取了老子的有无

---

① 波格勒，张祥龙：《再论海德格尔与老子》，《世界哲学》2004年第2期。
② Parkes, Graham, ed. *Heidegger and Asian thought*. Honolulu: University of Hawaii Press, 1987. pp. 1-2.
③ Parkes, Graham, ed. *Heidegger and Asian thought*. p. 5.
④ Martin Heidegger. "Die Einzigheit des Dichters", *Gesamtausg abe (Zu Hoelderlin-Griechenlandreisen) Band 75*. Frankfurt am Main: Vittorio Klostermann, 2000. p. 43.

相生思想，创新性地提出：存在者自身的存在不"是"——存在者。①指出虚无也是存在的特征，更明确地说："存在：虚无：同一（Being：Nothing：The Same）。"②因此，"存在的意义"问题同时也是对无的意义的探寻。但此种虚无既非绝对的空无（empty nothing），亦非无意义的无（nugatory nothing）。在海德格尔那里，"存在：虚无：同一"之无，是"存在之无"（the Nothing of Being），无从属于存在。显然，海德格尔的思想创新汲取了《老子》有无共生、虚实相生的思想的。据相关统计，海德格尔至少在13个地方引用了《老子》《庄子》德文译本中的一些段落。在《思想的基本原则》中，海德格尔引用《老子》第二十八章中的"知其白，守其黑"③，希望以此探明逻辑（Logic）在道（tao）、逻各斯（logos）以及他的基本语词"事件"（Erieignis）之间的位置；在谈论技术问题时，海德格尔将荷尔德林后期的诗作《思念》中的"暗光"与《老子》第二十八章雌雄、黑白、荣辱一体的教诲结合，不主张向前现代或前技术世界的回归，而是试图将人类的这种现代世界带上一条生息之路。海德格尔探讨了时间、存在的意义和存在的真理。在海德格尔那里，时间转入永恒，而永恒不再是"永恒"（aeternitas）或"不朽"（sempiternitas），不再是永恒回归或永恒意志，而是安置于宁静的沉默之中的流变，因此他将《老子》第十五章的两句话摘录在他的工作室墙壁上作为装饰——孰能浊以静之徐清，孰能安以动之徐生。20世纪被称为是西方批评理论的世纪，现象学、解构主义、新批评、意象派、精神分析、生态主义等成为席卷世界理论场域

---

① Martin Heideger. *Sein und Zeit*. Tübingen：Max Niemeyer Verlag, 1967. p. 4.
② Martin Heidegger. *Four seminars*. Bloomington & Indianapolis：Indiana University Press，2012. p. 58.
③ Martin Heidegger "Grundsätze des Denkens. Freiburger Vorträge", *Gesamtausgabe*（*Bremer und FreiburgerVorträge*）*Band* 79. Frankfurt am Main：Vittorio Klostermann，2000. p. 93.

的弄潮儿,但是这些看似极具创新的西方理论都曾向中国哲学学习。

三、"文明互鉴:中国与世界"丛书的初心愿景

自从人类文明产生以来,世界各民族、国家以其各自独特的生存环境和特定的文化传统生成了多元的文明形态。这些文明形态通过交流、融合推动人类文明的时代发展,文明之间并不是"冲突""终结"的关系,而是和合共生、紧密相连。古语曾言,"万物并育而不相害,道并行而不相悖""夫物之不齐,物之情也"。文明之间不存在阶级、民族之间的等级差异,"文明互鉴"自古至今都是人类文明发展的基本规律,这一规律虽然在现当代以来的"西方言说"下被短暂地遮蔽起来,但是在未来的文明书写、文明研究中需要世界学者远望历史长河去重新认识、探索、还原。在这一过程中,中国学者实是责无旁贷。这也正是"文明互鉴:中国与世界"丛书的初心所在。

"文明互鉴:中国与世界"丛书围绕"文明互鉴"主题,立足中国,放眼世界,依托四川大学"双一流"建设重点学科群"中国语言文学与中华文化全球传播"和国家级重点学科比较文学研究基地,以四川大学2035创新先导计划"文明互鉴与全球治理"项目为支撑,着力以跨文明对话及比较研究范式为主体,采取分辑分系列分批次策划出版的形式,持续汇聚国内外高等院校及研究机构广大专家学者相关领域最新成果,反映国内外比较文学研究、比较诗学建设、世界文学研究、跨文明的文化研究、中华文化的现代诠释与全球传播、海外中国学等方面前沿性问题及创新发展,致力打造成较为系统地从比较文学与世界文学学科视角研究世界文明互鉴交流及人类命运共同体的丛书,希望能对推进中国特色哲学社会科学和中国自主知识体系建设,面向世界

构建中国理论与中国话语，对传承发展中华优秀传统文化，促进中华民族现代文明建设，对推动中国立场的"世界文明史""人类文明史"构建，推进世界文明交流互鉴和人类命运共同体建设等，发挥应有的作用，作出积极的贡献。

"文明互鉴：中国与世界"系列丛书自2022年开始策划启动。目前，丛书第一辑15种已经全部完成出版，产生了良好社会反响，其中部份图书已实现版权输出到海外知名出版机构启动英文版的出版；第二辑10余种图书，汇聚了包括美国科学院院士、哈佛大学达姆罗什（David Damrosch）教授关注东方史诗《吉尔伽美什》的著作——《尘封的书籍：伟大史诗〈吉尔伽美什〉的遗失与重新发现》(*The Buried Book: The Loss and Rediscovery of the Great Epic of Gilgamesh*) 中文版首译本——在内的国内外著名学者的著作，以及多个国家社科基金项目成果，将陆续出版。本丛书从第一辑到第二辑，无论是分析阐释中华文化人物的海外传播与书写、英语世界的中国文学与艺术研究、海外汉学研究，是梳理论述当代中国文学中的世界因素、文学与全球化、东亚文化圈的文学互动、比较文学研究范式，还是创新探讨重写文明史、文化异质的现代性与诗性阐释、语际书写中的中国形象建构，是书写人类古老史诗的跨文明传播，是开展中西传统思想汇通互释，是构建跨国诗学等，尽管话题多样，视角各异，层面有别，但这些著作皆坚持中国立场与世界视野的辩证统一、宏观立意与微观考辨的有机结合、理论创新与批判思维的相互融通，部分作品更是凸显了中国话语在世界文学中的流变谱系和价值共识，归纳了"中国故事"走向世界的方法论，补益了"中国文化走出去"的时代战略，体现了立足时代的政治自觉、学术创新的学理自觉与话语传播的实践自觉。

"文明互鉴：中国与世界"系列丛书在出版筹备的过程中，得到了国内外多位院士、著名学者的大力支持与指导，欧洲科学院院士、比利时鲁汶大学荣休教授 Theo D'haen、欧洲科学院院士、英国伦敦玛丽女王大学教授 Galin Tihanov、欧洲科学与艺术院院士、四川大学长江讲席教授 Steven Tötösy de Zepetnek、欧洲科学院院士、拉丁美洲科学院院士、上海交通大学教授王宁、北京大学陈晓明教授、复旦大学朱立元教授、北京师范大学方维规教授、南京大学周宪教授等，欣然应允担任丛书学术委员。自第二辑起，包括上述院士、著名学者在内的"文明互鉴：中国与世界"丛书学术委员会正式成立，丛书开始实现更有组织、更具学术统筹性的出版。

"文明互鉴：中国与世界"系列丛书自启动策划出版以来，包括丛书学术委员会委员在内的国内外广大比较文学学者慷慨加盟，惠赐佳作；四川大学出版社总编张宏辉、社长侯宏虹，以及出版社相关同仁为丛书的策划筹措、精心打造以及各书的编辑审校、出版发行、宣传推广等奔走辛劳；四川省新闻出版局也对此丛书的出版给以大力支持，第一辑、第二辑均被列为四川省重点出版规划项目，并获得四川省重点出版项目专项补助资金资助。在此一并致谢！

面向未来，"文明互鉴：中国与世界"系列丛书的出版将尝试探索与相关专业机构、出版平台的合作模式，将更多面向读者大众期待，不断推出精品力作。欢迎国内外专家学者和广大学术爱好者关注本丛书、加盟本丛书，围绕"文明互鉴：中国与世界"这一主题展开探讨与书写。希望在大家的关心支持下，"文明互鉴：中国与世界"系列丛书一辑比一辑涵盖更多学科论域和更宽泛、更多维的研究类型，不断涉足更多前沿理论探讨或热点话题。

文明互鉴，中国与世界，路漫漫其修远，士不可不弘毅，任重而道远！

2024 年 9 月 27 日定稿于锦丽园

目　录

第一章　绪　论 *001*

第一节　爱伦·坡国外研究文献综述 *005*

第二节　爱伦·坡国内研究文献综述 *018*

第三节　福柯的"异托邦"概念综述 *025*

第四节　爱伦·坡小说中的异托邦想象 *036*

第二章　远征异托邦：反思美国殖民与帝国扩张 *045*

第一节　航海异托邦中的帝国想象：《瓶中手稿》 *048*

第二节　西进异托邦中的拓殖之路：

《裘力斯·罗德曼日记》 *060*

第三节　穿越异托邦中的殖民与帝国镜像：

《凹凸山的故事》 *078*

第三章　时间异托邦：反思美国现代化进程 *095*

第一节　餐桌和书房/解剖台上的借古讽今：

《与一具木乃伊的谈话》 *098*

第二节　未来热气球上的借未来讽今：

《未来之事》 *118*

第三节　在永恒之墓中反观历史：

《莫诺斯与尤拉的对话》 *131*

第四章　偏离异托邦：反思美国的生命政治机制　147

　　第一节　瘟疫异托邦中的疾病书写：《瘟疫王》　150

　　第二节　精神病院异托邦中的疯癫与理性：
　　　　　　《焦油博士和羽毛教授的疗法》　163

　　第三节　监狱异托邦中的规训隐喻：《陷坑与钟摆》　181

第五章　结　论　205

参考文献　*213*

第一章 绪论

埃德加·爱伦·坡（Edgar Allan Poe，1809—1849，简称"坡"）是美国19世纪著名的诗人、小说家和文学评论家。虽然他的一生很短暂，其作品却给后世带来了深远的影响。诗歌是坡最早的文学实践，也是他个人丰富情感的自然流露，《致海伦》（"To Helen"，1831）、《乌鸦》（"The Raven"，1845）、《安娜贝尔·李》（"Annabel Lee"，1849）更是被奉为经典。小说是紧随其后的另一文学实践，相较于中长篇，坡的小说以短篇见长。其短篇小说主要可分为哥特恐怖、推理侦探和科学幻想三种类型。其中，哥特小说所营造的心理恐怖氛围，侦探小说中环环相扣、逻辑缜密的推理过程，科幻小说中的大胆想象和深远寓意都独树一帜、引人入胜。因此，坡被誉为哥特恐怖小说大师、推理侦探小说鼻祖和现代科幻小说之父。此外，坡还被视为现代文学的开创者和象征主义的奠基人。他提倡和推崇文学创作中的"效果美学"，即作家在创作之前首先要考虑追求什么效果，其次是采用什么形式，最后是填充什么内容，以达到预期效果。坡在整个写作生涯中始终奉行这一文学创作准则，他的文字不仅有音韵美，而且令人心潮澎湃、回味无穷。

随着学者们对坡作品的深入研究，人们发现他的神秘之处越来越多。正如美国著名文学评论家哈罗德·布鲁姆（Harold Bloom，1930—2019）所说，"自爱伦·坡以来，再没有一位美国作家如此让人不可回避，而同时又如此地令人猜疑"（6）[1]。无独有偶，美国普利策奖得主沃农·帕灵顿（Vernon Parrington，1871—1929）也认为，坡是"美国的第一位艺术家、第一位唯美作家、第一位批评家"（402），他也像"谜一般难解"（402）。李慧明在《爱伦·坡唯美思想研究》（2012）一书中也

---

[1] 本书采用的引文夹注格式，参照美国现代语言学会（The Modern Language Association of America）于2016年出版的《MLA手册（第八版）》（*MLA Handbook*, 8th ed.）。本书中译文除特别注明外，均为笔者自译。

提道,"作为最为复杂的美国作家,爱伦·坡留给世人的印象极为多面"(9)。盛宁在《文学:鉴赏与思考》(1997)一书中也指出"坡是美国文学史上最具争议性的人物之一"(28)。由此可见,学者们一方面肯定坡的文学成就,另一方面却认为他令人难以琢磨。多年来,正是基于这两点对坡的研究在不断深化。

总体而言,从19世纪至今,对坡本人的研究经历了从有偏见到正名的过程,而对坡作品的研究也随着时代的嬗变和不同文学理论的兴起而呈现出多样性,从关注其极少数作品到涵盖几乎所有作品,从研究其作品的叙事风格、效果美学到探讨其思想内涵,尤其是内在的文化寓意。于雷的专著《基于视觉寓言的爱伦·坡小说研究》(2015)便是其中的代表,该书为坡研究打开了新的思路。

本书认为,除了视觉角度,还可以通过各种异域想象来进行研究。坡的小说里有许多不同的异域表征。比如《瓶中手稿》("MS. Found in a Bottle",1833)里的海洋、《瘟疫王》("King Pest",1835)中的隔离区、《陷坑与钟摆》("The Pit and the Pendulum",1842)里的监狱、《红死魔的面具》("The Masque of the Red Death",1842)中的城堡、《焦油博士和羽毛教授的疗法》("The System of Doctor Tarr and Professor Fether",1844)中的精神病院等都影射了坡的文化政治意图,值得深入研究。本书先对坡的国内外总体研究现状进行综述,再探讨其小说中不同异域表征蕴含的文化寓意。在文献综述中,本书将学者们对坡的研究分为国外和国内两部分。国外研究主要集中于三个时间段,即19世纪、20世纪中期以前、20世纪中后期至今。国内研究则侧重两个时间段,即20世纪中期以前和20世纪中后期至今。

第一节
爱伦·坡国外研究文献综述

坡是一个令人着迷的作家,他的作品和生平都是炙手可热的研究对象。但坡的生平研究却历经周折,方以公正客观的面貌呈现在世人面前。

19世纪对坡本人的研究经历了丑化、认可到推崇的过程。翻开任何一本坡的生平传记,总能见到鲁弗斯·格里斯沃尔德(Rufus Griswold,1815—1857)这个名字,他是坡在父母、挚友、伴侣之外打交道最多的人之一。但是各种迹象表明,坡与他仅是泛泛之交。据史料记载,"格里斯沃尔德和爱伦·坡于1841年相识,从他们给自己朋友的信中,我们可以看出二人之间相互并没有好感,彼此也并未将对方当作朋友"(王涛58)。在这种情况下,坡临终前竟然把手稿交给格里斯沃尔德保管着实令人费解。有学者认为这也许并非坡的原意,而是格里斯沃尔德通过欺骗手段从坡的家人那里得到了遗稿所有权,"格里斯沃尔德是从爱伦·坡的岳母玛丽亚·克莱姆太太那里获得了对爱伦·坡作品进行编辑的权力,而玛丽·克莱姆太太对格里斯沃尔德的恶意并未察觉"(59)。

在得到坡的遗稿后,格里斯沃尔德便开始对坡进行各种诋毁,导致坡的名誉一度受损。他这样做很可能是为了发泄对坡的不满。坡曾在美国著名的《南方文学信使》(Southern Literary Messenger)、《伯顿绅士杂志》(Burton's Gentleman's Magazine)、《格雷厄姆杂志》(Graham's Magazine) 等文学期刊任编辑,格里斯沃尔德也当过"几家大型杂志的编辑"(朱振武,《小说全解》17)。此外,他还"编写过《美国诗人和美国诗歌》、《美国的女诗人》、《美国的散文作家》、《美国诗人和英国诗歌》等许多文学选集"(17),这一点也与坡类似。也许他俩正是因此而结识,因文人相轻而产生嫌隙。格里斯沃尔德曾嘲讽坡是个"缺乏教养的南方人,贫苦而又行文尖酸"(王涛 58),并且攻讦坡的才华仅限于"对文本的句子进行字斟句酌的考察"(Walker 182–183),而坡则反击说"格里斯沃尔德是文学的外行,没有什么过高的才华,只是靠着自己的社会关系才跻身于文坛"(王涛 58)。由此可见,格里斯沃尔德与坡的交恶其来有自。因此,本书认为坡把遗稿交给格里斯沃尔德保管的可能性微乎其微。

格里斯沃尔德对坡的丑化主要体现在对他道德的污蔑上。他"编撰了爱伦·坡很多的生活细节,包括他早期从大学的退学以及他从军校的离职甚至他和爱伦夫人的关系,他攻击了爱伦·坡的人格,夸大了他的酗酒以及他的道德瑕疵,同时伪造了爱伦·坡的书信并离间了爱伦·坡与他朋友之间的关系"(王涛 59)。遗稿保管者的特殊身份让格里斯沃尔德对坡的评价成为当时的准绳。"可以说,从1849年以来一直到20世纪以前,有关爱伦·坡的传记书写都或多或少受到了他的影响。"(60) 虽然19世纪对坡的认识以偏见居多,但是坡的朋友们一直谴责格里斯沃尔德对坡的肆意歪曲,并致力恢复坡的声誉,也有相当一部分学者在针对坡的各种流言中试图还原真相,为坡正名。其中就包括英国学者约翰·英格拉姆(John Henry Ingram, 1842—1916)和法国作家、思想家夏尔·波德莱尔(Charles Baudelaire, 1821—1867)。

英格拉姆于 1880 年出版了《埃德加·爱伦·坡：他的生活、信件以及观点》(Edgar Allan Poe: His Life, Letters and Opinions) 一书。该书收录了坡的生平、与朋友之间的通信以及他在各大报刊上发表的评论文章，从坡的出生、成长、学习、工作和个人情感方面全方位还原了坡的一生。这是继格里斯沃尔德之后又一部重要的坡的生平论述，为人们全面认识坡奠定了客观基础，同时也对恢复坡的声誉起到了重要作用。"该书以其真实可信性提供了比较有利的证据，动摇了格里斯沃尔德在美国乃至整个欧洲塑造的缺乏道德的爱伦·坡的形象。"（王涛 66）

波德莱尔则直言不讳地指出"坡在他所在的国家美国没有获得公正的对待"（王涛 67）。他没有像英格拉姆那样去反驳格里斯沃尔德，也不赞同格里斯沃尔德所说的坡品行上的瑕疵，比如酗酒。波德莱尔认为："爱伦·坡的酗酒是一种帮助回忆的手段，是一种工作方法。这是一种有效而致命的方法，但适合于他富于情感的天性。诗人学会了喝酒，正如一位细心的搞文学的人练习做笔记一样。他不能抗拒再度发现那些美妙而骇人的幻觉的愿望，……他为了重新与它们取得联系，走了一条最危险也最直接的道路。"（《浪漫派》287）坡的研究者们对此基本达成了共识。有观点认为这可能不是坡后天养成的习惯，而是跟家族遗传有关，他的生父和哥哥都酗酒，他自己在读书期间酗酒，工作后曾因酗酒误事而被杂志社开除，甚至他的英年早逝也与此有关。

综上所述，19 世纪对坡本人的研究主要存在三种观点，其代表分别是格里斯沃尔德对坡的丑化和诋毁、英格拉姆对坡的公正评价和波德莱尔对坡的推崇。但是波德莱尔的观点并未完全得到认可，虽然他"从爱伦·坡的作品中找到了创作灵感，并公开承认爱伦·坡对他的影响"（朱振武，《小说全解》21），但他同时代的作家却对坡的作品褒贬不一。

19 世纪，相较于小说和文学评论，坡的研究者们更多地关注他的诗歌,这是他最早取得文学成就的领域。早在 1827 年坡出版了第一部诗集《帖木儿及其他诗》(*Tamerlane and Other Poems*),第二部诗集《阿尔阿拉夫、帖木儿及其小诗》(*Al Aaraaf, Tamerlane and Minor Poems*)于 1829 年付梓。然而,学者们对其诗歌的评论却莫衷一是。约翰·尼尔(John Neal, 1793—1876)在《扬基和波士顿文学报》(*Yankee and Boston Literary Gazette*)上撰文赞扬坡的诗歌语言优美、寓意深刻。菲利普·彭德尔顿·库克(Phillip Pendleton Cooke, 1816—1850)在《埃德加·A. 坡》("Edgar A. Poe", 1848)一文中也高度赞扬了坡的诗歌,认为其诗音韵优美,遣词造句考究,尤其肯定了《乌鸦》一诗。威廉·萨默塞特·毛姆(William Somerset Maugham, 1874—1965)对坡的诗歌给予高度评价,认为"爱伦·坡写了许多美丽的诗,在美国没有其他任何人能够企及"(71)。而坡同时代或稍后时期的拉尔夫·爱默生(Ralph Emerson, 1803—1882)和亨利·詹姆斯(Henry James, 1843—1916)却对此不屑一顾。爱默生讥讽坡是"叮当诗人"(王齐建,《试论》314),詹姆斯也认为坡的诗歌是"低级的、肤浅的"(315)。

在小说方面,坡在 1832 年曾创作了五部小说——《梅岑格施泰因》("Metzengerstein")、《德洛梅勒特公爵》("The Duc de L'Omelette")、《耶路撒冷的故事》("A Tale of Jerusalem")、《失去呼吸》("Loss of Breath")、《甭甭》("Bon-Bon")。这五部小说都没有引起什么反响,直到 1833 年的《瓶中手稿》才初获成功,坡也因此获得 50 美元的"最佳小说奖"奖金。这"不但为他带来了经济利益,缓解了他生活上的窘迫之境,而且极大鼓舞了他创作的信心"(朱振武,《小说全解》338)。之后的《南塔克特的亚瑟·戈登·皮姆的故事》(*The Narrative of Arthur Gordon Pym of Nantucket*, 1838)、《厄舍古屋的倒塌》("The Fall of the

House of Usher", 1839)、《气球骗局》("The Balloon-Hoax", 1844)等都受到好评,《南塔克特的亚瑟·戈登·皮姆的故事》还一度引起热议。从 1838 年 8 月到 12 月,《纽约明镜报》(*The New York Mirror*)、《亚历山大周报》(*Alexander's Weekly Messenger*)、《伯顿绅士杂志》等美国著名文学刊物都相继刊载了对坡的这篇小说的评论,不仅对这部小说进行了详细介绍,还高度赞扬了他的想象力。

在文学评论方面,坡最早的文学评论出现在 1836 年的《致 B 先生的信》("Letter to B—")中。詹姆斯·罗威尔(James Lowell,1819—1891)在 1845 年撰文肯定了坡作为一个批评家的才华,认为坡能够从字里行间洞察作品的精神内涵。此外,埃德温·帕特森(Edwin Patterson,1828—1880)在 1849 年坡意外去世后为其撰写的悼文《坡之死》("Death of Poe")中也指出,坡是一位"分析能力很强的批评家",他"一生都在和贫困作战,没有一种舒适的、休闲的生活让他展示他的才华"(Clarke 93)。

总体而言,19 世纪是坡生活的世纪,也是坡研究的起步时期。作为坡遗稿的保管者,格里斯沃尔德的话语在坡研究中极具权威,而他出于私人原因对坡的极端诋毁影响了当时甚至后世很长一段时间。英格拉姆在对坡进行深入研究后,在传记中较为客观地还原了事实,驳斥了格里斯沃尔德对坡的歪曲评价,在一定程度上修正了人们对坡的认知。波德莱尔也不认同格里斯沃尔德所说的坡品行方面的瑕疵,认为这些都不是缺点,而是坡"独一无二的气质"(《美学论文选》166)。19 世纪,除了对坡的生平进行研究,学者们还比较关注坡的诗歌创作,评价毁誉参半。对坡的小说和文学评论也有一定的关注。到了 20 世纪上半叶,学者们一方面深入研究坡的生平,另一方面对坡的小说和文学评论给予了更多的关注。坡也从一名不被美国主流文学认可的作家逐渐被人们接受，其作品也逐渐跻身美国经典文学之列。

20世纪中期以前，学者们对坡本人的研究继续沿用了英格拉姆为坡正名的方法，致力从多方面考察坡的生平细节，通过搜集整理报刊上关于坡的相关信息，结合坡遗留下来的一些信件等，挖掘更多关于坡的可靠资料，从而还原一个更加真实可信的坡的形象。伊丽莎·坡（Eliza Poe）等的《有关坡早年的一些未公开的文件》("Some Unpublished Documents Relating to Poe's Early Years", 1912）探讨了"坡家族的身世之谜"（201）；威廉·萨廷（William Sartain）的《埃德加·爱伦·坡：回忆起的一些事实》("Edgar Allan Poe: Some Facts Recalled", 1917）对坡的"成长经历和个人情感"（321）进行了解读；兰登·贝尔（Landon Bell）的《蒙污的埃德加·爱伦·坡》("The Sully Portrait of Edgar Allan Poe", 1918）则揭露了前人对坡生平的"错误认识"（108）；菲利普·斯特恩（Philip Stern）的《埃德加·爱伦·坡的离奇死亡》("The Strange Death of Edgar Allan Poe", 1949）对1849年坡"意外身亡"（28）前后发生的事件进行了历史还原；玛丽·波拿巴（Marie Bonaparte）的《埃德加·爱伦·坡的生平与作品：精神分析学阐释》(*The Life and Works of Edgar Allan Poe: A Psychoanalytic Interpretation*, 1949）从精神分析角度将坡幼年的经历与他成年后的生活与创作联系起来，借助"精神分析学的方法分析了爱伦·坡的精神世界"（xi），具有里程碑意义。但是该书对坡的关注仅限于他的身世，对他的创作分析较少。这一阶段最具代表性的成果是1941年亚瑟·奎恩（Arthur Quinn）教授所著的《埃德加·爱伦·坡评传》(*Edgar Allan Poe: A Critical Biography*, 1941），该书揭露了"格里斯沃尔德的骗局，对恢复爱伦·坡的声誉起到了重要作用"（2）。在坡的名誉恢复之后，学者们对坡的作品的评价更加客观公正。如果说19世纪对坡作品的研究还停留在粗浅的印象层面，而这些印象本身也受到了对坡的偏见的影响，并不具备很高的参考价值，那么从20世纪初开始一直到20世纪中叶，对坡作品的研究才是真正意义上的学术研究，而这一阶段的研究从探讨坡受他人影响及对他人的影响开始。

通过溯源，学者们发现除了自身的独创性，坡的作品受他人的影响较大。波莉·克劳福德（Polly Crawford）在《裘力斯·罗德曼日记对刘易斯与克拉克探险的溯源》（"Lewis and Clark's Expedition as a Source for Poe's *Journal of Julius Rodman*"，1932）中指出，坡的小说《裘力斯·罗德曼日记》（*The Journal of Julius Rodman*，1840）借鉴了"杰斐逊时期刘易斯与克拉克的西北部探险之旅"（158）。大卫·克拉克（David Clark）在《〈陷坑与钟摆〉之源》（"The Sources of Poe's 'The Pit and the Pendulum'"，1929）中比较了坡的小说《陷坑与钟摆》与查尔斯·布朗（Charles Brown，1771—1810）的小说《埃德加·亨特利》（*Edgar Huntly*，1799）在细节上的相似性，指出坡这篇小说中"对地牢的想象就源于此"（352）。麦克基森（D. M. McKeithan）在《亚瑟·戈登·皮姆的故事之两个源头》（"Two Sources of Poe's *Narrative of Arthur Gordon Pym*"，1933）中指出，坡在创作《亚瑟·戈登·皮姆的故事》时参考了"邓肯的《水手编年史》以及莫瑞尔的《1822—1831年间的四次航海之旅》"（116），还对比了坡的这篇小说与上述两篇小说在叙事上的相似性。

学者们除了考察坡在创作中受到的他人影响，还探讨了坡对他人的影响。他们从19世纪波德莱尔对坡的推崇中看到了坡对法国的影响，因此20世纪中期以前学者们主要对此进行深入挖掘与探讨。坎比埃尔（C. P. Cambiaire）的《埃德加·爱伦·坡在法国的影响》（*The Influence of Edgar Allan Poe in France*，1927）分析了坡对法国象征主义诗人波德莱尔、马拉美和瓦雷里的影响,指出"波德莱尔在艺术和诗歌理论上受爱伦·坡的影响至深,他的著名诗集《恶之花》就是一个典型的例子"(152)。

20世纪中期以前,学者们的研究重心也开始从坡的诗歌转移到小说和文学理论上来,其中对小说的关注又可细分为整体探讨和具体文本分析两个方面。在整体探讨方面,沃尔特·布莱尔(Walter Blair)的《坡小说中的事件与气氛》("Poe's Conception of Incident and Tone in the Tale",1944)从坡的统一效果论入手,探讨坡如何围绕这一理论传递"真理、美和情感"(228);威尔逊·克劳(Wilson Clough)的《埃德加·爱伦·坡对色彩词汇的使用》("The Use of Color Words by Edgar Allan Poe",1930)讨论了坡作品中的"颜色词汇及其象征意义"(598);玛格丽特·凯恩(Margaret Kane)的《埃德加·爱伦·坡与建筑》("Edgar Allan Poe and Architecture",1932)则分析了坡小说中的各种建筑及其特点,尤其是哥特式建筑对"营造感伤和恐怖气氛"(149)产生的效果。在具体文本分析方面,卡罗尔·莱弗蒂(Carroll Laverty)的《金甲虫上的骷髅头》("The Death's-Head on the Gold-Bug",1940)解读了"金甲虫翅膀形成的骷髅头像"(88),并称赞坡善于用生动的情节来引起读者的兴趣;弗兰克·戴维森(Frank Davidson)的《坡的〈贝蕾妮丝〉之注释》("A Note on Poe's 'Berenice'",1913)说明了坡对"恐怖场景的设置以及恐怖氛围的营造"(212)给读者带来的恐怖感;威廉·维姆萨特(William Wimsatt)的《坡与玛丽·罗杰斯之谜》("Poe and the Mystery of Mary Rogers",1941)探讨了坡的理性和推理能力,关注了警察和记者等角色之于案件的意义,同时也指出了小说"扣人心弦、抽丝剥茧式营造紧张气氛"(230)的特点。

在20世纪中期以前,学者们关注坡的文学理论。萨默菲尔德·鲍德温（Summerfield Baldwin）的《埃德加·坡的美学理论》("The Aesthetic Theory of Edgar Poe", 1918）肯定了坡作为"现代美学理论先驱"（210）所发挥的重要作用；霍雷肖·史密斯（Horatio Smith）的《坡小说理论的延伸》("Poe's Extension of His Theory of the Tale", 1918）回顾了坡在评论纳撒尼尔·霍桑（Nathaniel Hawthorne, 1804—1864）的小说时提出的"著名短篇小说理论——'效果论'"（195）的来龙去脉；沃纳（W. L. Werner）的《坡的诗学理论与实践》("Poe's Theories and Practice in Poetic Technique", 1930）阐释了坡的诗歌理论，即"所有的诗歌都应当是短小的，诗歌必须和音乐相近，美是诗歌的终极目标"（157）；马文·雷瑟（Marvin Laser）的《坡美学概念的演变与结构》("The Growth and Structure of Poe's Concept of Beauty", 1948）探讨了坡关于"美的产生及其演变"的论述（69）。在20世纪中期以前，对坡的文学理论进行系统性阐述的集大成者当属玛格丽特·阿特尔顿（Margaret Alterton）于1925年出版的《坡批评理论的渊源》（*Origins of Poe's Critical Theory*）。

通过梳理20世纪中期以前学者对坡的小说和文学理论的研究可以看出，该时期坡小说的研究基本上是围绕"统一效果论"展开的，所关注的文本也主要是哥特恐怖小说和侦探推理小说。虽然在20世纪中期以前文学批评理论中的"精神分析法"开始兴起，但似乎并没有过多用于分析坡的文本，只是对坡的生平进行了关联性探讨。除了上述这些主要特征，我们还发现，有部分学者在研读坡小说的过程中结合他所处时代背景进行分析。威廉·弗里德曼（William Friedman）在《埃德加·爱伦·坡：密码破译者》（*Edgar Allan Poe, Cryptographer*, 1936）中指出，"在爱伦·坡时代，人们对解密有普遍兴趣"（13）；唐纳德·斯托弗（Donald Stauffer）的《作为骨相学家的坡：以杜宾先生为例》("Poe as Phrenologist: The Example of Monsieur Dupin", 1927）探讨了"爱伦·坡与当时盛行的骨相学之间的关系"（113）；基里斯·坎贝尔（Killis Campbell）在《坡与他的时代》("Poe in Relation to His Times", 1923) 中指出，"爱伦·坡和他的时代有着千丝万缕的关系并受其影响"（293）。

综上所述，20 世纪中期以前学者们继续对坡的生平进行研究，并还原了一个真实可信的坡。此外，对坡的小说及文学理论也有了更多的关注，不仅对坡的小说特点有了整体上的把握，而且对一些具体的篇目也做了细致的文本分析。20 世纪中期以前的文学批评还没有系统的理论介入，仅有的精神分析理论也只用于对坡的生平进行探讨，对坡作品的研读还主要借助于效果美学。不过有部分学者开始把坡与其时代联系起来进行解读，探讨时代背景对坡创作的影响。这一阶段的研究成果确立了坡的美国经典作家的身份。随着坡在世界范围内知名度的提升，从 20 世纪中后期至今，坡在文学研究中一直占有一席之地。一方面，学界继续深挖坡的生平事迹；另一方面，新的文学批评理论，如新批评、女性主义、后殖民主义、文化研究等，进一步拓展了坡研究的广度和深度，从而让我们对坡及其作品有了更深刻的理解和把握。

一个多世纪以来，学者收集、整理坡的生平资料并去伪存真，时至今日，对坡本人的研究文献已相当丰富，但是研究的步伐依然没有停止。从 20 世纪中后期至今，学者们主要对他的书信和轶事进行重新挖掘，尽可能不遗漏任何一个细节，比如约翰·米勒（John Miller）的《一封未公开的坡的信》("An Unpublished Poe Letter", 1955）和《一封再度公开的坡的信》("A Poe Letter Re-Presented", 1963）、哈格曼（E. R. Hagemann）的《坡遗失的两封信：注释和评论》("Two 'Lost' Letters by Poe, with Notes and Commentary", 1957）、约翰·奥斯特罗姆（John Ostrom）的《对坡信件的第二次增补》("Second Supplement to the Letters of Poe", 1952)、厄尔·哈伯特(Earl Harbert)的《一封新发现的坡的信》("A New Poe Letter", 1963)等。

此外,学者们延续 20 世纪中期以前的做法,研究坡所受到的他人影响以及他对他人的影响。格伦·欧曼斯(Glen Omans)的《智性、品味与道德感:伊曼努尔·康德对坡的影响》("'Intellect, Taste and the Moral Sense': Poe's Debt to Immanuel Kant", 1980)探讨了坡与德国古典哲学家康德(Immanuel Kant, 1724—1804)的关联,指出"爱伦·坡和康德的关系还未得到充分的研究"(123);伯顿·波林(Burton Pollin)的《埃德加·爱伦·坡作品中的莎士比亚》("Shakespeare in the Works of Edgar Allan Poe", 1985)分析了莎士比亚对坡的影响,指出"坡在其小说、诗歌、散文和信件中多处引用和谈论莎士比亚的诗学和戏剧才能"(157);伊丽莎白·杜克特(Elizabeth Duquette)的《"天使长的语言":坡、波德莱尔与本雅明》("'The Tongue of an Archangel': Poe, Baudelaire, Benjamin", 2003)探讨了坡在美国的影响,特别是对"通俗文学的影响"(18)。

除了对坡个人的研究,学者们对坡作品的认知和解读也呈现多样性。从 20 世纪中后期至今,学者们重点关注坡的小说,较之前的研究有了进一步的细化,形成了小说的门类研究,即把坡的小说按照特点分为哥特恐怖小说、侦探推理小说和科学幻想小说,尤以前面两种小说的研究居多,成果也最丰富。在哥特恐怖小说方面,托马斯·里焦(Thomas Riggio)的《美国哥特:坡与美国悲剧》("American Gothic: Poe and an American Tragedy", 1978)指出,"坡在小说中预见了弗洛伊德所关注的人内心世界的冲突,并用东方寓言以及哥特象征分析罪犯的精神"(515);保罗·刘易斯(Paul Lewis)的《哥特小说的智性作用:坡的

〈丽姬娅〉和蒂克的〈不要唤醒死人〉》("The Intellectual Functions of Gothic Fiction: Poe's 'Ligeia' and Tieck's 'Wake Not the Dead'", 1979)将坡的恐怖小说《丽姬娅》("Ligeia", 1838)与德国作家约翰·蒂克(Johann Tieck, 1773—1853)的恐怖小说《不要唤醒死人》("Wake Not the Dead", 1823)进行了对比,指出坡在哥特小说中表现出了对"人类、社会以及宇宙等重要话题的关心"(207)。在侦探小说方面,勒罗伊·帕内克(Leroy Panek)的《〈梅泽尔的象棋手〉:坡的第一次探案失误》("'Maelzel's Chess-Player,' Poe's First Detective Mistake", 1976)通过分析梅泽尔象棋手的制作原理,指出了"爱伦·坡在推理中出现的失误"(370);约翰·沃什(John Walsh)的《坡侦探:〈玛丽·罗热疑案〉背后的奇怪环境》(*Poe the Detective: The Curious Circumstances Behind "The Mystery of Marie Rogêt"*, 1968)分析了坡的推理手段,称赞坡"具有缜密的理性思维"(54)。在科幻小说方面,特伦斯·马丁(Terence Martin)的《想象力在驰骋:埃德加·爱伦·坡》("The Imagination at Play: Edgar Allan Poe", 1966)指出坡的想象力不同于霍桑,坡的想象是"严肃的,是在骗局、谜语和玩笑中完成的"(194);哈罗德·比弗(Harold Beaver)在《埃德加·爱伦·坡的科幻小说》(*The Science Fiction of Edgar Allan Poe*, 1976)中分析了坡科幻小说的特点及其在科幻小说中的文学地位,赞扬了坡的想象力和创作天赋,高度肯定了坡在"科幻小说的先驱身份"(Poe, *Science Fiction* 1)。

在对坡作品的解读方面,学者们广泛借助文学批评中的各种理论进行深入研究。由于女性主义、后殖民主义、文化研究等视角被大量采用,坡与女性、种族主义和美国文化之间的诸多议题就浮现了出来。在女性主义批评方面,约翰·麦可基(John McKee)的《坡在三个故事中对活埋的运用》("Poe's Use of Live

Burial in Three Stories",1957)分析了《丽姬娅》、《贝蕾妮丝》("Berenice",1835)、《厄舍古屋的倒塌》三部小说中"女性的特质及其悲惨遭遇"(1),琼·达杨(Joan Dayan)的《贝蕾妮丝的身份:坡的心灵偶像》("The Identity of Berenice, Poe's Idol of the Mind",1984)则分析了贝蕾妮丝的"女性身份建构"(491)。在后殖民主义批评方面,保罗·琼斯(Paul Jones)的《同情的危险:埃德加·爱伦·坡的〈跳蛙〉以及废奴主义者的病态修辞》("The Danger of Sympathy: Edgar Allan Poe's 'Hop-Frog' and the Abolitionist Rhetoric of Pathos",2001)探讨了坡对种族的看法,指出"坡对奴隶以及奴隶地位的提升感到恐惧"(239);林登·巴雷特(Lindon Barrett)的《镇定自若:〈莫格街凶杀案〉中的发现与种族化》("Presence of the Mind: Detection and Racialization in 'The Murders in the Rue Morgue'",2001)分析了"杀人的黑猩猩所代表的种族话语"(157)。在文化研究方面,莫妮卡·埃尔伯特(Monika Elbert)的《人群中的人与人群外的人:坡的叙述者与大众读者》("'The Man of the Crowd' and the Man Outside the Crowd: Poe's Narrator and the Democratic Reader",1991)分析了美国"19世纪贵族与民主之间的冲突"(16),约翰·格拉默(John Grammer)的《坡、文学及市场》("Poe, Literature, and the Marketplace",2002)把坡的创作与"美国资本主义经济的发展相联系进行分析"(164)。

综上所述,20世纪中后期至今,坡的研究呈现丰富多彩、异彩纷呈的景象。学者们在前人研究的基础上另辟蹊径,挖掘坡的轶闻趣事和私人信件,以期发现坡尚不为人所知的一面。在对坡的作品解读方面,学者们将注意力集中在小说上,并对其进行分类,为我们更好地认识坡的小说及其定位起到了重要作用。与此同时,学者们超越传统的研究方法,借助新的文学理论对坡的作品进行深入剖析,从而把对坡的认识提升到新的高度,即坡并不只是一个倡导唯美主义的作家，他的作品也并非没有深刻内涵；相反，他在作品中融入了对政治、科技、自然、人的生存境遇等的大量思考。同时，越来越多的学者开始从文化研究的角度来解读坡，把他放在时代背景中去考察，寻找他与时代的关联，并探讨他对时代表征的反思。

第二节
爱伦·坡国内研究文献综述

　　国内学界对坡的研究比国外起步晚。从 20 世纪初到中期，国内学者关注国外坡研究的进展情况。90 年代之前，国内学者对坡及其作品开始有了新的认识，并借助坡的文学理论对其进行研究。从 90 年代至今，坡研究在国内呈现蒸蒸日上的势头，涌现出了一大批知名学者，比如早期的盛宁、郭栖庆、朱振武，近期的于雷、李慧明、岳俊辉。前三位学者对坡其人、其作、其思的介绍为坡在国内的推广和研究奠定了基础；后三位学者关注坡研究的前沿，在借鉴西方文学传统批评理论的基础上不断推陈出新，进行跨学科研究，推动了当前文化研究在文学批评领域的发展，把坡研究推向了一个新高度。因此，本书将分两个时期对坡研究的国内文献进行综述，即 20 世纪中期以前和 20 世纪中后期至今，后者将进一步细分为 90 年代以前和 90 年代至今。

　　在 20 世纪中期以前，国内对坡及其作品的引入主要是通过译介这个途径。目前已知最早把坡介绍给国人认识的是鲁迅及其胞弟周作人。据悉，1904 年，鲁迅在日本留学时得到了一本英文书，书中恰好收录了坡的《金甲虫》（"The Gold-Bug"，1843），即"《玉虫缘》的底本"（周遐寿 395）。随后，他将此书寄给了周作人，后者于 1905 年把这篇小说翻译成了中文，取名为《玉虫缘》，"由小说林活版社印为单行本"（张菊香，张铁荣 4）。这便是国内最早对坡作品的接触。1909 年，鲁迅的《域外小说集》中有坡的诗作《静———则寓言》（"Silence—A Fable"，1838）。鲁迅在该书的作家介绍中还专门提到了坡，称他为"性脱略耽酒，诗文均极瑰异，人称鬼才。所做小说皆短篇，善写恐怖悔恨等人情之微"（170）。可以看出，鲁迅对坡的这一评价总体上比较中肯，虽然在现在看来也有不太全面的地方，比如坡的小说并非全是短篇，也包括为数不多的中长篇，但在当时已算是对坡相当客观的认识。此外，鲁迅认为坡并非是"怎样写去，才能有人爱读，卖掉原稿，得到声名"（《鲁迅全集》340）的一类作家。《域外小说集》出版后，坡的作品开始源源不断地引入国内。1917 年，周瘦鹃在《欧美名家短篇小说》中翻译了坡的《泄密的心》（"The Tell-Tale Heart"，1843）并称坡"尤以善为短篇小说闻……小说以《神怪理想之故事》（Tales of Mystery and Imagination）一书为最。亦工诗，其《乌鸦》（The Raven）、《霞娜白尔丽》（Annabel Lee）二诗，情文兼至，几于家弦户诵矣"（386-387）。

1924 年，沈雁冰重译了《泄密的心》译名的《心声》，收录在《近代英美小说集》中，并对坡进行了一番介绍，称之为"着重在玄想的文字，主力不在美化，确是神秘派呢"（101）。1925 年，坡的文学理论《诗的原理》（"The Poetic Principle"，1850）被林孖翻译出来在国内发行。1926 年傅东华翻译了《离奇天使》（"The Angel of the Odd"，1844）。1928 年，朱维基翻译的《幽会》（"The Assignation"，1834）由上海光华书局发行。

可以说，20 年代坡的小说、诗歌翻译达到了高潮。据盛宁研究，该阶段除了上述译介作品，还有"马挺中译的《李安娜》（Annabel Lee），子长译的《腰园的像片》（The Oval Portrait），陈炜谟译的《耒琪亚》（Ligeia），《Eleonora》和《黑猫》（The Black Cat）。"杨晦 译的《乌鸦》和《钟》（The Bells）"（盛宁，《中国现代文学》2，3）。同样也是在 20 年代，胡愈之在《东方杂志》上撰文把坡与王尔德并置，称其为"唯美主义的主要代表人物"（王涛 181）。

进入 30 年代，对坡作品的译介依旧没有中断。坡的"《陷坑与钟摆》、《泄密的心》、《窃信案》和《厄舍古屋的倒塌》"（王涛 3）陆续被引入国内。1937 年商务印书馆还出版了王云五翻译的《美国短篇小说集》，他在书中把坡称为"美国南方浪漫主义的代表"（183），这种势头一直持续到 50 年代。

综上所述，在 20 世纪中期以前，国内主要对坡的作品进行译介。在对坡本人的认识上，他被视为鬼才、神秘派、浪漫派和唯美主义的代表人物，对其作品的翻译涵盖了他的诗歌、小说和文学理论，这对于国人了解坡其人、其作、其事、其思起到了一定推动作用。

进入 20 世纪中后期，尤其是 70 年代至 90 年代初，坡研究进入了新的阶段。学者们越来越清楚地认识到作为批评家的坡的重要性，对他的文学理论进行了全面研究。郭栖庆在《埃德加·爱伦·坡》一文中就给予了坡很高的评价，称他为"西方颓废文学的鼻祖，唯美主义的先驱，美国短篇小说之父，美国侦探和科幻小说的开拓者，一位很有成就的诗人和文学评论家"（59）；翁长浩在《爱伦·坡简说》中不仅把坡称作"美国短篇小说发展史上的开拓者"（66），而且还认为他是"世界文学史上浪漫主义心理分析小说的始祖"（66）。

对坡作品的评价也更为全面。王齐建在《首要目标是独创——爱伦·坡故事风格管窥》中为坡的作品正名,他指出"半个世纪以来,坡的作品一直被视为内容反动,形式无稽。但我认为,既然坡的作品一未公开涉及政治,二未对资本主义歌颂生平,给他戴反动派帽子似乎根据不足;至于坡在形式上的创新,也不宜轻易否定"(91)。虽然现在看来,王齐建对坡作品中不涉及政治的看法并不正确,但他对坡作品其他方面的评价还是公允的;陆扬在《评爱伦·坡的短篇小说理论》中就对坡提出的"统一效果论"表示了肯定,"坡的短篇小说理论的最大历史功绩,在于它第一次从形式和内容上,对尚处于初创阶段的短篇小说作了比较全面的理论性概括,建树起一套自成系统的价值标准"(30);刘庆璋在《论康德和爱伦·坡的文艺美学观》中比较了康德和爱伦·坡的创作风格,他们"重视文艺的形式、技巧,在西方文论史上具有新意……他们的思想对于西方近、现代文艺理论和创作有着极大的影响。他们突出重视文艺本身的美学价值、重视艺术形式的观点,对我们也有启示意义"(74)。

从 90 年代初至今,对坡及其作品研究的成果日益丰硕。截至 2020 年 9 月,在中国知网上,以"爱伦·坡"为篇名关键词查找到的学术期刊论文有 647 篇,学位论文 164 篇(博士论文 4 篇,硕士论文 160 篇),国内会议论文 4 篇,报纸文章 9 篇。如果以"爱伦·坡"为主题词进行搜索,数量则更加惊人:学术期刊论文有 1065 篇,学位论文 243 篇(博士 18 篇,硕士 225 篇),会议论文 8 篇(国内 7 篇,国际 1 篇),报纸文章 19 篇。按照年份来分,可以看出坡研究论文的篇数呈逐年递增趋势,可见国人对坡的研究兴趣持续攀升。不仅如此,国内图书市场坡作品的专集、选集或全集也越来越多,其销售数量也稳居畅销书前列,国内读者对坡的喜爱程度可见一斑。总体来看,国内从 90 年代初至今对坡的研究以两条线为主,一是对坡的生平及其文学史地位的研究,二是对其作品进行了更富新意的解读。

在坡生平及其文学史地位的研究方面，具有代表性的论文有郭栖庆的《埃德加·爱伦·坡与他的诗论及小说》（1993）、鞠玉梅的《埃德加·爱伦·坡及其诗歌艺术》（1995）、曹明伦的《爱伦·坡其人其文新论》（1999）。此外，爱伦·坡生平专著也相继出版，比较有代表性的有辽宁人民出版社为"纪念坡诞辰200周年"出版的由廉运杰撰写的《一个人的现代主义者：爱伦·坡评传》（2008）、人民文学出版社出版的由朱振武的《爱伦·坡研究》（2011）、百花文艺出版社出版的由沈东子所著的《乌鸦：爱伦·坡传记与诗选》（2017）。值得一提的是，2016年黑龙江教育出版社出版了由袁锡江翻译的、坡的哥哥亨利·坡（Henry Poe，1807—1831）的后人——哈利·李·坡（Harry Lee Poe，1950—）所著的《永恒：埃德加·爱伦·坡与其世界之谜》（*Evermore: Edgar Allan Poe and the Mystery of the Universe*，2012），该书是目前国内唯一从国外翻译过来的较权威的坡的传记，里面涉及很多坡的生平之谜，是坡生平研究的重要参考文献之一。

从90年代初至今坡作品的研究主要呈现两大特点：一是对坡的小说进行分门别类的研究，与国外类似，大致可分为哥特恐怖小说、侦探推理小说和科幻小说；二是借助各种文学批评理论对坡的作品进行解读，如女性主义、后殖民主义、文化研究等，以发掘文本新意。

在不同小说类型的研究方面，就哥特恐怖小说而言，林琳的《浅谈爱伦·坡作品中的恐怖描写及其创作目的》分析了坡如何"（利用环境、心理、细节等因素所起的作用）在其作品中营造恐怖气氛"（87）；朱振武、王子红的《爱伦·坡哥特小说源流及其审美契合》指出坡的"哥特小说在美国哥特小说的发展中起到了承前启后的作用"（92）。就侦探推理小说而言，何木英的《论埃德加·爱伦·坡的侦探小说创作》探讨了"坡创作侦探小说的历程，所设计的侦探小说的套路，塑造的侦探英雄杜宾形象以及它们对后世侦探小说创作的影响"(34);王一平的《论爱伦·坡侦探小说中悬念的运用》指出,坡在小说中对悬念的运用达到了"扣人心弦的悬系效果,彰显了智性推理的魅力和人的理性力量的强大"(52)。值得一提的是,2006年北京师范大学出版社出版了任翔的专著《文化危机时代的文学抉择:爱伦·坡与侦探小说探究》,这是目前国内唯一一部对坡的侦探小说进行系统性详述的著作,很有研究和借鉴意义。就科幻小说而言,朱振武、吴妍的《爱伦·坡科幻小说的人文关怀》探讨了坡"在其科幻的文学想象中不但以科学的严谨性和预见性洞察19世纪初期人们的生存困境和发展危机,还试图在更广阔的时空中为人类寻觅摆脱困境的路径"(64);欧华恩的《论爱伦·坡科幻小说中的异化与人性关怀》指出,坡"揭示了人类的异化现象……表达了对人类命运的担忧,同时也表现出一种深切的人文关怀"(33)。

  此外,国内学者对坡作品的关注视野更为广阔,讨论的议题更为庞杂,再加上各种文学理论的推动,讨论更有深度,更富新意。就女性主义视角而言,翟萍的《爱伦·坡的女性观新解:失落的自我,胜利的他者》揭露了坡"矛盾的女性观"(94);张永怀的《从沉默、反抗到"双性同体"——兼及爱伦·坡的三篇"美女之死"短篇小说》分析了《椭圆形画像》《贝蕾妮丝》《丽姬娅》中的女性形象,指出"三部小说分别塑造了沉默、反抗和'双性同体'的三位女性,由此窥视其女性观的嬗变"(45)。就后殖民主义视角而言,于雷的《爱伦·坡与"南方性"》指出,"坡对南方社会的介入方式正在于他采取了一种看似'非南方性'的姿态……凭藉'侧视'的独特眼光以及由此所产生的相对安全的批判距离对南方社会问题加以深刻洞察"(5);程庆华的《试论爱伦·坡的种族观》认为,"坡深受南方传统文化的熏陶,其思想上的保守因子导致种族立场的局限性和不彻底性"（84）。卢敏的《黑白之间：爱伦·坡的种族观》指出，坡的小说"揭示了白人统治者的恐怖心理，在戏仿种族主义的陈规俗套时，质疑并颠覆了'纯洁'种族观"（105）；从文化研究视角来看，李慧明的《爱伦·坡人性主题创作的问题意识探讨》揭示了坡小说中所表现出的"现代人无处逃遁的生存困境与人性危机"（152）；于雷的《〈裘力斯·罗德曼日志〉的文本残缺及其伦理批判》指出，坡的这部小说映射了19世纪美国国内拓殖进程，其文本的残缺性表明"小说的逻辑重心并非指向罗德曼如何穿越落基山脉，而是通过其探险之旅反观印第安民族身份如何在白人拓殖进程中遭受剥夺。在此意义上，《日志》通过文本的残缺性实现了其完整的伦理批判"（78）；岳俊辉的《爱伦·坡的声音书写：重读〈鄂榭府崩溃记〉》探讨了坡在小说里"借声音变化、身份泛化、位置转化等阐释了声音的权力本质"（85）。

综上所述，20世纪中后期至今，国内坡研究成果颇丰。在坡生平研究方面，国内学者紧跟国外研究步伐，吸收和借鉴国外研究的最新成果，不断修正对坡的认识，出版了坡生平研究的专著，填补了国内这一领域的空白。此外，在坡作品的研读方面，老一辈学者打下了坚实基础，新生代学者不断推陈出新，一方面继续采用西方文学经典理论对坡的作品进行解读，另一方面紧跟当下文学研究推崇的文化研究视角，通过跨学科、跨专业的方式，为坡作品研究注入了新的活力，给坡研究提供了无限的可能性。

然而，虽然从文化角度研究坡的文章不在少数，但是尚未有文章从异托邦的视角分析坡小说中的异域想象，从而反思美国的社会、文化与政治。本书认为从该角度来分析坡的小说不失为一个很好的策略，具有一定的新意。

第三节
福柯的"异托邦"概念综述

"异托邦"概念最早由法国思想家米歇尔·福柯（Michel Foucault，1926—1984）提出。1966 年 12 月 7 日，法国建筑领域的重量级人物永奈尔·沙恩（Ionel Schein）在聆听了福柯关于法兰西文化的演讲之后特邀福柯讲一讲"异托邦"（heterotopias）这个话题。福柯欣然接受，于 1967 年 3 月 14 日通过广播讲话的形式，在巴黎建筑研究会（Circle of Architectural Studies）发表了题为"另类空间：乌托邦与异托邦"（"Of Other Spaces: Utopias and Heterotopias"）的演讲。

近 20 年后的 1984 年，福柯应柏林国际建筑展（Internationale Bau-Austellung Berlin）负责人的请求才同意出版这篇讲稿。原因仅在于该展览的主题是"革新并统一柏林"（Dehaene 13），他的"异托邦"话题正好响应了这一主题，并"被证实是正确的观念"（13），因为在他看来"诸如博物馆、文化中心、图书馆和媒体中心这样的异托邦才能最终推动城市旧貌换新颜"（13）。于是，福柯的这篇讲稿最终于 1984 年与公众见面，刊登在法国的《建筑、运动与连续性》杂志（Architecture, Mouvement, Continuité）上。1986 年，这篇讲稿的英文版首次出版，被收录在福柯文集《言与文》（Dits et écrits，1954—1988）中。

篇名"另类空间：乌托邦与异托邦"有三个关键词，即空间、乌托邦和异托邦。"乌托邦"一词的希腊语词根"ou"，通常表否定，如同英文的"no"，"topos"则等同于英文单词"place"，那么两部分合在一起则表示"没有的地方或不存在的地方"。中文用"乌"字传神地表达出了"子虚乌有"的含义。"异托邦"一词也是由两部分构成，即希腊语词根"hetero"和"topos"，"hetero"如同英文的"different"或"other"，中文"异"字则明确表达了"不同、另类、异质"的含义。如果说乌托邦指的是没有的地方，那么异托邦就可以指异于别处、另类的地方。准确地说，"乌托邦是一个在世界上并不真实存在的地方，而'异托邦'不是，对它的理解要借助于想象力，但'异托邦'是实际存在的"（尚杰 20）。由此可见，无论是乌托邦还是异托邦，都跟地方、地域有关，而地方和地域自然同空间紧密联系在一起。所以，福柯在他的这篇讲稿里并没有直接谈乌托邦和异托邦，而是先讲了他对"空间"的看法。

　　福柯认为，我们所处的时代，即 20 世纪，是一个"同时性、并列性、靠得近和靠得远、并排、被分散"（Foucault, "Of Other Spaces" 330）的时代，从他的描述中可以看出，空间感即一种远近亲疏、你中有我、我中有你的不可分离的存在感。紧接着，福柯又更直白地指出，"我相信我们处于这样的时刻，在这里与其说人们体验的是一个经过时间成长起来的伟大生命，不如说是一个连接一些点和使它的线束交织在一起的网"（330）。从这句话中我们可以看出福柯的思想具有超前性。他把人类社会看作一张由各种点、线、面交织在一起的复杂关系网，每个人都置身其中，处在不同的位置上，但彼此并不是孤岛，而是通过种种方式联系在一起的。整个人类社会仿佛变成了一个狭小的空间，在这个空间里大家彼此相连，既远又近，互相依赖，同呼吸，共命运。往大处说，整个地球变成了一个村落，无论人们身在何方，彼此都能产生联系。尤其在互联网发达的今天，人与人之间的联系更加紧密，距离越来越小。福柯进一步指出，他对空间的这种看法并不是他所发明，之所以人们觉得这个概念比较新奇，是因为很长时间以来人们只关注时间带来的一系列问题，比如19世纪的"发展和停滞、危机与循环、越来越多的人死去、可怕的世界气温骤降等"（330），而忽略了空间的问题，其实空间本身也是"有历史的"（330），因而这一概念也在不断变化。

福柯认为，中世纪的空间具有等级性，即"一个被分成等级的场所的集合"（Foucault，"Of Other Spaces"330），区分为"神圣的场合与被亵渎了的场合、被保护的场合与公开的场合、城市与乡村的场合"（330），甚至当时的宇宙论也受到这种划分的影响。在这样一种具有等级的空间中，"事物被安排在某个位置上"（330），是"静止的状态"（330），所以中世纪的空间是"定位或地点确定的空间"（330）。到了文艺复兴时期，受天文学革命的影响，尤其是伽利略证实了哥白尼"日心说"的正确性，空间的概念得到了极大的拓展，变成了"一个无限的，并且是无限宽广的空间"（330）。由此，中世纪那种静止的空间概念被打破，因为"表面上像是静止的东西也是处于不断运动当中的，一个事物的地点仅仅是它运动中的一点"（330）。因此，福柯认为，"从伽利略起，从17世纪起，广延性代替了定位"（330）。到了20世纪，空间的概念又有所拓展，"位置代替了广延性。位置是由许多点或元素的相邻关系加以说明的。在形式上，我们可以把它们描述为一些系列、一些树、一些网状物"（330）。所以，"我们的空间是在位置关系的形式下获得的"（330）。进而，福柯划分出我们自身的内部空间和我们生活的外部空间。就内部空间而言，我们有"感觉的空间、幻想的空间、情感的空间"（330）；就外部空间而言，它是一个"对我们的生命、时间和历史进行腐蚀的空间，我们不是生活在流光溢彩的真空内部，而是一个关系集合的内部"（330）。他举例说，人们之所以可以描述街道、火车、咖啡馆、电影院、海滩、房屋、家、床等的位置,是因为人们可以通过一堆能确定这些位置的关系来给它们定位。而在这些位置当中,有一些是他很感兴趣的,因为"这些位置与其他位置相关,但又中断、抵消或颠倒其他位置,所以这些位置是被确定的、被反映出来的或经过思考的"(332)。福柯认为,这些与其他空间相联系的但和其他位置相反的空间出自两种类型,即乌托邦和异托邦。

福柯认为,"乌托邦是没有真实场所的地方。这是完美的社会本身或是社会的反面,但无论如何,这些乌托邦从根本上说是一些不真实的空间"(Foucault, "Of Other Spaces" 332)。但是,在一切文化或文明中,有一些真实而有效的场所却是非场所,或者说在真实场所中被有效实现了的乌托邦,福柯称之为"异托邦"。为了更好地说明这一点,他以镜子为例:"镜子是一个乌托邦,因为这是一个没有场所的场所,在镜子中,我看到自己在那里,而那里却没有我。我能够在那边看到我自己,而我并非在那边。"(332)福柯认为镜子也是一个异托邦,因为镜子毕竟是真实存在的,镜子里的我在镜子平面上占据了一个位置,或者说它使我在镜子里有一种折返效果,"正是从镜子里,我发现了自己并不在我所在的地方。镜子里我的目光从虚拟空间的深处投向我,我重新盯着我自己,并且镜子里的目光也可能重新建构了正在镜子外面照镜子的我自己"(332)。一言以蔽之,镜子具有乌托邦和异托邦的双重属性,"当我照镜子的时候,镜子提供了一个占据我的场所,这是绝对真实的,同时,这又是绝对不真实的,因为镜子里的我在一个虚拟的空间里"(332)。由此我们认为,福柯的意思是,在我们的日常生活空间里其实有很多异托邦的存在,它们存在于真实的空间里,但又是虚幻的、被专门创造出来的东西。正因如此,"异托邦"一词的英文常以复数形式出现,虽然有时也能见到单数形式,那么在使用单数时,它所表达的意义"不是因为讲一个空间,而是因为我们把它当成了一种哲学思考方式和方法论"（张锦 147）。在明确了异托邦的定义之后，福柯进一步指出了它的六大特征。

异托邦的第一个特征是它普遍存在于这个世界上并可分为两大类。第一类叫作"危机异托邦"（heterotopias of crisis），即有一些"享有特权的、神圣的、禁止别人入内的地方，这些地方留给那些处于危机状态的个人，如月经期的妇女、产妇、老人等"（Foucault, "Of Other Spaces" 333）。这一点不难理解，比如经期的妇女生理原因导致身体不适，往往需要在卧室里静养；产妇在临产前通常需要住进产房；而老人年纪太大生活不能自理，选择住进养老院。于是，卧室、产房和养老院就成了专门的场所，这些场所只能是有特殊需求或符合条件的人才能进入，而其他人则禁止入内。

此外，19世纪年轻男性服兵役的军营也是危机异托邦，因为它可以让男性在家庭以外的地方展示他们的性别魅力。火车和走婚（voyage de noces）旅馆也是危机异托邦，因为它们使年轻女孩能够"不在任意地点失去童贞"（Foucault, "Of Other Spaces" 333），是"没有地理标志的异托邦"（333）。福柯把军营、火车或走婚旅馆视为危机异托邦与当时人们对两性问题的看法有直接联系。在19世纪，"'性'的发生在文化中是个禁忌事件"（张锦 133），所以文化将其设计到一个没有坐标、情况不明的位置中"（133）。

由于其自身的特殊性，军营往往远离闹市，位于人迹罕至的地方。随着训练和作战的需要不断迁移，其位置并不固定。在男性居多的军营里，高强度的训练可以培养男性健壮的体格，让他们看上去更具男性魅力。在军营里他们可以随意展示魅力而不会被指责，但如果在军营以外的场所则有可能引发不良的道德问题，造成恐慌，遭到人们的排斥。

同样，火车也是一个不断位移的空间，虽然它有明确的出发地和目的地,但大部分时间都处在行进当中,人们很难对它进行确切定位。而就在这样的场所中,各种违法或不道德之事都有可能发生,如谋杀、劫持、爆炸、年轻女性被性侵或自发性性行为等。这些事情极少发生在明确的、可控的场所,其性质恶劣,为人们的道德观念所不容,受到人们的极力排斥。

另外,走婚旅馆之所以被视为一个危机异托邦则与道德伦理因素有直接联系。"'走婚'涉及的不是一个性伴侣,而是说女人没有固定的丈夫,男人没有固定的妻子,不管男人女人,都可以同时拥有几个配偶。"(尚杰 22)之所以称之为"走婚",是因为"这种多夫同时又多妻的婚姻形式是以女子在确定或不确定的时期内多次外出旅行的方式实现的"(22)。在福柯看来,"这种现象对处于走婚状态的年轻女子来说,等于说她失去贞操的行为在任何地方都没有发生(因为每一次都是新的婚姻),或者说,走婚的婚礼发生在没有地点的地点,走婚是一种虚幻的婚姻形式"(22)。由此可见,虽然旅馆是相对固定的场所,但由于走婚次数较多,旅馆在不断变换,这种不确定性让不道德之事不会轻易被发现,而这种违背伦理道德之事则是为人们所不齿并极力反对的。

由此,诸如经期女性休息的卧室、产房、养老院、军营、火车、走婚旅馆等空间是"不同于普通状态、经验秩序和日常生活空间的'其他地方'。而这些有别于常态空间的其他地方与这些特殊个体的密切联系正是文化中的异位关键,这些空间也成为文化的标本,在'危机异位'中,这种文化体现为排斥"(张锦 134)。

第二类叫作"偏离异托邦"(heterotopias of deviation)。它与"危机异托邦"的功能一样,是对"危机异托邦"的继承和发扬。它是人们把行为异常的个体置于其中的异托邦,如精神病诊所、监狱、养老院等。需要指出的是,养老院作为 19 世纪的危机异托邦形式在 20 世纪被很好地保留了下来。对此，福柯也专门指出，"养老院处于危机和偏离异托邦的边缘，因为老年毕竟是一个危机，但也是一个偏离，在我们这个社会中，闲暇是一种惯例，游手好闲则是一种偏离"（Foucault，"Of Other Spaces" 333）。在这句话中，福柯对什么是"偏离"进行了很好的诠释。他认为每个人都可以在工作之余放松和休息，从而缓解疲劳，有更充足的精力和热情重新投入工作。然而，如果一个人成天无所事事，在他看来就是偏离了人生的正常轨道，这样的人通常不会被主流社会所容。这一认识与福柯所处资本主义社会的生产生活方式息息相关。在资本主义时代，"劳动成为价值的根本，剩余价值必须在劳动的过程中产生，这样劳动时间和劳动能力就成为主要的社会目标。如果有人异于此，他们就是不正常的人，就是被禁止和被排斥的对象"（张锦 134）。

作为"偏离异托邦"之一的精神病院里的精神病人，大多失去了理智。他们对自己的言语、行为或情感无法控制，要么没有生活能力，要么没有劳动能力，必须在医护人员的监督、护理之下或是在药物干预的情况下才可能有所好转。显然，这类人群是没法正常工作或生活的，也不可能为社会创造价值和财富。同理，监狱里的犯人因做了违法犯罪的事情危害了社会和民众的安全，破坏了正常空间的秩序而被关押服刑，失去了普通公民所享有的权利。养老院的老人因年龄和身体问题可能也不适合从事正常的社会生产劳动或是为社会创造更多更大的价值。因此，按照福柯的观点，这三类人群都是偏离了社会标准的人。由此可知，无论是危机异托邦还是偏离异托邦，都颠倒和破坏了正常的空间秩序。

异托邦的第二个特征是，它处于不断的变化中并在不同的历史时期承载着不同的意义。比如墓地异托邦（heterotopias of the cemetery）就是一个典型的例子。在西方文化中，墓地是一直存在的，但在普通文化空间中又属于异托邦。每个人都有亲属在墓地里，这些人生活的年代、宗教信仰、民族和语言不同，死后却都葬在墓地里，于是墓地就成为一个容纳各种差异的空间，从而形成了一种异域。虽然墓地长期存在，但在历史的变迁中其文化内涵也在发生变化。截至 18 世纪末，墓地一般位于城市中心，教堂附近，且有等级之分。有多人墓穴，也有单人墓穴，还有葬在教堂里的人；有些墓地富丽堂皇，有的只由普通的石板砌成。种种迹象表明，18 世纪的西方丧葬文化对人的遗骸给予了相当的重视。然而到了 19 世纪，人们觉得尸体如果与住宅或教堂离得太近，可能会给活着的人带来疾病或死亡，于是将墓地移至城市边缘。这也反映了人们对死亡的惧怕，因为墓地的存在告诉人们死亡近在咫尺，这是他们不愿意面对的，所以把象征死亡的墓地迁走便成了人们的不二选择。由此可知，"墓地的移置是与文化的变迁、死亡意识的变化等相关的。一个位所与一系列的意识、经济、政治、体制和文化相关，所以它不是一个纯粹的空间，它是一个异位，一个关系场，一个有着'连接'功能的异托邦"（张锦 137）。

异托邦的第三个特征是它能将几个无法同时存在的空间并置于一处。比如剧场、电影院、花园、地毯和动物园就是典型的异托邦。剧场把一系列不相干的地点连接起来，电影院的二维屏幕呈现三维的电影效果，花园可以打造成一个浓缩的世界，地毯作为对花园的复制，可以绘制成对世界的再现，动物园也可以打造成有各种动物的世界。总之，万事万物都可以在上述地方得到完美呈现，而我们无需走遍天下即可欣赏各地的人文风貌和自然景观。这些异托邦把各种不同的空间并置在一起并反映它们各自的面貌，从侧面表达了人类"求索和制造一个世界全景的愿望，同时，人类希望自己像上帝一样再造和模仿一个真实的世界，并能在这个空间之外亲眼目睹上帝的世界"（张锦 138）。

异托邦的第四个特征是它与时间的关系。由于时空是不可分割的要素，异托邦在隔离空间的同时也把时间隔离开来，"当人类处于一种与传统时间完全中断的情况下，异托邦就开始发挥作用，并为异托时（heterochronism）开辟了道路"（Foucault, "Of Other Spaces" 334）。比如以博物馆、图书馆为代表的时间异托邦（heterotopias of time）和以市集、度假村为代表的节日异托邦（heterotopias of festivity）就是典型的例子。在时间异托邦里，"一个场所包含所有时间、所有时代、所有形式、所有爱好，这个场所本身在时间之外，是时间无法腐蚀的"（334）。博物馆陈列人类或自然历史各个时期的文物，图书馆也藏有人类文明史上流传下来的各类书籍，它们无疑成为时间异托邦的代表。这些时间异托邦反映了人类对时间流逝的恐惧，人们想留住时间，使其成为永恒。图书馆和博物馆通过汇集不同年代之物，积累了时间，打破了时间的正常流逝，把自身打造成一种时光停滞、时间永恒之场所，使置身其中的人可以了解人类或自然从古至今发展的全貌，也表达了人们想掌握所有知识和纵观历史全貌的欲望。

在以市集、度假村为代表的节日异托邦中，共时性和历时性并存，造就了历史的穿越、古今的折返，让人们置身于不同历史文明的交汇当中，感受岁月变迁的魅力。市集上的各种商品、度假村中各种重返自然的存在或表演都反映了这一异托邦的特质。在节日异托邦中，"狂欢"是特色。人们可以摆脱平日里社会中各种秩序、习俗或条条框框的束缚，释放天性。节日异托邦每年都会定期出现，其长期存在的意义恰好说明了人们对异位空间的渴望，希望借此暂时打破现存的规则和秩序。

相较而言，以图书馆、博物馆为代表的时间异托邦通过对时间的积累来废止时间，是与传统线性时间的彻底决裂。正因如此，它们才获得了所有的时间。而以市集、度假村为代表的节日异托邦则只是暂时割裂了时间、推翻了原有的社会秩序，让人们在节日的狂欢中充分体验和享受来自不同时空的历史文化习俗，且不用担忧是否有悖于现存社会制度或标准。但随着节日的结束，一切生活秩序将回归正常。

异托邦的第五个特征是"异托邦总是必须有一个打开和关闭的系统，这个系统既将异托邦隔离开来，又使异托邦变得可以进入其中"（Foucault,"Of Other Spaces"335）。比如军营、监狱、宗教场所、汽车旅馆等都是这一异托邦的体现。军营和监狱都是人们无法自由进出的。在军营入口有"军事禁区"的标识来表明此处是禁区，闲人免进。监狱是关押罪犯的地方，戒备森严，禁止无关人员靠近。宗教场所同样也是一个特殊的空间，各派别对于自身宗教场所都特别看重，非该教派的成员或无神论者通常情况下都不被允许进入，除非满足一些条件或在宗教部门的许可之下方能进出。汽车旅馆看起来好像是完全对外人开放，但同时又是排外的，人们直接开车进入旅馆，而车辆本身就是汽车旅馆的房间，但车与车之间需要保持距离，车里的行为是绝对隐蔽的，因而汽车旅馆是一个异质空间，它既开放又关闭，是对日常空间表征的一种颠覆。

异托邦的第六个特征是"异托邦有创造一个幻象空间的作用，这个幻象空间显露出全部真实空间，且与真实空间同样完美，同样细致，同样安排得很好"（Foucault,"Of Other Spaces"335）。福柯将其称为"补偿异托邦"（heterotopias of compensation），其中妓院和殖民地就是该异托邦的典型代表。妓院是一种不同于真实空间的幻象空间，传统伦理道德观在这里被颠覆，人们在真实空间中求而不得之物或是满足不了的欲望，在这一幻象空间中能够得到一定的满足。然而，一旦走出这一空间则一切幻象全无，人们仍旧必须按照社会规定的秩序行事，否则就要受到惩罚。殖民地作为一种幻象空间则与妓院完全不同，殖民地对于殖民者来说是一块全新之地，美洲大陆对于欧洲殖民者而言便是如此。殖民者可能对自己国家的现状或自身的生存境遇感到不满,于是他们在寻得殖民地之后便幻想着把它打造成自己心目中理想的完美之地,从而弥补对现实的不满。比如早期去美洲大陆的殖民者中既有认为自己国家缺乏宗教信仰自由的清教徒,又有在国内生活落魄急需改变自己处境的投机分子。他们到达新大陆之后便将其变为殖民地,以实现自己的目的和愿望。

福柯还指出,船舶也是一种异托邦,因为船是"空间中漂浮的一块,一个没有地点的地点,它自给自足,自我关闭,投入到茫茫的大海之中,从一个港口到另一个港口,从一段航程到另一段航程,一直到殖民地"(Foucault, "Of Other Spaces" 336)。船舶与殖民地的关联反映了殖民开拓史中船舶所起到的重要作用。纵观历史,欧洲国家的殖民地都在海外,因此欧洲的殖民势力都是凭借其海上力量,如战舰、商船等,去征服海外领土、掠夺资源并展开贸易。正因船舶可以帮助国家实现拓张领土的愿望,并让殖民者建立符合自己理想的殖民地,实现原有生活中实现不了的秩序,所以它代表了一种理想的完美空间。而且由于船舶在海上漂移,不受陆上各种秩序的约束,任何险境都可能发生,比如哗变、谋杀或私刑等,因此船舶本身也颠覆了正常的空间秩序。

综上所述,通过对日常生活空间中各种表征的细致观察和深入思考,福柯提出了"异托邦"概念并总结出了它的六大特征:(1)从古至今,任何文明与文化中都存在异托邦,因而它具有一种普遍性;(2)异托邦不是一成不变的,它的文化内涵和意义随着时代的变迁而变化;(3)异托邦可以把相隔遥远或不同空间的事物汇集到一起,使它们并存,由此打破了空间的界限;(4)异托邦中异托时的存在,暂时或永久性地打破了传统时间的界限;(5)异托邦以其开放和关闭的特点构成了一个让人无法自由出入的禁区;(6)异托邦凭借其补偿性作用在不同的空间中产生关联并发挥其创造力。一处地方要成为异托邦,并不需要同时满足以上六个特点,而只要满足其中一个即可。总而言之,"能够连接常规空间、位所,又反映、表征、抗议或者颠倒常规'位所'以展示空间的建构逻辑,同时又是真实的却外在于常规空间的空间就是具有'异托邦'功能的'异托邦'空间"(张锦 145)。

第四节
爱伦·坡小说中的异托邦想象

通过对福柯的"异托邦"概念及其适用原则的梳理和分析可知,坡小说中的异域想象非常符合福柯的"异托邦"想象的另类空间的特征。其中有些篇目中的"异域"是打破了空间界限的新奇世界,有些篇目中的"异域"是跳出日常时间法则的场所,还有些篇目中的空间是被从日常空间隔离出的禁区,也有些空间具有开放性和变动不居的特征。总之,这些异域想象构成了坡笔下迷人的小说世界。而对照"异托邦"概念的特点,我们可以将他小说中的这些异域大致分为墓地①、远征②、时间③、

---

① 墓地异托邦文本主要有 7 篇:《贝蕾妮丝》("Berenice",1835)、《莫雷拉》("Morella",1835)、《静——寓言一则》("Silence—A Fable",1837)、《丽姬娅》("Ligeia",1838)、《厄舍古屋的倒塌》("The Fall of the House of Usher",1839)、《黑猫》("The Black Cat",1843)和《过早埋葬》("The Premature Burial",1844)。

② 远征异托邦文本主要有 4 篇:《瓶中手稿》("MS. Found in a Bottle",1833)、《南塔克特的亚瑟·戈登·皮姆的故事》(The Narrative of A. Gordon Pym of Nantucket,1837)、《裘力斯·罗德曼日记》(The Journal of Julius Rodman,1840)和《凹凸山的故事》("A Tale of the Ragged Mountains",1844)。

③ 时间异托邦文本主要有 3 篇:《与一具木乃伊的谈话》("Some Words with a Mummy",1845)、《莫诺斯与尤拉的对话》("The Colloquy of Monos and Una",1841)和《未来之事》("Mellonta Tauta",1849)。

偏离①等几个异托邦。

坡小说最为著名的是他的墓地异托邦。不过本书将要集中讨论的则是后三种异托邦，即远征异托邦、时间异托邦和偏离异托邦。这是因为本书关注的是坡的小说的文化政治维度以及他对19世纪美国社会的反思。在坡的异域想象中，墓地异托邦主要被他用来传递他丧母、丧妻、伤怀酗酒的个人创伤，也被他用来讨论有关生与死、意识与无意识、诗情与恐怖等超越具体时代语境的命题，我们在此略作讨论，因与本书的议题无关，不在后文中展开论述。

坡的墓地异托邦集中表现在他的哥特恐怖小说中。坡对死亡的迷恋是他小说最重要的主题之一，而墓园则是其经典场景。这种文学关注与坡本人的经历是分不开的。众所周知，墓地直接与死亡相关，人们对死亡的恐惧与生俱来，而坡之所以不厌其烦地对死亡进行细致入微的描写，与他人生中频繁目睹死亡有很大关系。坡三岁时，母亲病重，他一直陪伴左右，目睹了母亲的身体和精神状态每况愈下最终撒手人寰的过程。母亲的死在他幼小的心灵中留下了深深的印记。之后，坡与他的兄妹分别被三家人收养。坡的哥哥亨利因为酗酒，24岁就被死神夺去了生命。他的妹妹罗莎莉（Rosalie Poe，1810—1874）有智力障碍，形同"活死人"，这种生与死的纠葛和痛苦一直伴随坡的一生。

坡的一生中有不少恋爱对象，对他影响至深的有斯塔纳德夫人（Jane Stith Stanard，1793—1824），她是坡一位同学的母亲，与坡在气质和秉性方面非常相似。坡对她非常着迷，但坡彼时年岁尚小，只是单方面的暗恋，并未向她吐露心声。斯塔纳德夫人

---

① 偏离异托邦文本主要有4篇：《瘟疫王》("King Pest"，1835)、《红死魔的面具》("The Masque of the Red Death"，1842)、《陷坑与钟摆》("The Pit and the Pendulum"，1843)和《焦油博士和羽毛教授的疗法》("The System of Doctor Tarr and Professor Fether"，1845)。

的病逝对坡打击不小，后来他借诗抒情，写了著名的《致海伦》一诗来缅怀她。除了斯塔纳德夫人，还有坡的结发妻子弗吉尼亚（Virginia Clemm Poe，1822—1847）。坡与她伉俪情深，每每在创作完一部作品之后便读给她听，弗吉尼亚每次都认真倾听并给出意见。可惜好景不长，多才多艺的弗吉尼亚在一次唱歌时不幸血管爆裂，坡眼睁睁地看着爱妻在 24 岁的年纪香消玉殒。坡悲痛欲绝，写下了被后世传颂的诗篇《安娜贝尔·李》悼念亡妻。

坡一生中多次经历生离死别，他的挚爱在死亡年龄上的巧合也让人觉得不可思议。因此，坡被认为是一个悲观的作家，他的小说主题大部分与疾病、死亡和坟墓有关。他也用自己的笔将死亡的永恒性、人类面对死亡的恐惧、亲人死亡留给生者的伤痛等描写得极为深刻。在小说中，进入墓园的灵魂也不见得能够安息，生者更是徘徊在墓地，期待着爱人从另一个世界返回。在《丽姬娅》、《黑猫》（"The Black Cat"，1843）、《厄舍古屋的倒塌》中，墓地是永恒的死亡的异托邦，也是人类无意识的隐喻象征。

如果说坡小说中的墓地异托邦关乎坡的内在情感和人类的共同恐惧，那么他笔下的远征异托邦、时间异托邦和偏离异托邦则与他所处时代的文化、社会、历史、政治息息相关。这也是本书即将讨论的重点。在此，让我们先对坡的这几类小说的文本作一概览，以了解每个分类涉及的主要文本，同时也将阐明本书以什么样的标准来选取文本。

在坡的远征异托邦文本中，有海洋、陆地和穿越三种空间想象。它们集中反映了坡时代美国的帝国意识和殖民思维，具体表现为美国的海外拓殖和贸易扩张，以及对印第安人的内部殖民。其中，坡小说中的海洋异托邦是对前者的反映，陆地异托邦和穿越异托邦则是对后者的描写。

海洋异托邦文本有两个，分别是《瓶中手稿》和《南塔克特的亚瑟·戈登·皮姆的故事》，这也是坡很有名的两篇小说。坡曾经有过较长时间的海上经历，他跟随养父一家从美国出发去英国，而后又返回美国，漫漫航程给他留下了深刻的印象。在坡生活的时代，一方面，海洋对美国来说有着重要的经济意义。由于靠海的天然优势，造船业、捕鲸业和航运业给美国带来了源源不断的经济利益。另一方面，海洋对坡时代的美国也有着重要的政治意义。欧洲国家在完成工业革命后便开始了对外扩张的步伐，足迹遍布世界各地，亚洲、非洲和大洋洲的很多国家都沦为欧洲的殖民地。这一时期美国的外交政策也逐渐改变，摒弃了建国初期的孤立主义，转向主动进取，为美国争取更多的海外利益。于是美国开始双拳出击，一边与欧洲老牌殖民帝国争夺殖民地资源，一边将触角伸到尚未被欧洲殖民者染指的南极地区。学界对《南塔克特的亚瑟·戈登·皮姆的故事》研究较多，对《瓶中手稿》的研究相对较少。事实上，《瓶中手稿》篇幅虽短，内容却十分精炼，更能体现坡的异托邦想象的奇幻特色，所以本书拟聚焦于后者。

陆地异托邦和穿越异托邦文本分别是《裘力斯·罗德曼日记》和《凹凸山的故事》。这两篇小说也是坡近70篇小说里仅有的书写印第安人的文本。印第安人本是美洲大陆的原住民，但在欧洲殖民者到来之后，他们便逐渐从故土上被赶走或屠杀。在欧洲殖民者眼里，他们是野蛮无知的象征，不值得同情。美国在建国后依旧坚持这一错误认知，对印第安人不是赶尽杀绝就是把他们迁移到西部贫瘠的土地上，任其自生自灭。印第安人对他们既怕又恨，不时奋起反抗，却大多以失败告终。这两个异托邦文本对印第安人的血泪史进行了还原，反映了美国对印第安人的内部殖民的残酷。前者是对印第安人的直接描写，揭露了美国对印第安人的心理殖民逻辑，后者则影射了美国对印第安人的政策中潜藏的危机。因此，本书对于这两个文本都将进行详细的讨论。

在时间异托邦文本中,《与一具木乃伊的谈话》、《未来之事》和《莫诺斯与尤拉的对话》这三篇小说分别通过借古讽今、借未来讽今和死后反观生前世界的方式对美国现代化进程进行了反思,所指向的都是坡时代美国社会暴露出来的问题。在《与一具木乃伊的谈话》这篇小说里,被封存千年的木乃伊被美国科学家强行复活后与科学家展开了激烈的争论。在古代与现代思想的碰撞中,不时暴露出现代人的无知和落后,木乃伊还对现代科技的发展和政治领域的改革进行了无情鞭挞。在《未来之事》里,千年后的未来世界并非如人们预期的那般美好,交通工具的发展滞后满足不了日益增长的人口需求。而人口的激增使得人的个体生命逐渐被无视,人与人之间的情感也越发淡漠。随着人的主体性的丧失,整个社会集体堕落,呈现一片荒诞的景象。金钱至上的观念使得人们对财富趋之若鹜,人们却没有因物质上的富足而获得精神上的满足;相反,从他们低俗的审美观可以看出其精神生活的匮乏。小说描述的美国在千年后的毁灭无疑是对美国社会中人的生活困境、拜金主义等问题的警示。《莫诺斯与尤拉的对话》这篇小说通过死后得以新生的莫诺斯与尤拉之间的对话,特别是莫诺斯的思考,对他们生前世界的病症进行反思,指出了人类的两大通病:一是对实用科学的崇尚,使得人们过于注重理性,而忽视了对感性的培养,从而变得偏执且缺乏想象;二是对人类中心主义的迷恋,导致人类对自然的无视、对资源的掠夺和对环境的破坏,地球变得面目全非。这两个问题正是困扰19世纪美国的重要问题。

在偏离异托邦文本中,《瘟疫王》《焦油博士和羽毛教授的疗法》《陷坑与钟摆》分别对瘟疫时期的隔离区、精神病院和监狱进行了书写。本书选取了其中不同时间维度的三个文本,揭示了人的生命在权力运作下遭遇的困境。其中《瘟疫王》对瘟疫时期的隔离区进行了书写,描写了瘟疫流行期间社会底层大众在上层阶级的权力运作下被强制关进隔离区自生自灭的故事。《焦油博士和羽毛教授的疗法》则反映了精神病院里病人遭受的非人待遇。他们受制于掌握医学话语权和管理权的精神病院工作人员，被贴上各种不正常的标签，沦为被人们观赏的对象。虽然他们一度奋起反抗并成功夺权，但最终被反制，依然摆脱不了成为权力运作的牺牲品的命运。《陷坑与钟摆》展示了监狱里一个犯人的悲惨遭遇，他被禁止发声，不能有自己的思想，如果不屈服于主流话语就会在监狱中受尽折磨。探讨这些小说中的异托邦空间，发掘它们与坡所身处的19世纪美国的同类生命政治空间之间的隐秘联系，也是本书的议题。

总而言之，通过分析坡小说中的异域想象，通过对以上三大类近十篇重点文本的解读，本书力图实现如下突破：

（1）坡小说中有大量的奇异空间想象，它们表面上是坡的小说艺术与瑰丽想象的产物，其实，其中相当的篇目也蕴含着坡的社会批判和文化思考。本书对目前学界尚缺乏综合性研究的这一领域进行深入探索，引入福柯的"异托邦"概念，将其作为解读这些异域空间想象的有效批评武器，对这些"异托邦"想象背后所指涉的文化政治含义进行详细分析。

（2）本书对坡的"异托邦"想象的多元性进行了全面梳理，在辨析作品中的"远征异托邦""时间异托邦"和"偏离异托邦"等不同类别的基础上，对以上三大类异托邦内部的代表性文本进行了逐一细读，聚焦其时代社会文化指涉，揭示出坡的"异托邦"书写的丰富内涵。

（3）本书辨析了坡的不同形态的异托邦的共同性：坡是借助这些看似与自己时代的日常空间构成差异的异域想象，创造出时间与空间视野更为广阔的文本世界来参照性地再现他身处的19世纪，并对它进行富有洞见的批判和反思。由此，我们看到的不仅是一位唯美主义者，也是一位深刻关注19世纪美国社会的文化、历史、政治议题的小说家。

（4）虽然学界对坡的研究已经较为深入，但是讨论相对集中在《厄舍古屋的倒塌》《黑猫》《泄密的心》等经典著作上。坡的丰富性让他的有些作品有待获得更多关注。本书所选择的部分文本，比如《与一具木乃伊的谈话》《凹凸山的故事》《未来之事》《瘟疫王》等，在我国学界的讨论相对较少。本书期待通过批评，唤起学界对这些文本的更多讨论，为坡研究的全面性做一点微薄贡献。

基于此，本书以"异托邦"的不同形式为纲，对坡的异域想象进行文化政治性的阐释，揭示坡对美国社会的彼时痼疾与未来出路的思考。本书将分五章展开论述。

第一章是绪论。在对坡的国内外研究动态进行全面梳理的基础上，指出研究坡小说中的"异托邦"书写的新意所在。在引入福柯的"异托邦"概念之后，对坡小说中的异域想象进行综合论述和分类梳理，继而阐明本书的主要观点和基本框架。

第二章对坡小说中的远征异托邦空间想象进行解读，选取的文本是《瓶中手稿》《裘力斯·罗德曼日记》《凹凸山的故事》。它们分别描绘了海洋远航、西部拓殖和殖民地时空穿越三种不同的空间跨越之旅，体现了坡对美国海外拓殖与贸易和对印第安人内部殖民的反思，表明了坡对美国继承欧洲帝国的海洋扩张野心的不安，对美国的西进运动带来的白人与印第安人的冲突对抗的担忧，以及对美国的印第安人政策中的殖民主义原罪的焦虑。

第三章对坡小说中的时间异托邦空间想象进行解读，选取的文本是《与一具木乃伊的谈话》《未来之事》《莫诺斯与尤拉的对话》。这三篇小说分别通过借古讽今、借未来讽今以及死后反观生前世界的方式表达了坡对美国现代化进程的反思。彼时的美国社会进入了现代化进程的快速发展期，但也深受技术至上论、人的异化、消费主义的泛滥、实用主义和功利主义价值观的流行、人类中心主义的狂妄心态等问题的困扰。坡在创作时间异托邦小说时，引入新的时间维度和空间距离，对美国现代化进程中所遇到的问题进行了多角度的探讨，传达了他对美国社会如何才能实现良性发展的关注。

第四章对坡小说中的偏离异托邦空间想象进行解读，选取的文本是《瘟疫王》《焦油博士和羽毛教授的疗法》《陷坑与钟摆》。这三篇小说分别描绘了瘟疫隔离区、精神病院和监狱三个有别于日常空间的另类空间，体现了坡对19世纪美国疫病管理机制、精神病治疗体系和监狱惩罚体系中的生命政治机制的思考。坡在小说中揭露了权力与话语的联手运作是如何践踏人类的生命基本权力的，呼吁人们关注病人、疯人和受监禁者的境遇，期待美国对相关领域进行全面改革。

第五章是结语，对本书的观点进行总结和归纳，指出坡的异托邦小说大多数看似发生在与19世纪美国隔着遥远时间与空间距离的异质空间，但是其想象的基底具有深刻的文化、历史与政治印痕，反映坡所关注的19世纪美国社会中的殖民主义、帝国主义、现代化进程、生命政治机制等重大议题。而他对这些议题的讨论所牵涉的人与科技的关系、人与自然的关系，人与人之间、种族之间、国家地区之间的关系等，在21世纪的今天仍然具有参考意义。

第二章

远征异托邦：反思美国殖民与帝国扩张

坡的时代是美国经历立国之初的动荡期后日趋强大并逐渐滋生帝国野心的时代，也是美国探索新空间，在海洋进行远航探索、在内陆向西部进发的时代。这也是坡的笔下常常描绘异域空间想象远征之地的原因。本章将聚焦坡所描绘的这些与日常空间迥异的远征之域，讨论坡如何通过对跨越遥远空间、进入陌生之地的想象来传达他对美国的空间拓展和帝国建构的反思。

远征异托邦是坡小说中的空间表征之一，主要体现在海洋、陆地和时空穿越并置三种空间中。这方面的小说有《瓶中手稿》《南塔克特的亚瑟·戈登·皮姆的故事》《裘力斯·罗德曼日记》《凹凸山的故事》等。我们选取坡最有代表性的三部小说进行探讨。在航海异托邦中，海洋起着至关重要的作用。它一方面代表无序和不受管制，因为海洋上有可能发生任何违背日常惯有秩序的事，另一方面它又连接了新旧空间与秩序，坡的《瓶中手稿》便是这样一个典型的航海异托邦文本。在西进异托邦中，人类文明与荒野自然呈现出的张力是这一异托邦的表征形式，文明与自然共处一个陆地空间，但不同的运作方式使它们彼此对立。人与自然、文明与野蛮的冲突在这种对立中得到淋漓尽致的展现，坡的《裘力斯·罗德曼日记》便是这一异托邦的代表。在穿越异托邦中，不同的时空被并置在一起，如同图书馆和博物馆一样，古代与现代、旧世界与新大陆被同时呈现，让人跨越漫长的距离，从不同的体验中探寻某种让人惊叹的相似性，坡的《凹凸山的故事》便很好地诠释了这一点。

第一节
航海异托邦中的帝国想象：《瓶中手稿》

《瓶中手稿》（"MS. Found in a Bottle"，1833）是坡的成名作，也是为数不多的航海小说之一。在一次创作比赛中，坡提交了数篇作品，最终这篇小说脱颖而出，夺得冠军。坡得到了50美元的奖金，并以此为起点踏上了他的小说创作之路。该小说讲述了一则南海历险故事。主人公在印度尼西亚的巴达维亚（Batavia）港登上了一艘满载殖民地货物的英国商船前往巽他群岛，踏上了一段不同寻常的旅程。商船在航行中遭遇风暴和漩涡，最终瓦解沉没。主人公作为为数不多的幸存者在海上漂泊，几近绝望时发现了一个大漩涡。从漩涡深处卷起一艘布满火炮的幽灵般的黑色大船。主人公被海浪抛上了幽灵船，他惊讶地发现老态龙钟的水手和船长各自忙碌，竟没有一个人注意到他的存在。这艘幽灵船无人掌舵，随波逐流，正往南极方向漂去。主人公对于未知的前路既恐惧又好奇，决定舍命一探神秘的南极。可惜幽灵船最终被漩涡吞噬，船上所有人不知所终。故事到此戛然而止，留给读者无尽的想象。

小说中有变幻无常的大海、阴晴不定的天气、险象环生的航程、智慧果敢的主人公、跌宕起伏的情节以及让人回味无穷的结局，这些对于成天在陆地上奔忙的民众而言极具吸引力。

《瓶中手稿》出版以后受到了评论界的广泛关注，学者对它的研究主要分为三个方面：一是对小说选材来源的考据，有学者认为这篇小说是对"玛丽·雪莱《弗兰肯斯坦》"（Smith, "Shelley's *Frankenstein*" 195）的仿写或是受"丁尼生诗歌"（Frank 1）的启发；二是对小说主人公身份的分析，有评论认为他是一个实用主义者或所谓的"经济人"（Wing-chi Ki 656）；三是对小说所呈现的美国特性进行阐释，有文章分析了美国发展中的"流变性"（Miskolcze 382）所引发的不确定性和危险性。本书认为，这篇小说中有大量关于海洋的描述和想象，而海洋也是一个异域空间，因此我们将结合异托邦的概念，从人们对海洋的传统认知和美国人所独有的海洋观入手，分析主人公身上凝聚的美国时代精神以及小说中各种海上灾难的象征意义。我们试图证明，在这篇海上历险故事的背后有坡对美国当时海外拓殖政策的反思。

海洋因其瑰丽的景色和无边无际满足了人们对美的追求和对自由的向往，同时也因其变幻无常和深不可测让人们对危险和死亡恐惧不已。而大海对于 19 世纪初的美国人来说，其意义不仅限于自由、美和危险，它是国家身份的象征，是取之不竭、用之不尽的丰饶之地，也是利益博弈的场所。

在美国人心目中，他们的国家身份和海洋息息相关。这样的认识早在殖民地时期便已成型，来自欧洲的航海家和冒险家横渡大西洋才发现了美洲新大陆，而后欧洲殖民者以及各种移民也通过海洋走向殖民之路和自由之路。因此，从殖民地时期开始，美国的命运就同海洋紧紧绑在一起。坡经历了美国的疆土从大西洋沿岸拓展到太平洋沿岸的过程。虽然在小说发表时的 1833 年，美国的海疆还仅限于大西洋，但早在 1803 年托马斯·杰斐逊（Thomas Jefferson, 1743—1826）总统当政时期，著名的刘易斯和克拉克西部探险之旅（Lewis and Clark Expedition, 1803—

1806）就开启了美国同太平洋的联系。

美国建国之初，靠近大西洋沿岸的13个州发展起了捕鲸业、捕海豹业、渔业、造船业和航运业等，其中最重要的是捕鲸业。有学者指出，"捕鲸业是19世纪美利坚民族的海洋活动中最具特点的"（段波52），它"成为美国海洋历史中最著名的海洋生产活动"（52）。这是因为"捕鲸业是一个巨大的、利润丰厚的产业。鲸鱼油用途非常广泛，最重要的是用来照明和做润滑剂。总之，正在城镇化和工业化道路上前进的庞大的美国机器的各个部件都要依靠鲸鱼油来润滑"（76）。因此，"捕鲸业成为了重要的支柱产业"（76）。除此之外，渔业、造船业和航运业也是"19世纪前半叶美国经济和社会的支柱产业"（54）。由此可见，美国凭借得天独厚的地理优势，坐拥丰富的海洋资源，经济得以蓬勃发展。

享受到海洋给美国经济带来的巨大利益之后，美国越来越看重海洋在国家疆域中的地位。特别是彼时的欧洲国家率先走上了瓜分世界的殖民之路，美国在这一方面也不甘居于人后。1823年，时任美国总统詹姆斯·门罗（James Monroe，1758—1831）在国会发表演讲，宣称"美洲是美洲人的美洲"（America is for the Americans），实则意指"美洲是美国人的美洲"。这标志着美国将改变建国初期的孤立主义政策，转而走向对外扩张的道路，把美国的国家利益从北美大陆延伸到海外，这里指的主要是南太平洋周边地带。

英国的库克船长（Captain James Cook，1728—1779）早在18世纪就在南太平洋海域活动，并发现了大洋洲。1812年，时任美国总统詹姆斯·麦迪逊（James Madison，1751—1836）"命令猎海豹船船主、新英格兰富商爱德蒙·范宁（Edmund Fanning）组织探险船队，深入探索南太平洋地区"（张陟84），却因美英战争爆发未能成行。1818年，一位名叫约翰·西姆斯

（John Symmes，1780—1829）的美国退伍军人致信美国各界人士，声称"地球两极并非由冰雪或大洋占据着，而是存在着巨大的空洞"（80），这就是著名的"地球中空说"（Hollow Earth Hypothesis）的由来。该理论进一步指出，"地球内部至少有五个套嵌在一起的同心圆，每两个同心圆之间存有大气层，每一层在极点之处与外界相通，同心圆的内外两侧均可居住"（81）。因此，"西姆斯在公开信中恳求召集100位装备齐全的旅伴，共赴极点，以求验证"（81）。这一前所未有的观点让美国民众大开眼界。1820年，一本致敬西姆斯的小说《西姆佐尼亚：一次发现之旅》（Symzonia: A Voyage of Discovery）问世，更是勾起了人们对海洋探险和南北两极探险的无限向往。

西姆斯理论的忠实拥趸杰里迈亚·雷诺兹（Jeremiah Reynolds，1799—1858）对美国涉足南太平洋探险和南极探险也起到了推波助澜的作用。他大力鼓吹"地球中空说"，不断游说美国上层组织南太平洋和南极科考，并得到了"时任美国海军秘书塞缪尔·萨瑟兰德和总统约翰·昆西·亚当斯的认可"（Day 43）。然而该计划最终因"与参议院海军委员会主席罗布特·海恩意见不合及总统换届"（张陟83）而流产。但雷诺兹并未就此放弃，转而向民间求助，"参与组建私人探险队，跟随捕海豹船出海，到达南极周边海域，后又乘美国军舰完成了环球旅行"（83）。1835年，他根据自己的海上探险之旅撰写的《美国军舰"波多马克号"航行记》（The Voyage of the United States Frigate Potomac）一书出版，跻身当时"热销航海读物的行列"（83）。同年，坡授权《瓶中手稿》再版了两次，以此向雷诺兹致敬，并公开支持他的探险活动。雷诺兹"坚持不懈地宣扬海洋探索对美国的巨大利益。在他的推动下，美国国会于1836年5月4日正式通过决议，拨款30万美元组建美国探险船队，勘察南太平洋与南极地区"（83），由此开启了"19世纪美国历史上由政府组织的规模最大、耗资最多、行程最远的航海探索"（83）。这一时期，美国上下对南太平洋和南极探险爆发了极大兴趣，充满了无数想象，《瓶中手稿》正是在这样的背景下创作而成的，自然广受好评。

小说主人公是一位为求学而背井离乡的学者，长时间远离故土、漂泊异乡，这一点与水手极其相似。此外，主人公善思好想、思维严谨，面对任何问题都不会感情用事，而是借助科学知识进行理性分析，他坚信"这世上没有人比我更不容易被迷信的鬼火引离真实之领域"（Poe, *Poetry and Tales* 231）。

主人公登上开往巽他群岛的航船，踏上旅途，在船上继续用科学理性的目光审视着周围的一切。这是"一条铜板包底、约四百吨重的漂亮帆船，是用马拉巴的柚木在孟买建造的。船上装载的是拉克代夫群岛出产的皮棉和油料"（Poe, *Poetry and Tales* 232）。他可以敏锐地判断出船和货物的质地、吨位和产地，这证明了他学识渊博。船舶出海之后，海上风光并没有让他的想象力驰骋，亦如他对自己的评价，"想象力之贫乏历来是我的耻辱"（231）。他始终用理性的目光看待自然景象，比如"西北方一朵非常奇特的孤云"（232）引起了他的注意，因为他觉得从未见过。随后他又被"暗红色的月亮和奇异的海景"（232）吸引，这些带给他的不是享受而是疑惑。紧接着"空气变得酷热难耐……周围也是一片难以想象的寂静"（232）。这时，主人公嗅到一丝不寻常的气息，他再去观察甲板上蜡烛的火苗并拈下自己的一根头发丝去做实验，发现"火苗毫无跳动的迹象……头发丝也看不出飘拂"（232）。主人公通过蛛丝马迹得出结论——"每一种征候都使我有充分的理由判定一场热风暴即将来临"（232-233）。主人公把他的分析结果报告给英国商船的船长后，船长却置若罔闻，拂袖而去。坡对比主人公与英国船长的形象，突出表明主人公才是更像船长的人，也间接暗示了新兴的美国完全有能力取代顽固不化、傲慢自大的老牌殖民帝国英国的海上霸权。

主人公的理性果敢在逆境中更是发挥了巨大作用。船长的错误决定导致英国商船被海上风暴掀翻,主人公和一位瑞典老人"是这场灾难中仅有的幸存者。甲板上的其他人全都被卷进了大海,而船长和他的副手们也肯定在睡梦中死去,因为船舱里早已灌满了水"(Poe, *Poetry and Tales* 233)。尽管如此,主人公虽然忧虑但并不恐惧,他始终保持头脑的清醒,用敏锐的目光观察海面上的变化以及他们漂流的方向。"昏黄的太阳露出地平线,只往上爬了几英尺高……没放射出我们通常称作的光芒,只有一团朦朦胧胧没有热辐射的光晕,仿佛它所有的光都被偏振过了……我们的航向……一直是东南偏南,正朝着新荷兰海岸的方向"(234)。英国商船被风浪掀翻后,船体支离破碎、千疮百孔,随波漂流,海浪没过甲板,打在主人公身上,而他却泰然处之,冷静地发现"几台水泵还能启动,压舱物也基本未被移动"(234)。这时的主人公早已是满腹经纶的学者模样,媲美处变不惊的资深水手,这无疑就是坡眼中美国的航海家形象。不仅如此,他还在危机中帮助他人化险为夷,搭救了一位瑞典老人。毫无疑问,坡塑造了一位美国船长的英雄形象,与英国船长的所作所为形成鲜明对比。由此坡暗示了美国人强烈的责任感和使命感。

主人公和瑞典老人在海上漂泊了六天,不见天日。直到一条荷兰幽灵船从漩涡底被甩出,砸到了英国商船上,于是主人公重重跌落在荷兰幽灵船上。他在第一眼看到船上那些幽灵般飘荡的水手时感到一丝畏惧。但很快发现他们如盲人一般对他视而不见,于是他便开始观察这艘船,继而又发现幽灵船随波向南极航行,这勾起了主人公对南极地区一探究竟的好奇心。因为他们正"驶向某个令人激动的知识领域——某种从未被揭示过的秘密

（Poe，*Poetry and Tales* 241），即使这种知识的获得和秘密的揭晓意味着灭亡，他也在所不惜。主人公勇于探索的精神和对南极的向往也映射了当时美国人拓殖南极大陆的蠢蠢欲动。

虽然坡也和时下美国民众一样对南太平洋海域和南极地区心驰神往，但他又担心美国会重蹈老牌殖民帝国的覆辙。所以坡在这篇小说中还精心设计了一些元素，诸如英国商船、荷兰幽灵船以及一些自然地理表征来表达他对美国政府种种殖民行径的焦虑以及对殖民者最终下场的担忧，期待起到警示作用。

在小说开篇，主人公在巴达维亚港登船出海，虽然坡没有明确告诉我们这是哪国的船只，但通过主人公的观察，我们知道船的建造材料来自马拉巴（Malabar），制造地在孟买（Bombay），船上装载着购于拉克代夫群岛（Lachadive Islands）的"椰壳纤维、椰子糖、椰子和鸦片"（Poe，*Poetry and Tales* 232）。马拉巴和孟买隶属于印度，而拉克代夫群岛也位于印度西海岸附近，这些都说明这无疑是一艘来自英属殖民地印度的英国商船。坡把主人公登船的地点设定在巴达维亚是颇有深意的。翻阅巴达维亚的历史便会发现，荷兰人于1602年至1800年间建立了荷属东印度公司（Dutch East India Company），其总部就设在爪哇（Java）的巴达维亚（今印尼的雅加达）。1692年，一艘名为"巴达维亚号"（Green 90）的荷兰船只驶离荷属东印度公司，前往当时荷兰的另一块殖民地——新荷兰（New Holland），即今日之澳大利亚，结果在其西海岸的阿布洛霍斯群岛（Abrolhos Islands）搁浅。随后，这座城市"在1699年时被地震和洪水给摧毁"（Poe，*Collected Works* 146）。由此可见，无论是"巴达维亚号"的失事，还是巴达维亚城的毁灭，都是不祥之兆。正如《圣经·旧约》里的所多玛和蛾摩拉（Sodom and Gomorrah）是"堕落"的象征，巴达维亚则是"毁灭"的象征。另外，这艘英国商船从印度驶向印度尼西亚也具有象征意义。从殖民史看，在坡创作《瓶中手稿》的年代，英国逐渐取代了荷属东印度公司在东南亚地区的势力，从而将殖民范围从印度洋向东延伸到了太平洋。

英国商船作为殖民帝国的象征，来往于遍布印度洋和太平洋上的各个殖民地，剥削当地人民，掠夺当地资源，最终会如巴达维亚一般遭到毁灭。小说中，毁灭商船的力量都是自然因素，比如巨浪、风暴、漩涡等，但这些来势汹汹的外部力量其实可以被视为殖民地人民对殖民者的反抗。主人公从自然环境的异常变化中预先察觉到了危机，却遭到船长的无视，后者的表现恰恰反映出殖民者不可一世的态度。坡还在小说中借用黑暗来影射被殖民者对殖民者的反抗。英国商船失事之后，很快便被"冥冥黑暗"（Poe，*Poetry and Tales* 234）所笼罩。这茫茫无际的黑暗正是对白人至上主义的一种反噬。

由于当时的美国意欲在南太平洋地区分一杯羹，而小说中的英国商船恰恰是在南太平洋海域失事，所以坡其实是希望以此警醒美国政府不要步英国的后尘。除了对南太平洋地区有所觊觎，美国政府还决定将势力范围扩张到彼时尚未被世人熟知的南极地区。对此，坡在小说里借用了荷兰幽灵船的传说来发出警示。

坡研究专家托马斯·马博特（Thomas Ollive Mabbott，1898—1968）在为《瓶中手稿》的背景作注时专门提到小说中的荷兰幽灵船来源于"飞翔的荷兰人"（Flying Dutchman）的传说。所谓"飞翔的荷兰人"，是指在水手中广为流传的一艘幽灵船，因受到诅咒只能永远在海上漂泊。这一传说源于荷属东印度公司。现存最早的记录出现在18世纪末。这个传说大致有两个版本。第一个版本是该船在非洲好望角附近因天气原因靠不了岸，船上水手想尽一切办法也无济于事，于是船就只能无限期地在海上漂泊。第二个版本是该船满载金银珠宝，在好望角附近海域失事，船上发生了暴乱，水手受到诅咒，致使船上瘟疫流行，没有一个港口愿意接收他们，最终这艘船只能在海上漂泊，久而久之变成了一艘幽灵船。

从上述考据可以看出，这艘幽灵船的传说与荷属东印度公司有关。荷兰比英国更早走上殖民主义道路，先于英国在北美建立了殖民据点——新阿姆斯特丹（New Amsterdam）。这一据点后来被英国占领，并重新命名为纽约。荷兰在殖民时期主要与印第安人进行皮毛交易，用非常廉价的物件从印第安人手中换取大量珍贵的动物毛皮，从中赚取巨额利润，这样的贸易无异于赤裸裸的抢夺。

因此，在《瓶中手稿》这篇小说里，坡首先把荷兰幽灵船作为殖民者的象征，如同即将奔赴南极的美国远征队一样，他们的目的就是夺取南极的资源，因为该地区有丰富的物产，比如海豹、鲸鱼、各种鱼类等。关于这一点，激励美国政府进行南极探险的《西姆佐尼亚》一书就记载了"英国船长威廉·史密斯在南极地区发现大量海豹的传闻，后有新英格兰的'赫希利亚号'等船只满载海豹皮而归的确切消息"（Landis 27）。同样，《西姆佐尼亚》这本书也流露出美国殖民南极的野心。该书的主人公到达南极后，发现那是一块"没有任何文明人活动"（Seaborn 42）的土地，于是便"代表美利坚合众国"（42）宣布对其进行占有，并同时竖起了一块"雕刻着张开翅膀的雄鹰的铜碑"（42）以宣告主权。其次，坡借用荷兰幽灵船被诅咒以致在海上永久漂泊的传说来警告美国不要妄图征服南极并对其进行殖民统治，否则必将失败。

回到《瓶中手稿》这篇小说。坡笔下的荷兰幽灵船是一艘"比任何战列舰或东印度洋上的大商船都还更大"（Poe, *Poetry and Tales* 235）的船，它"敞开的炮门露出一排黄铜大炮，铮亮的炮身反射着无数战灯的光亮"（235）。虽然主人公"说不出它是条什么船"（238），但通过坡的描述，再结合美国当时的南极计划，我们大致可以推测出这是一条武装商船，兼具商用和军用两种性质，平时主要运输货物，在遇到危险时可以开火自卫或还击。

此外，这艘船和船上的一切都非常陈旧与古怪，"散发着古老的气息。水手们来来去去就像被埋了千年的幽灵在游荡"（Poe, *Poetry and Tales* 240）。所有的水手看上去都"老态龙钟，白发苍苍。他们的双腿都颤颤巍巍，他们的肩背都佝偻蜷缩，他们的皮肤都皱纹密布，……他们的眼睛都粘着老年人特有的分泌物，他们的苍苍白发在暴风中可怕地漂浮"（238-239）。即便是船长也跟他们一样，脸上带着那种"令人不可思议且毛骨悚然的极度苍老的痕迹。……他的额上皱纹虽然不多，但却仿佛铭刻着无数的年轮。他的苍苍白发像是历史的记载"（240）。甲板上随处可见"式样古怪的仪器和遭虫蛀的海图"（236）、"乱七八糟地堆放着最古里古怪的老式测算仪器"（239），在船长"卧舱的地板上也到处是奇怪的铁扣装订的对开本、锈蚀的科学仪器和早已被人遗忘的过时的海图"（240）。更奇怪的是，船上所有水手包括船长在内都对主人公视而不见，而这艘船也"竟不顾超乎自然的巨浪和肆无忌惮的飓风，依旧张着它的风帆"（235-236），"一直向南继续着它可怕的航行"（239）。

坡在此对荷兰幽灵船、船上的船员、设备以及船只前进方向的描述都具有深意。这艘古老的武装商船和船上苍老的船员都是早期殖民者的象征，他们所使用的各种航海仪器和设备均是帮助他们进行海洋探索的工具，而他们对海洋探索的目的则是征服他国领土、掠夺资源。这一点从船长手持的一份文件可以推测出来，"他当时正用双手支撑着头，……眼睛盯着一份文件，……那是一份诏封令，……上面盖有一方皇家印鉴"（Poe, *Poetry and Tales* 240）。显然，这是欧洲各国早期常见的一种由王室签发的殖民扩张许可令，即殖民者在王室的授权下，以王室的名义对所征服领土进行占领，而殖民者本人也可以加官进爵，以王室代言人的身份对殖民地进行统治。比如克里斯托弗·哥伦布（Christopher Columbus, 1451—1506）在发现美洲大陆后，就以西班牙王室的名义宣布对其进行占领，并成为当地的总督，源源不断地向西班牙输送从殖民地掠夺来的黄金、白银等贵金属。同样，英国最初在北美建立的 13 个殖民地中，有许多是在殖民者得到英王的许可令后才被占领和管理的，这些殖民地直属于英王，听命于英王，英王对殖民地的一切都拥有主权。可见，他们的这种殖民行径与"飞翔的荷兰人"传说中水手为争夺财富而实施的暴行如出一辙。因此，正如传说中的水手遭受了瘟疫的诅咒而永久在海上漂泊一样，小说中的荷兰幽灵船也受到了诅咒，它的船员变成了行尸走肉，同船一起在海上漂泊无依，并不断被漩涡吞噬。由此坡警告美国当局不要走上早期欧洲殖民者的不归路。

另外，坡还借用古代殖民帝国的兴衰来说明殖民主义终将惨淡收场的后果。在《瓶中手稿》里，主人公对荷兰幽灵船上的所见进行了反思，"我心里便有一种前所未有的感受，尽管我平生专爱与古董打交道，一直沉湎于巴尔比克、塔德摩尔和波斯波利斯残垣断柱的阴影之中，直到我自己的心灵也变成了一堆废墟"（Poe, *Poetry and Tales* 240）。坡在这里提到的三处地名都是历史上有名的城市，它的相继沦为殖民主义的牺牲品。巴尔比克（Balbec）是古代腓尼基（Phoenicia）的一座城市，后来被罗马征服并殖民。塔德摩尔（Tadmor）是古代叙利亚的一座城市，后来也被罗马征服与统治。波斯波利斯（Persepolis）是古代波斯帝国（Persian Empire）的首都，后来被亚历山大大帝（Alexander the Great, 356—323 BC）征服、掠夺并付之一炬。虽然罗马帝国（Roman Empire）和亚历山大帝国（Empire of Alexander the Great）在其扩张过程中把许多国家变成了自己的殖民地，但它们最终也摆脱不了自己被推翻、被殖民或分崩离析的命运。罗马帝国在后期一分为二，西罗马帝国（Western Roman Empire）被他们曾经统治过的、被认为是未开化的蛮族入侵，遭遇烧杀抢掠，毁于一旦。东罗马帝国（Eastern Roman Empire or Byzantine Empire）则被新崛起的奥斯曼土耳其帝国（Ottoman Empire）吞并。亚历山大帝国在亚历山大大帝死后从内部开始分化，最终土崩瓦解，不复存在。小说主人公对这些历史名城与强盛帝国的兴亡更替作出反思，坡则借此表达了对美国未来的担忧。崛起中的美国，如果走上殖民主义的老路，无论多么辉煌，最终也无法打破历史的规律。

主人公醒悟之后决定把自己在荷兰幽灵船上所写的"日记手稿封进瓶里，抛入海中"（Poe, *Poetry and Tales* 237）。荷兰幽灵船此时正载着他向南极方向漂去，他无力扭转这一切，觉得自己"也许没有机会亲手将这日记公之于世"（237），所以他才把日记装进瓶里，希望能被人拾到，给世人带来警醒。小说最后，荷兰幽灵船和主人公还未到达南极就被海上的一个大漩涡卷了进去，"我们正急速地陷入漩涡的中心——在大海与风暴的咆哮、呼号、轰鸣声中，这艘船在颤抖——哦，上帝！——在下沉！"（241）。至此，荷兰幽灵船再次被漩涡吞噬，主人公则成了新的牺牲品。坡通过此番情景再次为美国敲响了警钟，只有毁灭才是殖民主义最终的结局。

综上所述，在《瓶中手稿》这篇小说里，坡笔下的海洋不仅是一个传统的异域空间，而且还是美国人长期依赖的生存空间。继欧洲国家在太平洋、印度洋和大西洋沿岸四处攻城略地，把被征服之处变为自己的殖民地、原料生产地和产品倾销地，并获取了大量资源和利益之后，新崛起的美国也不甘示弱，跃跃欲试，意欲同老牌殖民帝国一争高下，把自己的势力范围从大西洋沿岸扩张到太平洋沿岸甚至南极地区，并在这些地区推行殖民主义，获取经济利益。坡的主人公在经历了象征老牌殖民帝国的英国商船和荷兰幽灵船的覆灭之后最终幡然醒悟，并写成日记以警醒美国民众。

第二节
西进异托邦中的拓殖之路：
《裘力斯·罗德曼日记》

《裘力斯·罗德曼日记》（The Journal of Julius Rodman，1840）是坡唯一一篇未写完的小说。小说讲述了以主人公裘力斯·罗德曼（Julius Rodman）为首的探险队从密苏里河出发沿河而上，打算跨越落基山脉向西寻找太平洋出口的历险故事。在这个故事里，坡先向读者介绍了主人公罗德曼的身世以及他组建探险队的目的，接着描述了他到各处招兵买马组建探险队，购买船只、马匹、探险装备、沿途所需的物资等过程。一切准备就绪后，探险队便开始沿密苏里河逆流而上，往西边的落基山脉而去。一路上他们欣赏到了各种美景，捕获了不少猎物，收集了大量毛皮，同时也遭遇了各种险境，比如多变的天气、湍急的河流、危险的滩涂、令人生畏的悬崖峭壁以及随时出没的各种野兽。此外，他们还与多个部落的印第安人相遇，与他们交易，或兵戎相见。就在这样复杂多变的环境中，探险队不断前行，但尚未到达落基山脉这一精彩的历险故事就突然终结，让读者感到疑惑不已。坡对此也没有进行说明，仿佛是刻意为之，抑或是有别的原因阻止了他继续创作。

　　这一谜团成为该故事受到关注的首要原因。坡研究学者托马斯·马博特指出，坡并非故意为之。一开始他打算写一部西部探险小说，作为对当时美国社会流行的西部游记的响应。因为在他看来，这些关于西部探险、西部旅行的作品都相当"枯燥乏味"（Poe, *Collected Writings* 508）。于是，他在1840年着手准备创作《裘力斯·罗德曼日记》，计划"每月写1章，一共写12章"①，从主人公罗德曼沿密苏里河逆流而上开始，"往西穿越落基山脉，再北上育空河，最后回到出发地密苏里或肯塔基"（509）为止。但坡并没有按计划把这篇小说写完。他于1840年6月1日写给《伯顿绅士杂志》的创刊人及主编伯顿（William Evans Burton, 1804—1860）的信中就"暗示了写到第6章就结束"（509）——"就是否续写《裘力斯·罗德曼日记》一事，只有等你回复我之后，我才能给你确切的答复"（Poe, *Letters* 132）。至于坡为何做出这样的决定，一是他跟伯顿的矛盾所致，二是该连载小说并不如预期那般受欢迎②，所以马博特认为坡停止这篇小说的创作是出于无奈。

　　不过，国内坡研究学者于雷则持相反观点。他认为这是坡故

---

① 据《美国历史杂志》（*American History*）1891年3月刊记载，坡的这一写作计划是威廉·纳尔逊（William Nelson）从《伯顿绅士杂志》（*Burton's Gentleman's Magazine*）1840年1月刊封面的编者按中发现的。

② 马博特进一步研究发现，坡没再续写该小说有两大主要原因。一是坡与伯顿发生了争执，一怒之下罢笔。坡当时供职于《伯顿绅士杂志》，担任助理编辑。伯顿是他的上司，二人不合的缘由是伯顿指责坡喝酒耽误了工作，且花了大量精力在《佩恩杂志》（*Penn Magazine*）上。坡不接受伯顿的批评，跟他大吵一架，随后就辞职不干了。也许坡在冷静下来之后想到自己对伯顿的态度确实有一些冲动，而且小说的创作已经进行了一半，中途放弃颇为可惜，所以他致信伯顿，希望对方不计前嫌，能在《伯顿绅士杂志》上继续刊载他的这部小说。结果他并没有收到伯顿的回信，于是心灰意冷最终放弃。学界对于上述说法也有不同意见，有观点认为坡放弃续写小说的原因并不是他与伯顿的争执，而是伯顿在1840年卖掉了杂志，坡只得另谋出路。还有观点认为，这篇连载小说受到冷遇，让坡兴味索然，觉得长篇小说不是自己的强项，转而主攻短篇小说。

意为之。在《〈裘力斯·罗德曼日记〉的文本残缺及其伦理批判》(2013) 一文中，于雷指出，如果把坡的这部小说视为一部未完成的作品，那么就是一种"狭隘的阐释传统"(78)。坡之所以这样做其实是想从"话语层面上瓦解了拓殖神话的构建"(78)。此外，于雷还认为"《日志》的文本残缺还凸出表明小说的逻辑重心并非指向罗德曼如何穿越洛基山脉，而是通过其探险之旅反观印第安民族身份如何在白人拓殖进程中遭受剥夺"(78)。因此，该小说实则"通过文本的残缺实现了其完整的伦理批判"(78)。

除了对小说文本的残缺性进行探讨，国外学者还研究出坡小说创作背景的三个主要来源："刘易斯和克拉克的西北远征记"(Crawford 158)、"华盛顿·欧文的小说《阿斯托里亚》和《博纳维尔队长的探险》"(Kime, *Astoria* 215) 和 "亚历山大·麦肯齐爵士的探险游记"(Kime, *Voyages* 61)。这些背景素材在《裘力斯·罗德曼日记》的引言部分均有体现，如"刘易斯上尉和克拉克上尉那次著名的探险考察实施于 1804 至 1806 年间"(Poe, *Poetry and Tales* 1292)，"华盛顿·欧文先生在其《阿斯托里亚》一书中提到了乔纳森·卡弗上尉的那次尝试"(1289)，"博纳维尔上尉的探险经历已有欧文先生的详细叙述"(1294)，"亚历山大·麦肯齐爵士于 1789 年进行的那次令人瞩目的探险"(1292)。此外，还有国外学者从"文学戏仿"(Teunissen 317) 的角度来研究《裘力斯·罗德曼日记》。

相比之下，国内对坡这部小说的研究还非常少，目前在中国知网上能找到的仅有两篇文章。除了上文提到的于雷的文章，还有方海波的《〈裘力斯·罗德曼日志〉的生态批评研究》(2016)，该文章从生态批评的角度阐释了小说体现的"自然观与文化观"(38)。然而，无论是国外还是国内的学者都没有从异托邦的角度来探讨《裘力斯·罗德曼日记》这部小说，异域空间在该小说中大量存在且形成了相互的张力。人类现代文明和荒野自然在这一空间内并存，一方面，人类文明企图征服大自然，彰显自身的威力，另一方面，大自然也对人类文明进行反扑。

因此，我们从异托邦的概念出发，在美国西部拓殖史的背景下探讨人类文明与荒野自然之间的碰撞、冲突与矛盾，揭示坡对美国西部拓殖的看法，指出坡与同时代浪漫主义作家欧文、库柏一样，在小说中赞扬了美国人在西部拓殖中表现出的英勇无畏和吃苦耐劳的个人主义特点，这种个人主义也是美国国民性格和国家精神的集中体现。但同时，坡也在《裘力斯·罗德曼日记》中揭露了美国人在西部拓殖中存在的问题，如对物质利益强烈追求的实用主义，以及对印第安人进行诋毁和攻击的非人道主义，并对此作出谴责。

坡在这部小说里为我们展现的是美国建国之初的西部拓殖史。小说主人公罗德曼及其探险队从 1791 年开始沿密苏里河出发往西进行拓殖，而美国的西部拓殖史也始于这个阶段。美国独立初期，其领土"只拥有大西洋沿岸的狭长地带，在阿巴拉契亚山到密西西比河之间的地区"（刘宏谊 28）。随后，1803 年的《路易斯安纳购地案》（"Lousiana Purchase"）让美国获得了原属法国的大片领土，美国的版图延伸到了密西西比河以西。时任美国总统杰斐逊派出刘易斯和克拉克组成探险队，让他们"溯密苏里河而上直抵其源头，在那儿翻过落基山脉，然后循其西坡的最佳水路到达太平洋。这个计划得到了彻底的实施"（Poe, *Poetry and Tales* 1292–1293）。坡在《裘力斯·罗德曼日记》里通过主人公罗德曼及其探险队的西部拓殖之旅再现了这段历史。

而这宏大历史叙事的背后所体现的便是文明与自然之间的矛盾与冲突。人类文明与蛮荒自然互为异质空间，在人类社会里有着人的发明创造和生产生活，而自然界的一切正好与之相反，没有人的活动轨迹和影响，一切都是浑然天成。这两种异质空间在《裘力斯·罗德曼日记》里分别表现为象征人类文明的农场、城镇、船只、货物，与象征大自然的动植物、河流山川、暴风疾雨、荒郊野外。它们处于不断的冲突之中，前者对后者觊觎、征服和掠夺，引起后者对前者的威胁与反抗。

从小说中可知，罗德曼出生在英国，于1784年随父亲和两个姐姐移民美国，先定居在东部城市纽约，随后在1790年左右搬到了中西部的肯塔基，"并以一种几乎与世隔绝的方式定居在密西西比河沿岸"（Poe, *Poetry and Tales* 1286）。罗德曼先生一家不仅是国外移民，同时也是响应美国政府号召，从东部向西部迁徙大潮中的一份子。密西西比河在当时是美国的界河，以东是美国的领土，以西则是未知的广袤地带，罗德曼一家定居的肯塔基在当时也属于边境地区。边境地区不仅是一国与另一国的分界，在美国当时的历史语境下，它还是文明与自然的交汇处。在小说中，肯塔基的一侧是象征人类文明的农业和城镇，另一侧则是象征神秘莫测的大自然，这是两个截然不同的异域空间。人类天生对未知事物抱有好奇心，对文明以外的世界非常向往，想一探究竟。西部拓殖点燃了美国人的探索欲望，他们用文明社会的标准去衡量自然、定义自然，其目的就是满足他们征服自然、掠夺自然的野心。

小说主人公罗德曼在父亲和姐姐去世后便卖掉了家里的农场，打算和邻居皮埃尔·米诺（Pierre Junôt）一同组建探险队去西部地区探险，"我有一种到西部地区去探险的强烈欲望，皮埃尔·朱诺曾经常跟我谈起那个地区"（Poe, *Poetry and Tales* 1295）。于是，他们便到离家不远的矮山镇（Petite Côte）购买探险装备，招募探险队员。从坡对矮山镇的描述可以看出，这是一个典型的边境小镇，位于"密苏里河北岸的一个小地方，离密苏里河与密西西比河的交汇处约二十英里，一排低矮的小山脚下，坐落在一道岩石壁架上……小镇西端只有五六幢木头房子，东头有一座小教堂……镇上大约有一百居民"（1296）。他们在小镇上购置了船只、旅途所需物品、防身用的弹药等武器装备并组建好了探险队。在一切准备就绪后，他们便从矮山镇出发开始了西部探险之旅，"全队人个个欢欣鼓舞，精神抖擞"（1303）。

他们沿密苏里河而上，沿途看见了西部的美丽风景——"高高的大草原"（Poe, *Poetry and Tales* 1309）、"森林覆盖的小山"（1309）、"长满杨树的低地"（1309）——探险队的成员觉得是"这世间最美丽的一幅景象"（1310）。但他们却认为这些大自然的美景并非天然，而是后天人工造就的产物。他们用人类文明社会的标准去审视大自然，在他们眼中只有人类文明社会的创造物才是最美的，认为大自然不可能创造出如此美景。这种认知凸显了人类的自大和无知，构成了文明与自然的冲突。探险队在看到小溪旁盛开的野花时，认为"它们交相辉映的色彩是多么瑰丽，那么奇妙，以致看上去更像是人工培植，而不是自然长成"（1310）。他们抵达一个河中小岛，在惊讶于其美景的同时，还不忘评论道，"整座小岛看上去宛如一个人工培育的大花园，但比一般的花园要美上千倍"（1312）。他们看到一些在水流冲刷之下天然形成的沟壑时，认为它们"看上去像是人工凿成的运河"（1349）。小说里诸如此类的描述还有很多。总之，在代表文明社会的探险队眼中，自然界中的一切跟人类文明的产物都无法相提并论，潜台词就是自然万物较之人类文明都是低劣的，所以它们可以被征服、被掠夺，从而为人类服务。

这一点在小说中的体现就是对自然资源的贪婪掠夺。探险队中的猎手发现"附近的鹿要猎多少就有多少，肥硕的火鸡和松鸡满山遍野都是"（Poe, *Poetry and Tales* 1308），便大肆捕猎，最后他们"带回的大量猎物塞满了两条船上所有的空处"（1307）。后来，他们不再满足于把猎物堆满他们船上的空间，而是"带回的猎物多得我们不知该如何处理了"(1311)。探险队每到一处都要寻找供他们享用和挥霍的食物,比如,"沿河鸟兽触目皆是"(1334)、"鸟兽比我们在下游任何地方见到的都多……一条河狸尾巴足够三个人饱餐一顿"(1337)、"两岸野生动物仍然很多"(1338)。在探险队所代表的人类社会看来,这些生灵就是大自然对人类的馈赠,所以罗德曼才理所应当地声称"我们确信猎手们将带回多得吃不完的猎物"(1339)。

然而,大自然并不会对人类的骄傲自大、恣意妄为放任自流,而是时刻在与人类文明进行抗争。比如河上漂浮着的一棵树就让探险队的船只遇险并"进了半舱水"(Poe, *Poetry and Tales* 1310),船上携带的不少物品也被水泡坏了。水上的激流让探险队的船"撞上一座沙洲,船顿时向右侧倾斜,虽然我们尽了最大努力,可船里还是灌满了水"(1329)。探险队的船只一路上多次遇到"倾盆大雨"(1308)、"河水猛涨,浊浪滔滔"(1336)。河道两岸峭壁林立,"有些峭壁屹然突兀,在波涛的拍击下似乎摇摇欲坠"(1342)。除了急流险滩和极端天气,各种动物也威胁着探险队员的性命,"夜里我们不断受到响尾蛇的骚扰"(1348),"一名叫雅克·洛桑尼的加拿大人不幸被响尾蛇咬伤而死去"(1307),"两头巨大的棕熊从野蔷薇丛中钻出,张着血盆大口朝我们扑来"(1350)。诸如此类的例子无疑都表现了大自然对人类的惩罚。坡就在文明与自然相互对抗的异域空间中展开了他的叙事,以罗德曼为首的西部拓殖探险队是其时代的缩影,体现了美利坚民族英勇无畏、吃苦耐劳的精神,展现了美国的国家形象。

在《裘力斯·罗德曼日记》里,坡多次把美国探险队员同加拿大籍的队员进行对比,其目的是更好地彰显美国人在西部拓殖中的可贵精神品质。罗德曼的探险队一共由15人组成,其中有10名美国人,主要来自美国的两个州,分别是东部的弗吉尼亚和西部的肯塔基。亚历山大·沃姆利（Alexander Wormley）和安德鲁·桑顿（Andrew Thornton）来自弗吉尼亚，主人公罗德曼、皮埃尔、黑奴托比（Toby）和格里利（Greely）五兄弟来自肯塔基，此外还有五名加拿大人。上述人物坡在小说里都一一进行了详述，并且从描述中可以看出他对加拿大人和美国人的评价不同。准确地说，对于前者的描述几乎都带着轻蔑和嘲讽，对于后者则赞许有加，坡的这种做法大有深意。

  罗德曼是在矮山镇招募的探险队成员，镇上的居民"多半是加拿大克里奥尔人"（Poe, *Poetry and Tales* 1296），他们的一大特点就是"懒惰"（1296），虽然居住地周边都是肥沃的良田，他们却懒于耕种。考虑到加拿大人有河上航行的经验并且会说印第安语，所以罗德曼雇用了五人来当船夫和翻译。也正因为他们贪图享乐，爱好吃喝，"说到唱法国民歌和开怀畅饮，他们一个个都出类拔萃"（1297），罗德曼让他们来准备探险队一路上的食物，比如猪肉干、牛肉干、饼干、威士忌酒等。在罗德曼看来，加拿大人也只会做这些简单易行的小事，至于冒着生命危险去做一些大事，他们则完全不能胜任，"作为猎手，我并不认为他们值得一提，而作为战士，我很快就发现他们不可依靠"（1296）。果不其然，在随后的探险中，这些加拿大人"整天除了吃喝、烹饪、跳舞和高唱法国民歌之外便什么也不做。他们白天的主要任务就是留守营帐，而其他更稳健的队员们则去打猎或搜寻和捕捉河狸"（1312）。

  由此可以看出，坡笔下的这些加拿大人是一群缺乏野外生存技能和胆识的人，所以在探险开始之后不久，"一名叫雅克·洛桑尼的加拿大人不幸被响尾蛇咬伤而死去"（Poe, *Poetry and Tales* 1307）。不仅如此，他们还对印第安人表现出极度的害怕，"几个加拿大人反复讲苏族人是如何如何凶残成性"（1317），所以罗德曼在旅途中始终担心"这些胆小鬼会寻找机会溜走"

（1317）。于是他把这些加拿大人跟他安排在一艘船上以便随时监督他们，"为了减少这种机会，我把小船上的加拿大人调上了大船"（1317）。当探险队真的遭遇苏族（Sioux）印第安人时，罗德曼提议先发制人，给印第安人一个教训，让他们不敢轻举妄动，随行的其他美国队员都表示赞同，加拿大人却坚决反对，"除加拿大人外所有人都赞同我的意见"（1325）。在罗德曼看来，加拿大人就是胆小怯懦。后来，探险队中有两名美国人和一名加拿大人被印第安人俘获，美国人手脚被缚，加拿大人虽然没有遭到这样的待遇，但也没有反抗，而是"试图与看守他的印第安人搭话，希望能收买他们把他放走"（1332），这再度证明了加拿大人的懦弱和自私。

在面对野兽袭击时，加拿大人更是表现得畏首畏尾。当罗德曼等美国人和加拿大人朱尔（Jules）被两头巨大的棕熊逼上悬崖后，朱尔"吓得失去理性，不管三七二十一就跃向崖边，以极快的速度向下滑去"（Poe, *Poetry and Tales* 1351）。其实这并不是真正的悬崖，确切地说是一种阶梯状的陡崖，虽然陡崖一级与一级之间有高度差，但不足以让人丧命，而朱尔丧失理智的慌乱行为让罗德曼等人担心"他会一段陡崖接一段陡崖地坠滑下去，直到最后一头栽进河中"（1351），反而丢了性命。这样的例子在小说中还有很多，探险队中的美国人不会放弃任何嘲笑加拿大人的机会，但也不会对他们置之不理。当一个加拿大人尖叫着掉进地窖，同行的美国人都"忍不住大笑了一阵，并很快把他拉了上来。不过，他要是孤身一人的话，就很难说他是否能爬出那个深洞"（1342）。

与加拿大人的无能、胆小怕事和自私自利相比，坡笔下的美国人则是完美的英雄人物，他们能力卓绝、英勇无畏且众志成城。探险队中无论是来自美国东部的弗吉尼亚人还是西部的肯塔基人都有一个共同的身份——美国人。这些美国人既有突出的个性，又有优良的品质。弗吉尼亚人亚历山大·沃姆利性格古怪，曾是牧师，后来又"幻想自己是一个预言家，便蓄着长须长发赤着双脚四处漂泊"，但同时他也"是个优秀的猎手……体壮力大，快步如飞，而且勇气也非同一般"（Poe, *Poetry and Tales* 1298）。弗吉尼亚人安德鲁·桑顿出身名门，早早离开家人只身来到西部。他"一直在西部地区流浪，陪伴他的只有一条硕大的纽芬兰狗……似乎漂泊和冒险就是他唯一的嗜好"（1298），他阅历丰富，见多识广，作为一名"孤身猎手"（1299）行走于西部各地。来自肯塔基的格里利五兄弟也极具特点，他们都是"勇敢而英俊的小伙子……经验丰富的猎人和百发百中的枪手"（1297）。同样来自肯塔基的皮埃尔，虽然"行为古怪，性情乖戾"（1295），但"具有非凡的智慧，而且有一股无所畏惧的勇气"（1295），黑奴托比也正是被皮埃尔这种精神所触动，决定一路跟随他去探险。小说主人公罗德曼也是肯塔基人，作为此次探险活动的策划人和领队，他颇具勇气和胆识。他不愿过循规蹈矩的安逸生活，向往去西部冒险，在家人相继离世后，他宣称"不再有兴趣管理我家在米尔斯岬附近的农场……决定到那条河（密苏里河）上去进行一次探险，……只要稍稍有点勇气和胆量就行"（1295）。

可以看出，坡笔下的美国人有着不同的背景、经历和个性，但他们都有智慧、有本领、有勇气，而这些都是西部拓殖所必须具备的品质。在坡看来，这些品质是美国人独有的，也正是因为这些品质，西部拓殖的重任才落到了美国人的肩上，并且只有美国人才能做到。其他国家的人，例如小说中的加拿大人，是绝对办不到的。所以一开始在分配任务的时候，罗德曼就把有一定危险性的工作交给了美国人来做，派出四名美国人当猎手"跟着船队沿河岸而行，他们不仅可以沿途打猎，而且还可以起到侦察兵的作用，让我们提前得知是否有印第安人靠近"（Poe, *Poetry* and Tales 1302）。在沿途遇到极端天气时，美国人也能团结协作，共渡难关。当倾盆大雨导致河水暴涨、危机四伏时，格里利兄弟之一的罗伯特（Robert）"满不在乎地在河上泅来划去……先与马一道泅水过河，然后再划小船接回梅雷迪斯（另一个格里利兄弟）"（1308 – 1309）。后来路过苏族印第安人聚居点时，探险队中的美国队员虽然对他们的野蛮早有耳闻，但却毫不畏惧。格里利兄弟"主张大胆地冲过危险地带"（1318），沃姆利、桑顿和皮埃尔出于对印第安人习性的了解，综合权衡后认为探险队"昼伏夜行的措施是上策"（1318），这样虽然会影响探险的进度，但可以避免与印第安人正面遭遇导致不必要的伤亡，美国人的冷静和智慧可以由此看出。当罗德曼等三名美国人遭到棕熊袭击时，虽然棕熊很可怕，正如罗德曼所说，"印第安人非常惧怕这种庞然大物，因为它们的确是可怕的猛兽"（1350），但是罗德曼仍然在棕熊攻击格里利兄弟时克服恐惧，凭借一己之力与棕熊搏斗，"我振作起来，而我精神一旦振作，马上就从搏斗中体验到了一种疯狂而野蛮的快感"（1350）。后来沃姆利也被一头棕熊袭击，罗德曼因分身乏术而感到愧疚，"我眼睁睁地看着两位同伙被熊咬住，自己却没能力给予丝毫帮助"（1352）。最终，沃姆利摆脱棕熊，与罗德曼一起救下了格里利兄弟，三人联手开枪制服了棕熊，表现出了美国人在险境中的胆识和团结。

两相对比之后，坡高度赞扬了美国人在西部拓殖中所表现出的聪明才智、英勇无畏、齐心协力、攻克难关的个人主义精神。坡认为正是这一精神才使得他们脱颖而出，成为其他国家和民族学习的榜样，所以小说里的美国人无疑就是加拿大人崇拜的对象和效仿的典型。有学者指出，这些个人主义精神"孕育出了美利坚民族所特有的性格"（厉文芳 315），"勇敢与冒险是美利坚民族精神的重要组成部分，而这种精神恰恰是在西进的艰苦磨炼中确立并巩固。"（316）无疑为这个民族最后的成熟、走向强大做出了不可磨灭的贡献。

但是坡在盛赞美国人的同时,也发现了西部拓殖中暴露出来的问题,主要是对物质利益的追求所表现出的实用主义,以及对印第安人的丑化和攻击所表现出的非人道主义,他在《裘力斯·罗德曼日记》里对这两大问题都有所揭露和反思。

在小说里,美国人对物质利益的追求的主要表现是对动物皮毛和贵金属的贪婪。他们打着文明人的旗号,把自然界视为与人类社会格格不入的异托邦,把它当成为人类社会提供一切所需物资的场所。他们用文明社会的标准衡量自然界中的一切,认为自然界是远逊于人类社会的一种"他者"的存在。这一"他者"既拥有丰富的物产资源,又对人类社会构成威胁,所以必须将其征服,并夺取其资源为人类服务。对物质利益的追求正是促使美国人进行西部拓殖的首要原因,"为了昂贵的皮毛,数不尽的狩猎者和商人到此寻宝,无价的矿产资源诱使无数有野心的矿工和欧洲移民到这个新世界淘金"(容新芳 85)。早在美国独立之前,欧洲探险者的日志中就构建了美国西部地区的丰饶形象。1637 年,托马斯·莫顿(Thomas Morton, 1590—1647)就曾这样描述美国西部,"在这片广袤的土地上,野禽丰足,肥鱼满溪,硕果折枝。在我看来,这就是天堂。如果这还算不上富饶,那只能说明整个世界都是贫瘠的……这一印象一直持续到 19 世纪末"(Lemay 536)。西部"那似乎无边无际的空间和取之不尽的资源,足以保证美国人民的日子能够过得比欧洲老百姓所梦寐以求的生活更加尊严、更加富足"(布卢姆 320)。对美国西部的这种描写刻画推动无数欧洲殖民者和美国人前赴后继,趋之若鹜。

小说主人公罗德曼去西部探险的目的就是要获取动物皮毛并通过买卖来赚取利润,"我决定到那条河(密苏里河)上去进行一次探险,同时尽量获取毛皮,我相信获得的毛皮可以卖给西北毛皮贸易公司设在矮山镇的代理收购站"（Poe, *Poetry and Tales* 1295），因为矮山镇的居民"从印第安人那里贩毛皮，贩来的毛皮则卖给西北毛皮公司"（1296）。罗德曼把自己的打算告诉皮埃尔，两人一拍即合，随即决定"沿密苏里河逆流而上，一边行进一边打猎捕貂，直到获得的毛皮足以让我俩发一笔财再原路返回"（1296）。所以罗德曼此行的目的再明确不过，就是"有利可图"（1296），其余的都无关紧要。

通过买卖动物毛皮来赚钱的做法并不是美国人在西部拓殖中才发明的，早在殖民地时期，欧洲的清教徒移民在踏上美洲大陆后便开始与印第安人进行毛皮贸易。"在清教徒刚抵达美洲后的十余年里，他们最主要的收入来源是将印第安人那里获得的皮毛转卖给伦敦，正是这项交易让他们有了购买物资和偿还债务的能力……人们杀死了数以百万计的动物以获取它们的皮毛"（多林 1-2）。而动物皮毛之所以在当时的欧洲大陆畅销，是由于"时尚潮流的主宰和人类的虚荣心作祟"（1）。被用来获取皮毛的动物主要是"河狸、海獭和野牛"（3）。当时的美洲大陆尚是一片原始丛林，各种动植物遍布于山林沼泽，上述几种动物的数量也多得惊人。于是，欧洲殖民者为了牟取暴利，纷纷来到美洲狩猎或跟印第安人交易，所以"皮毛交易者和动物捕杀者往往是印第安人最先见到的白人"（2）。很快，"皮毛交易就像一场致命的浪潮席卷整片大陆。皮毛交易虽并未造成任何物种的灭绝，但少数情况下它已接近临界点了"（2）。北美大陆变成了欧洲殖民者追逐利益的战场，其中，瑞典人、荷兰人和法国人脱颖而出，成为皮毛贸易的大国，控制了北美皮毛贸易的走向。美国独立后，杰斐逊总统派刘易斯和克拉克对美国西北部进行探险后撰写的报告中明确指出当地有丰富的毛皮资源，"密苏里河及其支流周围的河狸和海獭比世界其他任何河流上的都多"（253）。因此，"动物捕杀者也追随着探索者的脚步纷纷前往"（239）。由此可知,"皮毛贸易在西进运动的过程中扮演了重要的角色。美国人首次到西部去就是为了获得海獭的皮毛"(191)。

因此,《裘力斯·罗德曼日记》里的主人公为何如此热衷于获取动物皮毛也就不难理解了。在罗德曼一行的探险中随处可见对动物皮毛的谈论。"为了返回时装载可能弄到的毛皮,我们准备了一大一小两条船。"(Poe, *Poetry and Tales* 1299)为了能更有效地捕获河狸,探险队还专门准备了"捕河狸的夹子"(1302)。为了赚取最大的利润,探险队决定"把猎取的范围限制在最珍贵的几种皮毛上"(1303)。当罗德曼和桑顿发现一座小岛上有大量河狸存在,他们先是饶有兴趣地把河狸观察了一番,看它们如何伐倒树木,捡取树枝,拦河筑坝,赞叹它们"筑坝的精湛技艺"(1313),随后便露出了他们凶狠贪婪的一面,对河狸进行大肆捕杀。"被两位航行者从树梢仔细观察过的那群伐木者后来大多都成了这种夹子(捕河狸夹)的俘虏,它们位于沼泽地的家园遭受了一场浩劫,它们珍贵的毛皮成了蹂躏者的战利品。"(1316)更有讽刺意味的是,罗德曼将那座曾经遍布河狸但被他们捕杀殆尽的岛屿命名为"河狸岛"(1316)。罗德曼一行沿途对各种动物进行猎杀、捕获皮毛之后还大言不惭地说:"一种共同的利益似乎把我们连在了一起;更正确地说,我们同舟共济似乎不是为了获利——而仅仅是为了享受旅行的乐趣。"(1334)"为获取毛皮这个公开目的而跋涉了迢迢千里,穿越了茫茫荒野,遭遇了惊心动魄的危险并经历了令人心碎的艰难困苦后,很少有人还会费尽心思去保住他们之所获,他们宁愿毫不惋惜地丢掉一整船上等河狸毛皮,也不愿放弃探幽访胜的乐趣。"(1334)这无疑是坡对这群唯利是图的美国人的嘲讽,他们的确是因利而聚。比如探险队中的弗吉尼亚人亚历山大·沃姆利就是为了寻找金矿才决定加入探险队的,"他一心想的只是要在某个荒僻之处发现金矿。在这一点上他疯狂到了无以复加的地步"(1298)。而格里利五兄弟之所以加入探险队,也是因为罗德曼同意"从这次冒险活动所获的利润中,他们将分得同皮埃尔和我一样多的一份"(1298)。虽然探险队员们口口声声地说可以毫不吝惜地舍弃他们捕获的河狸毛皮,但实际上是口是心非。当他们为了航行的需要不得不放弃大船时,船上满载的河狸毛皮并没有像之前所说的那样被潇洒地丢弃,而是储存在一个专门的地窖里,"这种地窖是猎取毛皮者和毛皮商常挖的一种土洞,他们在暂时离开期间把毛皮和其他货物存放在里面"(1348)。由此可见,罗德曼一行不可能放弃这些动物毛皮。而坡则通过罗德曼一行揭示了美国西部拓殖者的虚伪面目,他们眼里只有金钱、财富和利润。因此,坡一开始把罗德曼塑造成犹太人模样的做法其实并非偶然,"他的相貌具有犹太人的特征"(1299),而犹太人历来都是唯利是图的代表、金钱至上主义的象征,莎士比亚的《威尼斯商人》(The Merchant of Venice)中的夏洛克(Shylock)就是这样的典型。因此,只有赚钱和获利才是罗德曼率领的探险队此行的唯一目的。

  坡在这篇小说里除了揭露和谴责美国西部拓殖者贪婪逐利的实用主义本质,还批判了美国人心中固有的对印第安人的成见,指责了美国人为了将杀戮、殖民印第安人的行为合法化而将印第安人描述为非人的做法。罗德曼在出发之前对西部探险的最大顾虑就是印第安人,但他自己并未亲眼见过印第安人,对他们的认知都源于殖民地时期和美国政府对他们的偏见。早在殖民地时期,当"欧洲殖民者从登上美洲大陆那天起就不把当地土著人——印第安人当成和自己同等的人看待"(张友伦 148)。甚至"一场关于新世界的印第安人是真正的人类、是野兽,抑或是人兽之间的生物的议论持续了整个 16 世纪"(Melvin X xii)。因此,在欧洲殖民者眼里,印第安人都是"异己的、荒诞的、未开化的另一种人,欧洲人自然就要采取不同态度来对待这种劣等民族。而印第安人作为劣等民族是注定要被征服、被征剿、被奴役的"（小约瑟夫 7）。正是欧洲殖民者的这种歧视和偏见，导致美国在独立后对印第安人产生了同样的看法，认为他们是"劣等民族、野蛮人、杀人不眨眼的魔鬼"（张友伦 149）。所以，美国在建国之后的领土扩张过程中把印第安人视为"阻止文明进程的障碍，甚至把他们同野兽、险恶的丛林一样看待，当成西进中危险因素而必须加以清除"（142）。

在《裘力斯·罗德曼日记》这篇小说中，坡再现了美国人对印第安人长期以来固有的偏见和攻击行为。比如罗德曼在行前准备时就说："对那些印第安人，我们除了道听途说便一无所知，而我们有充分的理由相信他们既凶狠残暴又阴险狡诈"（Poe, *Poetry and Tales* 1296）。他认为在组建探险队时"不仅需要招募到足够的人手，而且尤其需要购置充足的武器弹药"（1296）。对于探险队人员的选拔，在罗德曼看来只需满足两个条件：一是会打猎，沿途可以捕获猎物、获取皮毛；二是要不惧艰险，这样才能战胜敌人。探险队中的美国队员都符合这两个条件。在购置装备和武器弹药方面，罗德曼可谓费尽心思，他买来运货的船只并对其进行了改造，最后的成品与其说是一条商船，不如说是一条战船，"船舱有道结实的门……船舱部分子弹穿不透……舱壁上钻了好几个小孔，万一遭到敌人袭击它们可作为枪眼，我们还可以通过它们观察敌人的行动"（1300）。随船装载的武器弹药多得不计其数，"船头甲板下的一个隔间里堆放了十桶优质火药，并有我们认为与火药成正比的足够多的铅弹，其中十分之一是铸好的步枪子弹。我们还在那儿放了一门小小的铜炮及其炮架……还有五十颗铁铸炮弹……除了这门小炮，还有十五支步枪"（1300），让人觉得罗德曼一行不是探险队而是远征军。除了这些杀伤性极强的重型武器，探险队"每个人还配有一柄战斧和一把匕首"（1301）。可以看出，罗德曼一行真不像他所说的是为了追求财富去西部探险,也不像他说的是为了纯粹享受美景而去,倒像是有准备、有预谋地去屠杀印第安人。

探险队一路上都不忘对印第安人进行诋毁,"我们早已从所听所闻中得知,印第安人是一个刁滑奸邪的种族,我们人少,同他们打交道完全没有保障"(Poe, *Poetry and Tales* 1303)。当他们刚刚进入苏族印第安人的领地尚未与之接触时,探险队员们就一致认为"根据一般的传闻,我们现在已进入了最容易遭到印第安人袭击的河段。……这一地区居住着苏族人,他们是一个好战而残暴的部族,已多次表现出对白人的敌意"(1317)。他们还毫无凭据地丑化和贬低苏族人,认为他们"就相貌而论,一般都长得非常丑陋,照我们对人类体形的概念来看,他们的四肢与身体相比显得太短小——他们的颧骨很高,眼睛突出而且目光呆滞"(1321)。毫无疑问,这是对印第安人的一种"非人化"描述,把他们视为野兽。虽然探险队刚开始并未发现有苏族人的迹象,但罗德曼宣称"非常清楚那些野蛮人的伎俩,所以我不会误以为我们没有受到严密的监视"(1322)。待探险队在与苏族人的交涉过程中得知后者并无恶意,而只是希望同队员们做生意,帮他们划船并弄清楚船上的大炮为何物之后,罗德曼仍旧对这些印第安人心存芥蒂,"我认为几乎没有可能与这些苏人友好相处,他们在本质上就是我们的敌人,只有让他们确信我们的厉害才能保证我们免遭他们的劫掠和屠杀"(1325)。就是在这样的恶意偏见驱使之下,他下令探险队朝印第安人开火,而探险队明知"对方除一名头目带有一支老式马枪之外,其他野蛮人手中都没有火器;而当时双方相距太远,他们的弓箭没有多大的威胁"(1325),却依旧执行罗德曼的命令,结果"六个印第安人当场毙命,大约有十七八人被炸成重伤。其余的都吓得魂飞魄散,乱作一团,争先恐后地掉转马头向大草原逃去"(1327)。在残忍地伤害了这些印第安人之后,罗德曼还大言不惭地对一个受了重伤躺在河边的印第安人说:"白人对苏族人和所有印第安人都是友好的;我们拜访这一地区的目的仅仅是为了捕捉河狸,并看看上帝赐予红种人的这片美丽土地;待我们获得了我们想要的毛皮,看到了我们想看的一切,我们便会返回家乡。"(1327)罗德曼还向那个印第安人许诺说:"只要我们不再受到骚扰,他们将受到我的保护。"(1328)

显而易见,坡在此借用罗德曼之口讽刺了白人的无耻行径,白人对印第安人的许诺根本就是空头支票。他们来到印第安人的土地,将其据为己有,把印第安人赶到贫瘠偏僻的保留地,还美其名曰对印第安人的保护。纵观历史,美国政府曾多次向印第安人许诺不再侵占他们的土地,但却一而再再而三地食言。"美国政府曾经向印第安人保证,只要他们离开自己的土地,迁移到密西西比河以西就不会受到政府军队的驱赶和攻击。但是随着移民步伐的前进,这一承诺一再被撕毁,印第安人也一再后退。……一旦白人需要哪块土地,印第安人就只能放弃。在白人眼中,只有他们才是土地的真正主人,印第安人只适合居住在贫瘠的保留地内。"(厉文芳 317)早在坡创作《裘力斯·罗德曼日记》的十年前,美国政府就颁布了《印第安人迁移法》("Indian Removal Act", 1830),该法案强迫印第安人离开自己东部的故土,大规模迁移到遥远西部的荒凉地带,许多印第安人在西迁的路上不幸死去,他们所走过的迁徙之路被后人称为"血泪之路"(Trail of Tears)。由此看来,罗德曼的探险队对印第安人的暴行就是当时美国社会上下对印第安人态度的缩影,而坡对此行径给予了极大讽刺和强烈谴责。罗德曼的探险之旅并未结束,坡也不打算再继续写下去,而这一文本的残缺就如同于雷所指出的那样,是坡出于对美国内部殖民行径的不满而从话语层面将其终结,不希望人间惨剧继续发生。

综上所述,坡在《裘力斯·罗德曼日记》里向我们展示了人类文明和野性自然之间的矛盾冲突。在这个张力十足的异质空间中，罗德曼率领的探险队在西部拓殖的道路上勇于探索，不怕困难，展示了美国人英勇无畏、坚忍不拔、齐心协力、攻克难关的个人主义精神，刻画了美利坚民族的民族性格，构建了美国的国家形象。但另一方面，在这两个互相对抗的异托邦中，"文明人"的野蛮、无知、贪婪、残忍也暴露无遗。他们为了追逐动物皮毛带来的巨额利润，对动物毫不留情，大肆捕杀。他们对印第安人的偏见深入骨髓，将其视为相貌丑陋、阴险狡诈、凶恶残暴的野蛮人，对其施以残忍的屠杀。他们的种种恶劣行径，早已出离一个文明人应有的做法。所以坡在小说副标题中所写的"文明人首次翻越北美大陆落基山脉之记载"充满讽刺意味，从侧面反映了坡虽然和同时代的人一样为西部探索的领土扩张感到兴奋，但并没有一味赞扬，而是冷静客观地去审视这一过程，并从中发现了问题。他希望通过小说警醒美国民众在西部拓殖中注意人与自然的和谐共处，不要一味追求财富和迫害印第安人。

第三节

穿越异托邦中的殖民与帝国镜像：
《凹凸山的故事》

《凹凸山的故事》（"A Tale of the Ragged Mountains"，1844）是坡的一篇奇幻与科幻元素的小说，讲述了一则时空穿越的故事。故事的主人公奥古斯塔斯·贝德尔奥耶（Augustus Bedloe）

是一个相貌奇特的人,他声称是自己饱受经常性的神经病痛的折磨才变成这副模样。幸运的是,他遇到了坦普尔顿(Templeton)医生,后者对他进行的催眠治疗让他觉得病痛大有缓解,于是贝德尔奥耶便请坦普尔顿医生做他的私人医师,随时为他看病。在他与坦普尔顿医生相处的很长一段日子里,医生不断在他身上使用催眠术,最后达到了出神入化的地步:无论医生身处何方,只要他想给贝德尔奥耶进行催眠,贝德尔奥耶便会很快进入催眠状态。除了借助催眠的方式来治疗疾病,贝德尔奥耶还经常服用吗啡。一天早上,他像往常一样服用了大量吗啡,并喝了一大杯浓咖啡,之后便前往凹凸山散步。贝德尔奥耶很晚都没有回来,坦普尔顿医生和贝德尔奥耶好友的"我"焦急万分。最后他终于回来了,向"我们"讲述了一个离奇的故事。他说自己在凹凸山中漫步时,莫名其妙地穿越到了18世纪的英属印度(British India),以为这是他做的一场梦,结果他发现并非如此,觉得非常不可思议。他在那儿参与了驻印英军对当地印度人民起义军的镇压,不幸身中毒箭而亡。随后他感觉自己灵魂出窍,意识模糊,待恢复意识之后发现自己又回到了凹凸山中,安然无恙。坦普尔顿医生对贝德尔奥耶的离奇经历并不感到惊讶,仿佛一切都在他的掌控之中,就像是他为贝德尔奥耶进行了催眠并在催眠中把自己的经历让贝德尔奥耶重演了一番。原来,坦普尔顿医生就曾经在英属印度参加过一模一样的对印战争,他的好友奥尔德贝(Oldeb)也是不幸中毒箭身亡,而当初他之所以答应帮助贝德尔奥耶治疗神经病痛,就是因贝德尔奥耶与他死去的同伴长得非常相似。贝德尔奥耶从坦普尔顿医生展示的朋友画像中看到了几乎一模一样的自己,倍感惊奇,不过他觉得活下来的自己是幸运的。可惜好景不长,不久之后,贝德尔奥耶因再次感到不适而去找坦普尔顿医生看病时,在放血疗法中不幸被一只毒蚂蟥吸住太阳穴最终身亡。而令人觉得不可思议的是,这只毒蚂蟥与之前他在印度中的毒箭在效果上几乎一模一样。更不可思议的是，当地报刊在刊载他的讣告时，把他名字中的最后一个字写漏了，而这个被写错的名字从右往左一读则是"奥尔德贝"，即坦普尔顿医生死去的那位战友。

该小说在情节的设计上不禁让人联想到华盛顿·欧文（Washington Irving，1783—1859）在短篇小说《瑞普·凡·温克尔》（"Rip Van Winkle"，1819）中使用的手法。瑞普通过一次山林漫步将故事引入一个似幻似真的世界。当然，瑞普是为了躲避妻子的责骂才去山中打猎并一觉睡了 20 年。他醒来时惊讶地发现自己的家庭和外面的世界都已发生了翻天覆地的变化。此时的他从英王乔治的臣民变成了美国公民，曾经安逸恬静的田园生活早被工业化带来的喧嚣忙碌所取代。但在《凹凸山的故事》中，贝德尔奥耶在经历了一场时空穿越之后返回的依然还是他离开时的美国。虽然时空穿越在当下的影视作品和科幻文学中屡见不鲜，但在坡所生活的时代无疑是新事物。19 世纪初的美国，当工业革命如火如荼地进行、科技飞速发展进步、新的发明和发现层出不穷、人们对这个世界充满了好奇和想象之时，穿越话题本应让大家觉得眼前一亮，然而事实却并非如此。

这篇小说问世后，读者对它的关注度并不高，且国外学界的评论也以负面居多。莱因哈德·弗里德里希（Reinhard Friederich）认为该小说不是"一部很受欢迎但却是很典型的坡式短篇小说"（155）。丹尼尔·菲力鹏（Daniel Philippon）指出这"从不被认为是一部较成功的短篇小说"（1）。帕特里克·奎恩（Patrick Quinn）则称它"没有任何吸引人的地方"（189）。多里斯·法尔克（Doris Falk）更加明确地说明这部小说长期遭受冷遇的原因——"小说有意含糊的情节，各式各样却又不连贯的浪漫哥特式元素使其晦涩难懂。"（536）正因国外对该小说的评价不高、推介较少，国内学者对该小说的研究也不多。目前在中国知网上能找到的评论文章仅有三篇,且都是近五年发表的。按照时间顺序,它们分别是卢小青的《无限的可能 曲折的内涵——〈凹凸山的故事〉中的含混艺术》(2012)、田艺的《分析爱伦·坡的〈凹凸山的传说〉中的效果统一理论》(2012)和沈婷婷的《催眠·复活·死亡——解读艾伦·坡〈凹凸山的传说〉中的死亡主题》(2016)。这三篇文章分别从新批评的视角、借用燕卜荪的含混理论分析了该小说中的含混艺术,借用坡的效果统一论,分析了小说中浓烈的死亡气氛是如何通过恐怖场景的营造和意象的使用被渲染出来的,探讨了小说中催眠与死亡的关系。

从国内外学者对《凹凸山的故事》的评价和评论中可以看出,国外学界普遍不认可坡这篇小说的价值,认为其不知所云,而国内学者对该小说的分析也只停留在文本表面所呈现的意义上,对小说的寓意并没有进行挖掘和研究。本书认为,坡在这篇小说里采用了时空并置和时空穿梭的写作手法,这本身就具有新意,是科幻小说的一种写作模式。也正是坡的这种在当时不被理解的大胆尝试,才让他成为与英国的玛丽·雪莱(Mary Shelley,1797—1851)齐名的现代科幻小说之父。我们现在所熟知的英、法两国著名的科幻作家赫伯特·乔治·威尔斯(Herbert George Wells,1866—1946)和儒勒·G.凡尔纳(Jules G. Verne,1828—1905)都表示,他们的创作在很大程度上受到了坡的影响。

根据福柯的"异托邦"概念,小说主人公在美国与印度、西方与东方的来回穿越是典型的异托邦空间的表征形式,因为它们分属于不同的地域,有着不同的历史文化,彼此互为异质的存在。另外,小说主人公跨越了时间界限,在18世纪和19世纪之间来回穿梭,在时间上有先后之分的两个时代同时并存在常理上来讲是不可能的事情,因此,时间规律的打破是一种异托时的表现，如同在博物馆里一样，所有的历史时代汇聚到一起，我们习以为常的时间观念变得模糊。所以《凹凸山的故事》是一部有着异域空间想象，且又有异托时特点的小说。坡的这一构思必然有其深意，我们通过文本细读也发现了异域空间想象背后的文化寓意。

我们试图通过小说的表面文本来挖掘和探讨其潜在文本，从而揭示坡在这部小说中想要表达的真实含义——通过英国对印度的外部殖民来反思美国长期以来对印第安人的内部殖民。正如英国殖民者对印度人民的压迫导致他们揭竿而起、奋起抵抗那样，美国殖民者对印第安人的迫害也终将遭到印第安人的反击，最终自食恶果。由此也可看出坡对美国时局中暴露出来的矛盾的关注与思考。正如保罗·琼斯（Paul Jones）所说，"坡不是一个不关心政治的浪漫主义者，而是对其所处时代的重大问题表示深切关注的作家"（239）。贝特西·厄基拉（Betsy Erkkila）也认为，"坡的美学作品是历史的产物，而不是独立于历史之外的"（41）。克里斯蒂娜·茨瓦格（Christina Zwarg）则更为明确地指出："不可否认的是，坡对其所处时代的问题和矛盾很关注，尤其是对美国在殖民过程中所带来的伤害表示痛心。"（7）

作为一个兼具异托邦与异托时的文本，《凹凸山的故事》表面上为我们讲述了一个英属印度殖民地的人民反抗英国暴政的故事。美国人贝德尔奥耶在凹凸山中遭遇了时空并置，从19世纪初的美国穿越到了18世纪末英国殖民统治下的印度。走进这一异国他乡后，他发现自己"汇入了一股巨大的人流，无数的平民从条条道路涌向同一个方向，一个个都显得慷慨激昂"（Poe, *Poetry and Tales* 116）。全城都处在骚乱与战斗之中，"一名扮着英军装束的绅士"（116）正在指挥战斗，"以寡敌众地与潮水般的街头暴民交战"（116）。贝德尔奥耶也加入其中，协助英军对印度起义者进行镇压，他"用一名倒下的军官的武器疯狂地与不认识的敌人进行战斗"（116）。最后，贝德尔奥耶被印度人射出的一支毒箭击中太阳穴，倒地而亡。

坡在这里引述了一段真实的历史事件，即 1780 年印度贝拿勒斯邦（Benares）邦主蔡特·辛格（Cheyte Sing）的起义。时任英国驻印度总督沃伦·哈斯丁（Warren Hastings，1732—1818）强迫蔡特·辛格招募印度当地居民来充当殖民地英军的后备力量，还要求辛格为英属印度殖民当局提供大量钱财供其挥霍。辛格断然拒绝，并号召殖民地的民众团结起来反抗英国殖民者的残暴统治。于是哈斯丁便下令逮捕辛格，这一做法引发了印度民众的不满与抗议，他们自发组成起义军，同英军英勇作战，并最终取得了胜利。

坡对这一历史事件的还原让我们对 18 世纪英国殖民统治下的印度有了更直观的认识。从 1757 年普拉西战役（Battle of Plassey）开始，到 1947 年印度摆脱英国殖民统治、获得独立为止，英国殖民印度的时间长达 190 年。在此期间，英国殖民当局对印度百般欺压，包括公开抢劫、对土邦进行勒索等。坡在小说中提到的蔡特·辛格就是印度众多土邦之一的贝拿勒斯邦的邦主。英国殖民者正是对其进行强制勒索未果并下令逮捕他，才最终导致了印度人民起义的爆发。历史上的印度土邦是在莫卧儿帝国（Mughal Empire）衰落瓦解的过程中，由一些手握重权、拥有私兵的封疆大吏和封建主势力发展起来的。莫卧儿帝国灭亡后，他们各自划分势力范围，形成了封建割据势力，建立起一个个以他们为中心并效忠于他们的土邦政权。对于这些土邦，英国殖民者没有采取直接征服的办法，而是对其有意加以保留、利用和控制，主要采取的方式就是所谓的"军费补助金条约"（闵光沛 16）。该条约规定，签约土邦必须为驻扎在其境内的英国东印度公司派遣的军队提供财力和物力上的支持。这实际上是套在土邦身上的一副枷锁，无法摆脱，还越勒越紧。而且该条约并不是固定不变的,它每年修订一次,且条件一年比一年更为苛刻。马克思指出:"在整个18世纪期间,由印度流入英国的财富,主要不是通过贸易弄到手的,而是通过对印度的直接控制,通过掠夺巨额财富,然后转运英国的办法弄到手的。"(173 – 174)英国殖民者把从印度搜刮到的巨额财富一部分用作军政开支,其余均当作印度应上缴给宗主国的贡献被运回英国。殖民者的贪婪掠夺让美丽富饶的东方文明古国印度逐渐变成了一个极端贫困落后、人民经常在饥饿与死亡线上挣扎的国家。由此可见,印度土邦邦主蔡特·辛格的起义是英国殖民统治高压政策下的产物,殖民者对印度人民的盘剥所导致的民不聊生也成为压垮印度人民的最后一根稻草。

表面上看,坡借用这一历史事件对印度殖民地人民的悲惨境遇表示了同情,对他们的英勇抗争精神进行了颂扬,谴责了英国的殖民主义行径;实际上,他还借此影射了美国对本土印第安人的内部殖民这一潜文本。虽然英国对印度的殖民属于外部殖民,但英美两国在推行殖民主义政策方面却表现出了连续性。早在美国建国之前,英国通过资本的原始积累已经走上对外扩张的道路,作为新大陆的美洲自然而然成为英国觊觎的对象。通过一波又一波的移民浪潮,来自英国的白人逐渐在北美大陆站稳脚跟,并先后建立起13个殖民地。虽然这些殖民地的建立者是英国人,但他们与英国的关系变得越来越疏远,因为他们在经济上和政治上都得不到根本的保障,所以,这13个殖民地决定联合起来成立一个新的国家,独立战争由此爆发,最终他们的愿望得以实现,建立了美国。而这个国家的疆土自古以来就是当地原住民——印第安人所拥有的,英国殖民者到来之后,这些土地被白人据为己有。美国建国后虽然摆脱了被殖民者的身份,但他们却继承了英国殖民者的衣钵,开始不断向西、向南扩张,开疆拓土。在这一过程中,越来越多的印第安人的土地被掠夺,大量印第安人在美国残酷的殖民政策下被驱赶或屠杀。所以，美国的殖民主义思想源于英国，并不断在当地印第安人身上推行。坡长期耳濡目染美国的殖民主义行径，并对此表示关切。在这部小说中，坡以英国殖民印度的故事为开端，表达了他对英国殖民主义的不满，同时，经由贝德尔奥耶这一美国人的言行反思了美国对印第安人越来越严苛的政策，并通过贝德尔奥耶的死发出警示，希望美国政府重新审视对印第安人的殖民行径。

坡在《凹凸山的故事》这篇小说的开始就对美国人贝德尔奥耶的外貌进行了细致的描写，影射了美国殖民主义思维由来已久的历史。小说中的"我"是贝德尔奥耶的朋友，在"我"看来，贝德尔奥耶是一位"年轻的绅士"（Poe, *Poetry and Tales* 111），因为他"显得年轻"（111），但也有令"我"大感不解的地方，即"我会略为不安地想象他已经活了一百岁"（111）。显然，这样的描述是自相矛盾的，因为年轻和年老是人生两个不同阶段的状态，不可能同时集于一身，而这一奇特的相貌特征却在贝德尔奥耶身上完美地体现了出来。有意思的是，坡还着重突出了贝德尔奥耶年老的一面。"无论他哪一方面都比不上他的外貌更奇特。他通常总是弯腰驼背……瘦骨嶙峋……他的面容绝对没有一丝血色……他的眼睛呆滞而朦朦，毫无生气，使人联想到一具早已埋葬的僵尸的眼睛。"（111－112）坡在这里花了大量笔墨对贝德尔奥耶的外形进行描述，其背后颇具深意。一方面，坡通过描写贝德尔奥耶的年轻来影射美国建国时间还不长，是一个新兴的、年轻的、富有生命力的国家，因为美国的历史从建国之始到这篇小说出版的年代还不足 70 年，相比欧亚大陆上具有千百年历史的国家来说还显得太年轻。另一方面，坡通过刻画贝德尔奥耶年老的一面影射了美国殖民主义思维悠久的历史渊源，即脱胎于英国的殖民主义。与此同时，年老的形象也影射了美国殖民主义者及其先辈对印第安人由来已久的剥削和压迫，以牺牲印第安人的生命来为自己赢得生存空间，而这一恶劣行径在坡的时代依然有过之而无不及。

此外，坡通过描写贝德尔奥耶在凹凸山峡谷中的经历影射了美国对印第安人土地由来已久的垂涎。凹凸山是一座"荒凉而沉寂的小山"（Poe，*Poetry and Tales* 113），贝德尔奥耶穿行其中时发现了一个他"以前从未见过的峡谷"（113），于是"兴致勃勃地穿行于那条弯弯曲曲的通道。谷间展示的景色虽说不上壮丽，但……有一种说不出其精妙的荒凉之美……那种幽静似乎从未受到过玷污……从来没有经过人的踩踏"（113），他"并非不可能是第一个探险者——第一个也是唯一一进入其幽深之处的探险者"（113）。众所周知，印第安人才是北美大陆真正的主人，他们世代居住在这里，作为美国人的贝德尔奥耶从未涉足过的这一峡谷或许曾经就是印第安人的领地，但他却以发现者自居，认为自己才是当之无愧来这里的第一人。

这种心理折射了美国殖民主义者及其先辈对印第安人土地的一贯认知。印第安人以血缘为社会结构的核心，即使在最发达的部落，也未产生有关领土、疆域、主权和政治合法性的观念和制度。这种状况被社会结构和政治系统相对发达的白人殖民者所利用，成为他们在北美占地和扩张的口实。他们宣称印第安人对新大陆的土地并没有合法的所有权，只是通过占有而获得土地，所以白人殖民者入主北美，迫使印第安人让出他们占有的土地。而且印第安人不是以个体的形式占有土地，这更使得白人觉得有机可乘。此外，印第安人尚未形成财产私有的观念，也没有聚敛财富的念头，一旦有富余则与人共享，而财产私有化对于白人殖民者来说早已成为社会的基本制度，所以他们把印第安人原始的共有制诋毁为落后的制度，把对其土地的夺取和占领视为天经地义。因而就有了马萨诸塞湾殖民地（Massachusetts Bay Colony）初期总督约翰·温斯罗普（John Winthrop，1588—1649）所提出的观点:"印第安人不能有效地开发和改良土地,所以没有理由阻挠白人取得土地的正当权利"(Hoffer 33-34)。

为了心安理得地把印第安人的土地据为己有,美国政府在舆论宣传中对印第安人不断进行诋毁,将其形象妖魔化。贝德尔奥耶在峡谷入之越深,他之前那种初到世外桃源般的兴奋感以及对周围景色的浓厚兴趣——"一片树叶的颤抖、一株小草的颜色、一朵三瓣花的形状、一只蜜蜂的嗡鸣、一滴露珠的闪耀、一阵柔风的吹拂,以及森林散发出的淡淡的幽香……引起我一种快活而斑驳、狂热而纷乱的绵绵遐思"(Poe, *Poetry and Tales* 113)——荡然无存,取而代之的是"难以形容的不安,一种神经质的踌躇和恐惧"(113)。他想到了"关于凹凸山的那些古怪传说,记起了传说中讲的那些居于林间洞中的可怕的野人"(113)。这种情绪的迅速切换和过激反应一方面与陌生的新环境有关,另一方面则与美国殖民者及其先辈为合法夺取印第安人的土地而进行的舆论宣传有关。他们用自己的标准来衡量印第安人的文化,发现"文明"社会的各种事物,诸如文字、书籍、学校、教会等,在印第安人中均无迹可寻,于是断定印第安人的文化处于尚未开化的野蛮状态,因此需要借助他们的"文明"对印第安人进行征服,对他们进行文化改造,消灭他们的原始野性。

从18世纪末开始,白人文化中有关文化和社会发展的观点日益趋于系统化,渐渐成为一种主流社会思潮。这一思潮认为,人类社会的发展和文化的变迁,都经历了从低级到高级、从原始到现代、从野蛮到文明的顺序,且每一个后起的阶段必然优于前一阶段,每一种先进的文化必然战胜落后的文化。人们对进步抱有绝对的信念,只要趋于进步,就必定具备正义。正是这种思维定式让白人殖民者心安理得地把对印第安人的每一次剥削都说成文明战胜野蛮的表现。

到了 19 世纪，民族学和生物学的研究提出白种人最优越的论点。1843 年，爱丁堡出版商罗伯特·钱伯斯（Robert Chambers，1802—1871）匿名出版了《创世的足迹》（*Vestiges of the Natural History of Creation*，1843）一书，书中所描绘的人类进化顺序是"从最初的黑人，经过马来人、印第安人、蒙古人各个阶段，最后才发展出高加索人种"（Gossett 68）。其他一些以科学名义发表的著作则认为"印第安人在体质和智力上均不及白人发达"（Berkhofer 55）。因此贝德尔奥耶所知的那些"古怪传说"（Poe, *Poetry and Tales* 114）和"可怕的野人"（114）也就不难理解了，它们其实是美国殖民者为妖魔化印第安人而故意编造出来的。普利茅斯殖民地（Plymouth Colony）总督威廉·布拉德福德（William Bradford，1590—1657）曾写道，普利茅斯是"美洲一片广阔无边、无人居住的土地，十分富饶，适宜定居，找不到任何文明居民，只有一些野蛮残暴的人出没其间，而这些人与这里出没的野兽并无多大差别"（Jacobs 10）。美国的建国之父们对印第安人的描述也充满了敌视和丑化。本杰明·富兰克林（Benjamin Franklin，1706—1790）就认为印第安人是无知、愚蠢、不懂礼貌、天生懒惰的"野蛮人"（Hunt 53），他们没有资格占有肥沃的土地，而且阻碍了作为高贵种族的白人"成功、结婚、生子的机会"（53），这形同于"杀死了我们成千上万尚未出生的孩子"（53-54）。富兰克林的这些观点代表了他同时代人的一种普遍观点。印第安人被描述成野蛮的低劣种族，他们应该让出土地，由文明的种族取而代之。无独有偶，乔治·华盛顿（George Washington，1732—1799）也称印第安人为"野蛮人"（Weeks 23）和"豺狼"（23），认为"二者皆掠食性野兽，仅在形体上有所不同"（23）。主张把他们赶走，让白人获得更多的土地。此外，他还视印第安人为"垃圾"（24），声称"若把'垃圾'放到所有定居点附近，那么整个国家将不只是泛滥成灾，而是被彻底毁灭"（24）。他还幻想用一道"中国长城将两个种族（白人和印第安人）分隔开"（Satz 6）。华盛顿的继任者托马斯·杰斐逊则一直主张把那些不能接受文明生活而又与美国作对的印第安人部落迁移到西部去，"在人类改善的脚步不断迈进之下，野蛮生活一直在退缩，我相信终有一天要从这个地球上消失"（Sheehan 26）。到了詹姆斯·门罗执政时期，美国已开始考虑印第安人的迁移问题。在1817年写给安德鲁·杰克逊（Andrew Jackson，1767—1845）的信中，门罗明确指责了印第安人生活方式的野蛮落后，要求印第安人给文明让路。"狩猎或野蛮的状态，需要用广阔的地域来加以维持，超出了进步和文明生活的正当要求所容许的限度，因而必须让路。那些印第安人部落如果不放弃这种状态，实现文明开化，那么他们就会衰落乃至灭绝，这已是再确定不过的事情了。狩猎生活虽然通过好战的精神来加以维持，但面对人口稠密而强大的文明人，他们所能进行的抵抗是十分微弱的。"（Moquin 109）门罗的继任者约翰·昆西·亚当斯（John Quincy Adams，1767—1848）当政时已将印第安人的迁移作为首选办法。1829年，以征伐印第安人起家的安德鲁·杰克逊将军入主白宫时，印第安人被迫西迁的命运已无可摆脱。《印第安人迁移法》的出台使得印第安人最终只得忍辱含悲告别故土，踏上人称"血泪之路"的迁移途程。正如印第安人的后代回忆道："我们的父辈终于被一步一步驱赶出来，或者被杀戮。我们作为他们的子孙，只不过是那些一度强盛的部落的残余，被拘留在大地的一个小小角落里。"（Armstrong 118）

最后，贝德尔奥耶在凹凸山中无意间穿越到18世纪的英属印度，这一情节也是坡精心设计的。在英语里，"印度人"和"印第安人"皆被称为"Indian"，这是哥伦布所犯的一个错误。1492年哥伦布起航西行去寻找他梦中富庶的东方，结果抵达的却是当时不为世人所知的美洲大陆。他自认已到达东方的印度，于是把当地居民误称为印第安人。这一错误认识在小说中使美洲和亚洲的两支民族产生了关联,英国对印度的殖民给当地人民造成了巨大的伤害,而美国对印第安人的内部殖民造成的伤害程度无异于英国人加之于印度人身上的。贝德尔奥耶"仇恨"(Poe, *Poetry and Tales* 116)由印度平民百姓组成的起义军并称其为"暴民"(116),相反,他对当地的英国驻军部队则表示非常同情,并积极加入他们对印度人的镇压,这侧面反映了美国殖民者及其先辈对印第安人的仇视和迫害。

早在美国建国之前,其先辈为了在新大陆立足,就对在那里土生土长的印第安人展开了屠杀,其罪行罄竹难书,令人发指。1637年,在梅斯提克河畔(Mystic River)对佩克特人的大屠杀(Pequot Massacre)就是一个典型的例子。马萨诸塞讨伐队指挥官宣称,"曾在这次讨伐中把拥有400人的印第安村寨烧杀一光,幸存者不过四五人,村寨内血流遍地,尸骨成堆,简直难以通行"(Shannon 100)。殖民者把印第安人看成自己生存发展的障碍,对他们赶尽杀绝。新英格兰(New England)的印第安人因疫疾流行大批死亡,清教徒们却弹冠相庆,称之为上帝之手造出的"美妙天灾"(Hoffer 31-32),意在空出土地来让文明人享用。

美国建国后,对印第安人的掠夺和屠杀非但没有停止,反而变本加厉。乔治·华盛顿要求其手下将领将印第安人尽数消灭,"在所有印第安人居留地被有效摧毁前不接受任何和平建议"("罗斯福")①。托马斯·杰斐逊指示战争部(War Department),"要是约束自己向这些部落举斧,那么在这些部落灭绝前我们将无法平静地倒下,或被赶出密西西比河,在战争中,他们会杀死

---

① 按照2016年版《MLA手册(第八版)》(*MLA Handbook*, 8th ed.)的要求,本书全篇引文涉及互联网的相关文献资源,仅标注作者姓名,若无具体作者则标明文章名缩写等。

我们一些人，但我们将灭尽他们"（"罗斯福"）。后来他又说："美国人必须追踪并灭绝印第安人，或将其赶往人迹罕至之地，如同将森林野兽赶入乱石山中"（"罗斯福"）。就这样，许多印第安村落被夷为平地，一个又一个部落遭到毁灭。1784年，一位到美国旅行的英国人发现，"白种美国人对印第安人整个种族抱有很强的厌恶感，随处可以听到这样的议论：要将他们从地球表面全部铲除，男女老幼一个不留"（Hoffer 312）。到了19世纪中期，印第安人和白人的冲突达到了顶峰，白人之中甚至传出"只有死了的印第安人才是好的印第安人"（Moquin 106）的叫嚣，话语中透露的自私残忍和血腥无耻之气，闻之令人毛骨悚然。

面对殖民迫害，印第安人并未屈服，而是奋起抵抗，同小说中的印度人一般。坡借用印度人民起义军对英国殖民者的反抗影射了印第安人必将对美国殖民者进行反击。抗英的印度起义军虽然刚开始"节节败退"（Poe, *Poetry and Tales* 116），但接着"他们重整旗鼓疯狂反扑"（116），"暴民们疯狂向我们扑来，用他们的长矛不断袭击我们，用一阵阵乱箭压得我们抬不起头"（116）。最后，贝德尔奥耶死于乱箭之下。

印第安人对殖民者的反抗早在欧洲移民刚踏上美洲大陆之际就开始了。印第安人用自己的鲜血和生命证明了他们绝不是任人宰割的民族。据史料记载，早在17世纪初，第一批欧洲移民刚刚踏上北美大陆不久，印第安人就表现出了反抗白人掠夺其领土的坚定决心。1609年，弗吉尼亚境内阿尔冈钦人（Algonquian）最大部落联盟的首领波瓦坦（Chief Powhatan, 1550？—1618）在会见约翰·史密斯（John Smith, 1580—1631）船长时就警告他说："你们可以通过友爱向我们取得的东西，为何一定要用武力夺取呢？我们的人一向以食物供给你们，为什么要用武力毁灭我们呢？你们通过战争能够获得什么呢？……我们没有什么武装,如果你们采取友好态度,我们愿意供给你们所需要的东西……收起你们那些刀枪吧,否则你们也会同样遭受灭亡。"(Armstrong i)

美国独立后,许多印第安部落也曾毫不犹豫地拿起武器抵抗殖民者。1835 年,在伊利诺伊和威斯康星境内的"黑鹰战争"(Black Hawk War)中,勇敢善战的印第安人曾多次重创白人,最后由于众寡悬殊、武器匮乏才被打败。印第安人领袖黑鹰(Black Hawk, 1767—1838)被俘,宁死不屈。他说:"黑鹰现在是白人的囚徒,他们可以随意处置他。但他经得起拷打,把生死置之度外,他无所畏惧。黑鹰是一个印第安人。他没有做过使印第安人感到羞耻的事情。他曾经为他的乡亲们以及他们的妻室儿女而战,反抗那些年复一年欺骗他们,掠夺他们土地的白人。"(Moquin 149 - 150)苏族人坦率地承认,"我们杀白人是因为白人杀我们"(Armstrong 126)。印第安酋长坐牛(Sitting Bull, 1831—1890)也说过,"我不喜欢战争。我从未当过侵略者。我战斗只不过是要保卫我的妇女和孩子们"(126)。言语真切,也确属实情。

贝德尔奥耶在经历了这次奇遇后,庆幸自己并未真正死去,或许只是服用了大量吗啡或是坦普尔顿医生对其进行了催眠才让他产生了幻觉。但不幸的是,贝德尔奥耶最终难逃一死。坡以此来暗示美国政府对印第安人的种种行径终会遭致多行不义必自毙的结局。贝德尔奥耶从凹凸山远足回来之后不久便染上风寒,发烧并伴有脑出血。医生在采用水蛭局部吸血的方法给他治病时,盛水蛭的罐中意外混入了一条毒蚂蟥。这种蚂蟥与治疗用的水蛭极其相似,结果贝德尔奥耶被毒蚂蟥吸住太阳穴而中毒身亡。在此,坡特意提醒美国人注意:"夏洛茨维尔的毒蚂蟥通常可据其色黑而区别于治疗用的水蛭,尤其可根据它与蛇酷似的扭曲或蠕动来区别。"(Poe, *Poetry and Tales*

118）也就是说，一种类似于蛇的毒蚂蟥使贝德尔奥耶丧了命，而从小说中我们可以得知，贝德尔奥耶之前在对印度起义军的作战中死于对方的一支毒箭，而这支毒箭恰好是"模仿毒蛇蹿行时的身形而制作的"（116）。无论是像蛇一样的毒箭，还是似蛇一般的毒蚂蟥，最终都是让人毙命的东西。坡在小说结尾处设计的这一离奇而巧妙的情节意在暗示，如果美国政府不改变其对印第安人的迫害政策，继续对印第安人滥杀无辜，最终会导致印第安人的猛烈反扑，从而让美国自食恶果。正如肯尼迪（J. Gerald Kennedy）所说："如同英国在印度的行径一样，美国对其印第安人的压制同样会产生致命的后果。"（19）

综上所述，坡的《凹凸山的故事》通过时空并置和时空穿越这一异托邦想象，让美国人贝德尔奥耶从19世纪初的美国穿越到18世纪末英国殖民统治下的印度，借助18世纪末英国殖民者对印度人民的残酷统治以及印度人民揭竿而起并最终取得胜利的史实反观美国对印第安人的内部殖民政策，揭示了英美两国在殖民思维和行径方面的相似性并谴责了这一非人道的做法，表达了他对印第安人不幸处境的同情，同时他也希望美国政府改变殖民思维，摒弃对印第安人的固有成见，反思其对印第安人的严苛政策，并用贝德尔奥耶的死鸣钟示警。

本章对坡的三部远征异托邦小说《瓶中手稿》《裘力斯·罗德曼日记》《凹凸山的故事》进行了探讨，并指出了其背后隐藏的帝国书写。《瓶中手稿》里大海的多变性和危险性呈现出与陆地截然不同的一种异质空间，大海上漂流的遇难船只一方面承载了美国人对空间探索的欲望，它的触角甚至延伸到了南极，但同时也通过远征中遭遇的种种磨难对美国的盲目殖民扩张敲响了警钟。《裘力斯·罗德曼日记》中美国西部风光绮丽的广袤大地成了文明与野蛮并存的异质空间和冲突交织的地域。其中，自诩文明开化的白人探险者与被视为野蛮未开化的印第安人之间爆发了诸多冲突，其背后影射的是美国白人因对印第安人一贯的偏见和误解而形成的心理殖民逻辑。《凹凸山的故事》中，18 世纪的英属印度和 19 世纪的美国这两个遥远时空的穿越与并置影射了美国对印第安人的内部殖民，对美国针对印第安人的所作所为进行了警示和批判。通过这三个文本，坡反思了那个时代美国的海外殖民扩张意图和对印第安人的内部殖民，对当时的美国社会起到了一定的警示作用。

第三章

时间异托邦：反思美国现代化进程

坡的时代，正是美国现代化进程带来巨变的时代。技术的飞速发展、工业革命的不断推进、超级大都市的崛起、消费主义的兴起、交通革命的渐进浪潮、对自然资源的快速开发和环境污染的继发影响、进步史观影响下的政治经济改革以及"进步观"所无法根除的种族主义暗影等，都在影响和重塑美国的社会文化景观。如何呈现这样一个新的时代？如何对这个新的时代进行反思？坡选择的方式是引入新的时间体系，在19世纪的美国空间中开辟出新的时间体系的空间，通过异域与坡所处的美国之间的对比，来讨论现代化进程中美国的异化、焦虑与积弊。

为此，坡在一些小说中描绘了不同形式的时间异托邦，用来承载对时代的想象和反思。这方面的文本有《与一具木乃伊的谈话》《未来之事》《莫诺斯与尤拉的对话》《埃洛斯与沙米翁的对话》等。在本章中，我们主要选取三部最有代表性的小说进行探讨。本章所探讨的时间异托邦主要从借古讽今、借未来讽今和在死后反观生前世界的方式来展开论述。从福柯的"异托邦"概念可知，时间异托邦也称为异托时。它是作为时间的一种异托邦，但却可以与作为空间的异托邦并存。比如博物馆、图书馆、市集或度假村等既是异托邦，又是异托时，它们都是不同于日常空间的异质空间，时间在其中呈现出停滞的永恒状态，通过对不同的时间进行并置叠加，人们可以感受到不同时期的历史，并与当下所处时代产生关联，从而对此进行思考并有所感悟。在借古讽今的时间异托邦文本中，《与一具木乃伊的谈话》是典型代表。封存千年的古埃及木乃伊被19世纪的美国科学家摆上餐桌进行研究。餐桌本是用餐之处，却被当成了科学实验的解剖台，因此它是一个异质空间。在这个异质空间中，象征古代文明的木乃伊和象征现代文明的美国科学家共处一室，古代与现代两个跨越千年的时间同时出现并交汇在一起，这无疑构成了一种借古人之目光重新审视19世纪美国的异托时。在借未来讽今的时间异托邦文本中,《未来之事》是不二选择。在乘坐热气球于未来某一天旅行的途中,庞狄塔发现了已成为废墟的古代人类文明遗迹。这一遗迹与周围的未来文明显得格格不入,因此是一个异质空间。另一方面,古代遗迹是过去时间的表征,与未来形成鲜明对比,因而又是一个异托时的存在。在死后反观生前世界的时间异托邦文本中,《莫诺斯与尤拉的对话》对此进行了很好的诠释。死后复活的两个灵魂在坟墓中展开对话,而坟墓是福柯笔下一个典型的异托邦。时间在坟墓里凝固成了永恒,就在这样一种永恒的时间中,两个复活的灵魂对坟墓以外仍受时间宰制的人类世界进行讨论,所以这两种不同时间并置的空间是时间异托邦的表征,关注的也仍是美国现代化进程中的问题。

第一节
餐桌和书房/解剖台上的借古讽今:《与一具木乃伊的谈话》

《与一具木乃伊的谈话》("Some Words with a Mummy",1845)讲述了一则带有科幻色彩的离奇故事。小说主人公在参加了一天的研讨会后疲惫不堪,回家饱餐一顿之后便早早上床睡觉。没过一会儿就被电话铃声惊醒,原来是主人公的好朋友庞隆勒(Ponnonner)医生邀请主人公立即去他家。他得到博物馆的允许,带回一具很有研究价值的木乃伊,邀请主人公去参观。同时他还邀请了包括埃及学研究专家格利登(Gliddon)和白金汉

(Silk Buckingham）在内的几人。被吵醒后感到苦恼的主人公得知此事后一扫之前的困倦和不满，精神抖擞地赶到医生家里，待大家到齐后便开始研究木乃伊。木乃伊被包裹在埃及出土的三层棺椁里，众人费了九牛二虎之力才将其取出，并惊叹于木乃伊保存之完好。让他们感到费解的是，该木乃伊身上没有任何切口，按照他们所知的木乃伊制作方法，这一点是不同寻常的，因为通常情况下需要把木乃伊身上的部分器官取出单独封存，而这具木乃伊则完全没有经过这一步骤。所以他们决定先将木乃伊搁在桌板上，待明晚对其进行解剖之后再看是怎么回事。这时，有人提议给木乃伊通电，看他是否会活过来，其余人对此不置可否，但为了满足好奇心，还是打算尝试一下。于是他们分别在木乃伊的头上、脚上和脸上切开一些小口，接入伏打电池通电，然后惊恐万分地发现木乃伊居然真的复活了。复活之后的木乃伊与众人展开了一系列的交谈，主题包罗万象，主要涉及科学与政治两大类。在场的人丝毫不把木乃伊放在眼里，认为自己所处的时代无论如何都比古埃及更加先进美好。他们优越感十足，用挑衅的语气趾高气扬地同木乃伊辩论。结果却沮丧地发现，他们自诩发达的现代文明与木乃伊所处时代的埃及相比完全不可同日而语，因为古埃及似乎在任何方面都强于当今时代。可是在场的医生和学者都不愿在同木乃伊的比试中甘拜下风，所以当医生提到他们时代的一种药丸而木乃伊对此一无所知的时候，众人感到自己获得了最终的胜利。但是主人公离开时却心事重重，回到家后他思索良久，发现当下的时代并不如他想象得那么美好，而且问题良多，他打算第二天去找庞隆勒医生，请对方把自己制作成木乃伊封存几百年。他已厌倦了自己生活的时代，想要尽快逃离，待多年之后再复活过来，看能不能感受到不同时代的美好。

毫无疑问，这篇小说非常吸引人，千年木乃伊的复活和古今人物间的对话都极具科幻色彩。早在坡创作这篇小说之前的

1818 年，大洋彼岸英国的玛丽·雪莱就写了一部类似的带有科幻性质的小说《弗兰肯斯坦》（*Frankenstein*，1818），该小说讲述了一个用电击的方式使一具用各种尸块拼凑起来的怪物复活的故事。在坡的小说里复活的不是死去的尸体，而是在活着的时候就被涂敷香料保存下来的木乃伊，他的意识和生命被暂时终止，但实际上还是活的生命体。不管怎么说，这两篇小说极为相似，都富含想象力丰富的科幻元素，让当时的读者大开眼界。有评论家指出，正如英国的雪莱堪称现代科幻小说之母，美国的坡也可当之无愧地被称为现代科幻小说之父。《与一具木乃伊的谈话》问世后，国内外评论界对其展开了多方位、多角度的研究。虽然到目前为止研究的成果还不算丰富，但也能从中看出学者们对该小说的研究方向和兴趣，归结起来主要有以下两个方面。

一是对小说背景素材的探源。这是坡近 70 篇小说中唯一一篇涉及木乃伊题材的作品，坡在文中但凡写到与木乃伊有关的内容时，比如木乃伊出土的陵墓、包裹木乃伊棺椁的制式、木乃伊的制作过程和封存过程等，都进行了非常科学严谨的探讨，仿佛这不是一篇虚构的小说，而是一份准确客观的科研报告。因此，评论家们多方收集材料进行研究，力图探寻为何坡能深入细致地探讨这一主题并写出如此引人入胜的小说。研究得出的结论是坡有可能参考了"《古埃及》"（Poe，*Collected Works* 1175）这本书，这是一部根据当时埃及学研究专家乔治·格利登（George Gliddon，1809—1857）的演讲写成的著作。也有可能是坡阅读了 1841 年 7 月"《威斯敏斯特评论》杂志"（1176）上的一篇文章之后突发灵感写成的。据称该杂志上的那篇文章"探讨了威尔金森的著作《古埃及人的风俗习惯》、罗西尼的《埃及和努比亚纪念碑手绘图谱》以及《从埃及现存纪念碑看古埃及史》一书，并大量引用了其中的各种细节"（1176）。此外，还有学者指出，坡在该小说中之所以能对木乃伊及其保存方式进行如此精准的描述，是因为广泛引用了"《美国大百科全书》"（1176）上的相关条目。除了对上述书籍的引用，另有学者指出，坡有可能亲眼见过木乃伊，因为"在1823年12月23日那天，位于弗吉尼亚州首府里士满的议会大厦里正在展出一具来自波士顿医学院的木乃伊"（1176）。据这位学者称，当时坡也去参观了，而且他手里掌握的资料显示，"参观费为每人25美分，并附赠一份介绍图册，说明该木乃伊从底比斯附近的一座陵墓出土并放置在两层棺椁里"（1176）。

二是对小说内容的具体分析。迈克尔·威廉姆斯（Michael Williams）分析了小说中的"话语"（1），认为该小说里无论是木乃伊，还是主人公等人的话语都是不可靠的，所以读者不要企图从文本的话语中判断谁对谁错，谁真谁假。玛西亚·尼科尔斯（Marcia Nichols）分析了小说的叙事逻辑，指出该小说表面上谴责了"白人男性精英阶层的特权"（2），实则对坡时代医学中所盛行的"解剖实践，尤其是在解剖中所使用的电击法"（2）进行了抨击。大卫·朗恩（David Long）分析了小说所体现的坡的"政治立场"（1），达娜·纳尔逊（Dana Nelson）则分析了小说中"白人男性的身份"（2），并对"多源发生说"（2）进行了探讨。国内学者刘琚则从后殖民的角度分析了小说中的"东方主义"（21）表征。

以上研究视角可以帮助我们全面理解坡的这篇小说，但对小说的解读并未就此止步。本书认为，前人的研究都忽略了一个话题，即《与一具木乃伊的谈话》也是一部异托邦小说。本属于博物馆的木乃伊被带到了一名美国医生的家中进行研究，它先后被放置在餐桌上和书房里进行观察和解剖。餐桌和书房原本是吃饭和学习的地方，在小说里却变成了医学实验的场所，与这两处地方作为日常空间的作用和功能完全不同，所以在此处它们表现为一种异质空间。就在这一异质空间中，代表古埃及的千年木乃伊与作为现代文明代表的美国科学家和考古学家共处一室，古代与现代并置，又凸显了异托时的特点。如同图书馆和博物馆所呈现的特点一样，在该小说里，常规的时间流逝被中断，正常时间的序列被打破，原本在时空中不可能在一起的事物同时出现，这是典型的时空错乱的表现，因此既表征了异托邦的空间，又突出了异托时的特点。

就在这样一个集异托邦和异托时为一体的文本里，主人公对19世纪的科学发展和美国政治制度进行了反思，从中折射出坡对二者的关注与思考。主人公在同古埃及木乃伊谈话之后，发现19世纪科学的发展让美国人变得盲目自信甚至自大，天真地认为美国创造了前无古人的辉煌成就。而事实上，这些成就与世界古代文明创造出的卓越奇迹相比却根本不值一提。而且，科学的进步并非都为人类带来福祉，相反，有时却是在倒行逆施，用科学手段对人类进行优劣划分，成为种族主义和殖民主义的帮凶。政治制度的改革在主人公看来非但没有表现出进步的一面，反而是一种历史的退步，阻碍了国家的发展。我们将从异托邦的视角出发，结合文本分析，揭示在这一时间异托邦里主人公对19世纪美国人的无知、自大和莫名优越感的嘲讽，以及对当时的科学发展和政治制度改革的反思。

从小说开篇可知，木乃伊由庞隆勒医生的一位船长朋友从埃及的一座陵墓带回美国，并"丝毫未动地存放在博物馆里"（Poe, *Poetry and Tales* 895），其棺椁"迄今尚未被打开过……只让公众参观其外表"（895）。当庞隆勒得到博物馆的许可，允许他"开棺检查那具木乃伊……且如果有需要，可解开缠裹物并进行解剖"（895）之后，他大喜过望，认为自己马上就可以支配这样"一具完整的木乃伊"（896）是非常幸运的，因为这毕竟是一个"未遭洗劫的古代瑰宝"（896）。于是他邀请了主人公、埃及研究专家格利登、白金汉等人到他家去参观研究。可就是这具被庞隆勒医生视为珍宝的木乃伊，在被带到他家后先是放置在餐桌上，而后为了进行电击实验又被搬进了书房。众所周知，对古文物的研究必须讲求科学的方式方法，需要考虑多方面的因素，如空气中的湿度、温度、场所的选择以及专家的配备等，否则很容易导致文物的损坏。可是小说中的一群美国人完全是出于好奇才研究木乃伊，根本不把它当作一件珍贵的文物来对待，而只是将其视为一件普通的物品，随意处置——要么把木乃伊放在餐桌上，要么放到书房里进行科学实验。餐桌本是吃饭的地方，在小说里却变成解剖木乃伊的操作台，仿佛木乃伊是供大家享用的食材。同样，书房本是看书学习的场所，在小说中却变成了电击木乃伊的实验室。显然，它们都失去了作为日常空间所具有的作用和功能，而体现出异质空间的特点。

作为现代美国人的庞隆勒医生等人费了九牛二虎之力把木乃伊从层层棺椁中取出并解开了他身上的包裹物之后发现木乃伊"保存得完好无损，没有丝毫异味。……皮肤结实、平滑而富有光泽。牙齿和头发完好如初。……手指和脚趾的指甲都被镀了亮晃晃的金"（Poe, *Poetry and Tales* 897）。仔细观察之后，他们惊讶地发现这竟然是一具"完整的或没有开口的木乃伊"（897），因为他身上没有"通常取出内脏的开口"（897）。因此，他们决定对木乃伊进行电击实验，看他是否能够复活。在给木乃伊的"太阳穴"（898）进行通电后发现他有活动的迹象后，他们紧接着又在木乃伊的"右脚大拇指"（898）和"鼻尖"（899）处做实验，最终木乃伊在他们的反复折腾下奇迹般地复活。在木乃伊与这群美国人随后的对话中得知，其实他并没有真正死去，而是"当时陷入了强制性昏厥"（903），所以他的朋友以为他"已死去或可能会死去"（903），于是便把他给"香存了起来"（903）。木乃伊声称"从他被放入埃勒斯亚斯附近的墓穴，已经过去了五千零五十年零几个月"（902）。而且他当时的年龄已经有"七百岁"（902）。由此可以看出，在这几千年的时间里，虽然他的身体机能和大脑意识处于休眠状态，却一直活着，其寿命也大大超过了现代人所能想象的极限。而就在餐桌和书房这两处异托邦空间中，这么一具奇特而又神秘的古埃及千年木乃伊与一群19世纪的美国人同处一室，古代和现代的并置和交汇呈现出一种时间上的异质，颠覆了传统的时间观，给人一种异样的新奇感。

就在这样一个时间异托邦中，古今人物跨越数千年的时间长河展开了意味深长的对话，主人公也通过木乃伊的诉说，反思了19世纪科学的发展和政治制度的改革。他认为，科学虽然给一部分人的生活带来了日新月异的变化，但还有一部分人却深受其害，在世界大多数地区沦为欧洲殖民地之时，科学与种族主义和殖民主义相结合，成为它们的帮凶，发展出科学种族主义，以证明种族主义的合理性，并由此进一步强化了殖民主义的正确性。因此，科学的发展在一定程度上成为阻碍时代发展的绊脚石。这一点在小说里主要体现在对人类起源和骨相学的讨论上。

现代美国人庞隆勒医生对古埃及木乃伊说："这个世界的创造仅仅发生在你们那个时代大约一千年前。"（Poe, *Poetry and Tales* 906）木乃伊反驳道："在我那个时代，我从不知道任何人怀有这么新奇的怪念头，竟认为宇宙（或者说这个世界，如你们愿意这么说）有一个开端……有关人类起源的事这位智者使用了你们所使用的亚当（或者红土）这个字眼。但他是从广义上使用这个字，与从沃土中的自然萌发有关——我是说五大群人类之自然萌发，在这个星球上五个几乎相等的不同区域同时发展。"（906-907）然而"在场的所有人几乎都耸了耸肩"（907）。显然，他们并不赞同木乃伊关于人类起源的说法，关于这个问题的争论在19世纪的美国非常流行，准确地说是人种单一起源说（monogenesis）和多元起源说（polygenesis）这两大理论的交锋。

这两种人类起源学说的争论源于欧洲，19世纪后在美国得到进一步的延续。人种单一起源说，顾名思义，指的是人类的起源只有一个源头。这一源头就是基督教经典《圣经》所宣称的人类始祖亚当和夏娃。按照基督教的观点，亚当和夏娃都是上帝创造的，他们的子孙后代皆是上帝的后代，亚当和夏娃也自然而然成了人类共同的祖先，"这是基督教的基本信条，也成为人种同源论最坚实的理论基础"（王业昭21）。这个在基督教影响下形成的理论从中世纪开始就作为不可辩驳的事实存在于欧洲人的观念中。自文艺复兴和启蒙运动之时起，在地理大发现和科学大发展的背景之下，欧洲人走出自己原有的地域，足迹遍布世界各地。他们发现除了白人，世界上还有黑色、棕色、黄色、红色等人种的广泛存在，且这些有色人种与他们有着不同的相貌、体格等特征，于是便开始对不同的人种展开研究。当然，此时他们还没有摆脱中世纪以来人种单一起源论的影响，并在此基础上论证这些人种间的差异。主要代表人物有德国哲学家康德和法国自然学家布丰（Georges-Louis Leclerc, Comte de Buffon, 1707—1788）、生物学家拉马克（Jean-Baptiste Lamark, 1744—1829）。他们三人皆认为是地理环境和气候的差异导致了人种的不同，因此"环境决定论成为人种同源论解释种族差异的基本依据"（21）。可以说在整个18世纪以及之前的很长一段时期，人种单一起源说在欧洲占据主导地位。然而从19世纪开始，"随着现代人类学的发展，一些研究者认为不同人种可能拥有不同的祖先，并相应提出了人种多元论"（22），但这一新的理论一直不被当时的欧洲所接受。与欧洲大陆隔海相望的美国无论是对人种单一起源论还是多元起源论的关注都要晚得多，"在美国，人种同源论与多元论之争直到19世纪初才受到广泛关注，而这与当时美国的种族关系休戚相关"（23）。

在 19 世纪的美国，种族关系主要体现在美国白人与印第安人、黑人之间的关系上。美国人为了更好地对其境内的印第安人和黑人进行奴役与压迫，借用源自欧洲的人类起源学说来证明自己行为的合理性。相比人种多元论，美国人更愿意接受人种同源论的观点。塞缪尔·史密斯（Samuel Smith，1795—1812）等人坚持人种退化论，"将源自同一祖先的人类划分为不同人种，认定其中某些人种越来越趋于退化，与优越的欧洲白种人距离越来越远"（梅祖蓉 21）。史密斯认为印第安人具有的"野蛮性以及心智能力的愚钝"（王业昭 23）无疑证明了"有色人种在文明发展程度上落后于白人"（23）。查尔斯·考德威尔（Charles Caldwell，1772—1853）认为上帝创造了四大人种，即"白人、蒙古人、印第安人和黑人。他们在文明程度上从高到低，这就决定了人种之间天生不平等"（26），所以"白人对黑人和印第安人的统治是他们优等种族性的体现"（2）。此外，他还进一步指出，"白人是天生的优等种族，上帝赋予他们能量，让他们在科学、艺术领域去探索发现，创造先进的人类文明。……因此，白人对有色人种的奴役与压迫是优劣种族发展的自然结果"（136）。约西亚·诺特（Josiah Nott，1804—1873）在其《人种类型》（*Types of Mankind*，1854）一书中更是赤裸裸地写道："上帝将一种特殊的本能植入白种人，这使得他们要承担起推动人类文明发展的使命。白人的行为并非因为理性，也非出于仁慈，而是天命。每个种族都有自己的特殊使命：有的是天生的统治者，有的则是天生的被统治者。"（77）正是因为种族间有了这么一层不平等以及统治与被统治的关系，诺特认为"两个完全不同的种族不可能平等地生活在同一区域。一些种族看似能够在一定地区生存、发展，但当更优等的种族到来之时，他们注定会被取代，走向消亡"（79）。

显而易见，人类单一起源论经过上述人类学家、自然学家的

"权威"解释，在美国更加深入民心。美国政府在剥夺印第安人的土地，对他们进行驱赶和屠杀、对种植园里的黑奴进行虐待时更是有了十足的底气，认为这是天赋他们的权力，因为作为白人，他们位于种族链的顶端，可以俯视和藐视其他种族并对他们进行统治和管理。由此也可以看出，人类单一起源论之所以比多元起源论在欧洲和美国更受欢迎，是因为多元理论挑战了白人自认为的特权，主张不同种族之间互不干涉、平等发展，彼此之间没有先后之分和优劣之分。这种解释显然无法满足他们对外扩张的野心和殖民的野心，他们必须找到一个符合其意识形态的理论来为他们的不义行径披上合理合法的外衣，而人种单一起源论则无疑做到了这一点，得到他们的发扬光大。

因而，在《与一具木乃伊的谈话》这篇异托邦小说里，作为现代美国人的庞隆勒医生等人对古埃及木乃伊有关人类起源的认识表示不认可就很容易理解了。作为白人的他们天生就有一种优越感，对来自非洲埃及、跟他们完全不属于同一种族的木乃伊自然嗤之以鼻。无论从地域还是外表上看，木乃伊与这群美国人都截然不同，在他们眼中注定被视为具有异域色彩的"他者"。然而这一"他者"所表现出的强于美国人的地方，比如寿命、学识和言谈举止，在白人看来则是是可忍孰不可忍。所以他们在与木乃伊的话语争锋过程中穷尽一切办法压制对方，由此另一门与人种相关联且在19世纪非常盛行的科学理论被提了出来，作为攻击木乃伊"他者"身份的武器，这就是颅相学（phrenology）。

在这部时间异托邦小说里，美国人中的"一两位还带着意味深长的神情触了触我们的额顶"（Poe, *Poetry and Tales* 907）。作为古埃及研究专家的白金汉"先是轻蔑地看了阿拉密斯塔科的后脑勺一眼，接着又看了他前额一眼，最后发表议论……与现代人相比，尤其是与新英格兰人相比，我们应该把古埃及人在所有科学项目方面的不发达完全归因于他们头盖骨较大的体积"（907）。显然，这里提到的"新英格兰人"就是指美国人自己。新英格兰地区是美国东北部靠近大西洋沿岸的狭长地带，美国独立之初的版图就包括这个地区。"阿拉密斯塔科"是木乃伊的名字，他的名字从古埃及的象形文字转变为英语之后写作"Allamistakeo"，如果按其读音把这个名字进行拆分，则变成了"all a mistake"，即"一切都是错误"，这一命名无疑是在暗示现代美国人的所作所为皆是错的，这一点在小说结尾处也有体现。主人公在与木乃伊接触并与其谈话之后，确信"这世道事事都在出毛病"（911）。对此坡在小说中一一进行了揭露。比如白金汉对木乃伊的头骨左看右看，还动手去触摸其形状，就是想要证明木乃伊是低劣种族的代表，他的这一做法就是颅相学的操作方式。

　　19世纪被视为"科学"的颅相学是启蒙时代的产物，它最早产生于18世纪末，德国神经解剖学家及医学家弗朗兹·加尔（Franz Gall，1758—1828）对颅相学的形成起到了至关重要的奠基作用。加尔将人的感觉、行为等与大脑的结构相联系，认为人的性格和能力是由大脑结构决定的，通过观察头盖骨的轮廓就可以判断人的性格和能力。他把人的大脑划分为27个区域，每个区域对应相应的器官。加尔把自己的这一学说命名为头骨理论。德国的约翰·施普尔茨海姆（Johann Spurzheim，1776—1832）认同加尔的观点，并成为其头骨理论形成早期最得力的助手。他们紧密合作了13年，共同致力颅相学研究。最终，施普尔茨海姆采用"颅相学——关于心智的骨相科学"（Spurzheim 1）一词来概括他们的研究。颅相学认为，个体的心理特征是由大脑中控制器官的大小和比例决定的。通过观察头盖骨的形状，特别是注意观察头盖骨上凸起的部位，就能判断大脑中器官的大小，因为头骨和头骨下面器官的形状是紧密对应的。此外，施普尔茨海姆在加尔的研究基础上，还进一步将个体的能力特征与头骨位置之间的对应关系规范化。

到了19世纪初，英国人乔治·库姆（George Combe，1788—1858）在加尔和施普尔茨海姆研究的基础之上又进行了深入探究。他将人的大脑细分为35个区域，进一步确定个体的特性是可以通过仔细观察其头盖骨得出的。通俗地讲，如果头盖骨的某部分凸出，与此部分对应的功能就发达；反之，如果某部分凹陷，与此部分对应的功能便不足。他的这一研究结果使颅相学得到了更广泛的传播与认同。1837年，他访问美国并在美国各大重要城市进行有关颅相学方面的讲座，后来他的讲座被集结成稿出版——《颅相学系统论》（*A System of Phrenology*），影响甚广。到了1843年，"颅相学的发展比其他任何类别的科学都要迅速"（"Phrenology" 179）。"在波士顿，一门长达四十小节的颅相学课程时常吸引超过3000名的听众。在费城，一个会员多达500多名的颅相学协会连续召开了20多次颅相学系列讲座。"（Davis 34）同年，纽约还开设了各式各样的颅相学商店，专门经营有关颅相学的书籍、开办讲座、承办展览等。不仅如此，"商店还专门给人摸骨看相，从而收取高昂费用"（52）。为了让人们对头骨有更深刻的体验，商店还销售各类真人头骨，"从战场上转运过来的战俘的头盖骨成了抢手货，一个至少可以卖到30美元，甚至标有对应符号的头骨模型也能以20美元的高价售出"（52）。

随着颅相学的广泛传播并融入大众生活，当时美国社会的方方面面都或多或少受到了影响。比如雇主选拔雇员时会通过颅相学来进行判定。雇主带着卡尺和圆规等测量头骨的工具去挑选员工，"通过观察人的头骨从而判断人的个性，这对我选拔员工非常有用……这个年轻人不仅要诚实谦虚，还要聪明灵活、道德高尚，那么在最初选拔时我就会仔细观察他的头骨"（"Values" 28）。关于这一点的科学性，颅相学家百分百地肯定并坚信，

"造物主在造人之时,就进行了劳动分工。不同的人一出生就被赋予了相对不同程度的官能,因而让每个人立刻产生从事不同工作的欲望和能力"(Combe 244)。颅相学的研究成果不仅在白人内部将人划分为三六九等,而且也被白人用作衡量其他有色人种的标准,从而证明其自身的优越性。

种族主义因此在颅相学的"科学性"中找到了有力支撑。美国19世纪初著名的人类学家塞缪尔·莫顿(Samuel Morton,1799—1851)为了"证明白人在智力水平上高于其他人种,从世界各地搜集了900多块不同种族人的头盖骨,在实验室展开大量研究,并在此基础上出版了影响广泛的《头盖骨上的美国史》"(王业昭23)。在该书里,莫顿对当时人类学家所公认的世界五大类种族的头骨进行了测量,并把最终的测量结果公布于众:"白人的颅容量87立方英寸,蒙古人83立方英寸,马来人81立方英寸,印第安人80立方英寸,黑人78立方英寸。"(Morton 2)以上这些数据可以让当时的美国读者一目了然地得出结论,即白人与生俱来就是最聪明的,而其他人种与白人相比则要愚笨得多。因此,莫顿也从这些数据总结出一点,即"白人的身心能力要高于其他种族。他们不仅智力禀赋高,而且具有不屈不挠的勇气和无限的进取心,从而将自己创造的文明扩展到世界各地"(4)。此外,莫顿还大言不惭地指出,"虽然古埃及生活着大量黑人,但古埃及文明仍然由白人所创造。如同现代美国社会一样,古埃及黑人也是白人的奴仆"(Horsman 129)。在坡的这篇小说里,木乃伊处处展示出的比美国白人更强的生命力、体力和智力无疑就是对莫顿这番种族主义言论的有力回击。

也正是在所谓科学与种族主义的结合之下,殖民主义才变本加厉。无论是美国对印第安人的内部殖民,对黑人的压榨,还是欧洲殖民帝国在亚洲、非洲、美洲等地对当地民众进行的剥削和压迫,无不受到19世纪单一人种起源论和颅相学的推波助澜。

因此，在《与一具木乃伊的谈话》这篇时间异托邦小说里，主人公对这种打着科学旗号，不为全世界人民的福祉谋利，却助长种族主义、殖民主义气焰的学说进行了无情揭露和鞭笞，还对19世纪美国人引以为傲的政治制度改革及其连带影响进行了反思。

在这篇异托邦小说中，当美国人同木乃伊谈及"伟大运动或进步"（Poe, *Poetry and Tales* 909）的话题时，他们想对木乃伊普及"民主"的重要性，并让他意识到"民主的美妙无比和极其重要……以及我们生活在一个有自由参政权而没有国王的地方所享受到的诸多好处"（910）。但是，主人公在此却借木乃伊之口谴责了19世纪美国总统安德鲁·杰克逊所推行的民主制度改革。木乃伊在听完这群美国人的高谈阔论后，说到当时"埃及的13个州一致决定实行自治……他们集中了所有智者，编出了所能构想出的最精巧的法典……但那13州与另外15或20个州的合并使自由政体变成了地球上所听到过的最令人作呕、最不能容忍的专制制度"（910）。而这一专制制度的独裁者或暴君便是"乌合之众"（910）。显然，凡是对美国历史很了解且比较敏感的人都能意识到这里所提到的13个州并非指的是古埃及的行政区划，因为作为奴隶制国家的古埃及并没有"州"这种建制且一直推行的是君主专制政体，根本不可能有民主，所以"13个州"在这里影射的是美国建国之初的13个殖民地，它们从英国殖民统治中独立出来，共同组建起新的国家——美国。建国后美国的立法者陆续颁布了《邦联宪法》（*Articles of Confederation*, 1781—1789）和《联邦宪法》（*U. S. Constitution*, 1789），在立法道路上逐渐走向成熟，确立了美国的政治制度和法律制度。而"13州与另外15或20个州的合并"指的是安德鲁·杰克逊执政时期随着美国的西部扩张，新的州被建立起来并加入美国联邦，在这样的大背景下，杰克逊出台了民主制度改革措施。

从史学家的角度看，杰克逊的民主制度改革与时代背道而驰。杰克逊本人在历史学家眼中也是颇具争议的人物，对他的评价几乎是一边倒："威廉·G. 萨姆纳、赫尔曼·E. 吗·霍尔斯特、詹姆斯·斯库勒和穆瓦兹·奥斯特戈尔斯基等，也纷纷指责杰克逊'无知'、'傲慢'和'专横'"（晏虹 93-94）。杰克逊的传记作家詹姆斯·帕顿（James Parton，1822—1891）用在他身上的词汇都是贬义的，诸如"从不谋划""虚伪""无视律法""近乎文盲""凶暴""独裁者""野蛮人"（93）。真正让史学家不满的"并不是杰克逊的个人性格……他们真正不缺容忍的是美国政治的民主化，尤其是杰克逊上台后施行'分赃制'"（94）。史学家常用"杰克逊式民主"来为杰克逊执政时期所推行的民主政治改革贴标签，以区别于"杰斐逊式民主"，这两大民主观念是论及美国民主制度发展历程时无法回避的，同时二者也是相互对立的。

杰斐逊式民主得名于美国第三任总统托马斯·杰斐逊，他与之前的华盛顿、亚当斯和之后的麦迪逊、门罗都是出身于美国的名门望族，从小接受良好的教育，学习政治和法律，为其成年后走上从政之路奠定了基础。由于家境殷实，杰斐逊很早便接触到了美国社会颇具身份地位的精英人士或成功之士，在长大求学和求职过程中与这类人接触广泛。久而久之，他对精英阶层产生了极大的好感，所以他执政之后推行"精英治国"的理念，把国家的权力下放到各领域、各行业的精英手中，并由这些人组成的团体和机构来为政府服务，共同治理国家。美国在建国之初的这一治国方式与欧洲大陆传统的君主专制不同，国家大事不是由国家元首一个人说了算，更不是君主一个人手中掌握至高无上的权力，而是赋予少数人权力，让他们群策群力，这样的做法便是一种早期的民主形式，虽然这里的多数人只限于美国社会的精英群体。这样一种精英治国理念在实际操作中确实推动了美国社会的进步与发展，从历史的角度看，虽然杰斐逊式民主也不尽完善，但还不至于像杰克逊式民主那样备受指责。

杰斐逊式民主在杰斐逊去世后被他的继任者传承了下来，到了杰克逊时期却被突然叫停，其背后的原因跟杰克逊个人的成长经历有关。他是当时美国历史上唯一一位不是出生在富裕的东部而是在贫困的西部，不是来自富裕之家而是贫困家庭出身的平民总统。他从小饱尝生活的艰辛，也没钱接受教育，很早便从军打仗，参加了美英之间的战争，参加了美国历届政府对印第安人的战争，屡建战功。他的骁勇善战为他积累了政治资本，在参选美国总统的过程中脱颖而出，成为第一位因战功而登上总统职位的美国人。美国内战之后上台的尤里西斯·S. 格兰特（Ulysses S. Grant，1822—1885）总统也与之相似。由于政治、法律等治国相关的学识不够，杰克逊没有任何治国理政的经验，而且从小的生活环境和经历让他对东部地区的有钱有权人士抱有一种嫉妒式的偏见，所以他当选为美国总统后便改弦更张，彻底摒弃杰斐逊式民主主张的"精英治国"理念，转而抛出"平民治国"的施政方针，把权力下放给民众，凡是满18岁的美国公民皆可以参政议政，杰克逊本人也愿意接受他们提出的意见和建议。虽然民主的权力看似扩大了，仿佛更加民主化，但普通民众毕竟无法像各领域、各行业的专业人士那样对国家的治理进行合理的出谋划策，"他们的观点中带有极端的个人情绪和强烈的阶级偏见"（晏虹 95）。这无疑不利于国家的发展。正如亚里士多德（Aristotle，前384—前322）在其《政治学》（*Politics*）中所说的那样，如果政治掌握在多数不懂政治的人手里，那么由他们治理的国家就不是一个民主国家，而只是一个打着民主旗号的暴政，而这样的多数人就是暴民。显然，在这一时间异托邦小说里主人公也认同亚里士多德的观点，因此他把杰克逊式民主中的平民视为"乌合之众"就不难理解了，这也反映了坡对当时美国民主体制的关注和思考。于雷在其著作《基于视觉寓言的爱伦·坡小说研究》中也对此有明确说明，他通过分析坡的另一个文本《四兽合一：人形骆驼豹》("Four Beasts in One：The Homo-Camelopard", 1833) 指出，"爱伦·坡对杰克逊时期的美国民主体制基本上是持批评态度的"（35）。而他之所以对"民主"持否定态度，是因为坡认为"它有悖于宇宙万物所遵循的等级法则"（Poe, *Poetry and Tales* 974）。关于这一观点，于雷指出，在《未来之事》("Mellonta Tauta", 1849) 这篇小说里，坡就认为"所有人生来即享有自由与平等"（974）是一个"再古怪不过"（974）的念头，且认为"民主制下的社会结构无异于'草原土拨鼠'的低等生活状态"（974）。的确如此，在这篇发表于《与一具木乃伊的谈话》四年之后，也是坡去世那一年的小说中，他再次借主人公庞狄塔之口抨击了杰克逊式民主，并称其民主下的平民是暴民，其民主制是专制暴政，即"一个名叫乌合之众的家伙突然使事情有了个结局，他把一切都抓到手中建立起了一种专制暴政"（975）。

在这样一种民主体制下，杰克逊为了拉拢人心，把各种政治利益和好处以"分赃"的形式给了他的下属，而这些下属不管能力如何，只要对杰克逊言听计从、忠心耿耿，便可以得到重用、平步青云，这是大家对杰克逊式民主感到不满的又一重大原因。此外，杰克逊时代对印第安人的迫害也达到了顶峰，由于他本人在成为美国总统前就多次参与对印第安人的战争，其手段之残忍在当时的美国陆军中人尽皆知。他当选美国总统后，在对印第安人的政策上表现得更加强硬、残酷，强行让东部的印第安人迁至西部荒凉的保留地，便是他执政时期的一大"功绩"，在此期间印第安人的死亡与痛苦也造就了美国历史上有名的"血泪之路"。坡对杰克逊时期的这一政策也颇有微词，这在《凹凸山的故事》和《裘力斯·罗德曼日记》中均有体现。

在这一时间异托邦小说中，主人公除了对科学的发展和美国民主制度的改革进行反思，还指出了现代美国人的无知和自大。在宗教方面，作为古埃及研究专家的格利登认为古埃及信奉的是多神教而不是一神教，结果被木乃伊嘲笑说："听你这么说我都感到害臊……这星球上没有哪个民族不是从来就承认只有一个神。"（Poe, *Poetry and Tales* 904）在小说里，现代美国人只知道自己国家的人信仰的是一神教，而对其他国家和民族的信仰一无所知，还妄下结论，以为都是信奉多神教，可见他们的固步自封。在建筑方面，庞隆勒医生对"纽约的鲍林格林喷泉"和"华盛顿的国会大厦"（908）大加赞赏，并用数据来说明两栋建筑的宏伟壮观。此时，连格利登和白金汉两位古埃及学家都看不下去了，他俩"怒不可遏……拧得他身上青一块紫一块也没能制止住他丢人现眼"（908）。木乃伊则非常淡定地列举了古埃及的"阿佐纳克古城"和"卡尔纳克神庙"（908），可即便是这两座建筑在他眼里也不过是"微不足道的小建筑"（909），但即便是这样的小建筑也可以容纳"50座还是60座医生所说的国会大厦"（909），从而对现代美国人自诩"伟大"的文明以及因此表现出的优越感进行了极力讽刺。事实证明，庞隆勒医生所提到的喷泉是"一座毫无品味的建筑"（Poe, *Collected Works* 1200），国会大厦无论从外观还是内部陈设以及大小尺寸方面都不及古埃及的卡尔纳克神庙，因为后者不仅内部空间比前者大，且在外观上还有"一条两英里长的通道，通道两旁建有20英尺高的狮身羊头像、60英尺高的各类雕像和100英尺高的方尖塔"（Poe, *Poetry and Tales* 908）。此外，其内部的"墙壁内外都绘满了艳丽的图画，其间描有难解的字符"（909）。在服饰方面，庞隆勒医生认为古埃及时代的衣服绝对没法同19世纪的美国比，而木乃伊在仔细看过这群美国人给他身上穿的衣服之后，虽然没有说话,但从他的表情便可以看出他对现代美国人的衣品不敢苟同,他"低头看了看他裤子上的条纹,随后又撩起他那件燕尾服的一边后摆,凑到眼前打量了好几分钟。最后他丢开那条燕尾,嘴巴慢慢张开到最大程度"(911)。此处无声胜有声,从美国人强行给木乃伊套上各种衣服那刻起,他们低俗的审美观便暴露无遗。当木乃伊从其精美绝伦的棺椁中被取出并通过科学实验唤醒之后,在场的美国人便给他找来衣服穿上,并进行了自认为美观的搭配,其中包括"黑色燕尾服、方格花呢裤子、粉红色女式衬衫、花缎背心、男式短外套、无沿的帽子、漆皮高筒靴"(902)等,这一堆奇特的男女服饰混搭在一起的风格毫无美感可言,而木乃伊也苦不堪言,"把那堆服饰穿到埃及人身上还有一点小小的困难;不过当一切拉扯停当,他可以说是被打扮了一番"(902)。显然,这些乱七八糟的衣服不是被穿在木乃伊身上,而是胡乱堆上去的,自然不会让人感到舒适,而众人强行把这些服饰扯拽拉伸以勉强遮住木乃伊的身体,还美其名曰为其打扮,实在是可笑之极。

就是在这样你来我往的辩论中,作为古代之物的木乃伊处处占尽上风,现代美国人节节败退。最终庞隆勒医生想出了"一招制敌"的办法,他问木乃伊"是否埃及人在任何时期知道过庞隆勒片剂或布兰德雷斯药丸的加工制造方法"(Poe, *Poetry and Tales* 911),此时"埃及人终于面红耳赤地耷拉下了脑袋"(911)。除了主人公,在场的其他人都欣喜若狂,认为自己"从不曾有过比这更尽善尽美的胜利"(911)。然而,医生所说的布兰德雷斯药丸(Brandreth's pills)只是美国当时药店里卖的一种廉价药,至于庞隆勒片剂(Ponnonner's lozenges)则纯属子虚乌有。在此,小说进一步谴责了美国人的无知,他们对木乃伊所提到的埃及古文明甚至世界古文明所创造出的、真正推动了人类文明发展与进步的一切成就全然不屑一顾,而只是夜郎自大地把自己时代的种种当作瑰宝，还目空一切地认为这就是最先进文明的代表，美国人的愚蠢和自大被展现得淋漓尽致，无处遁形。主人公在经历这一切之后，从心底"厌倦了这种生活，也厌倦了19世纪"（911），希望自己被制作成木乃伊封存两百年，届时他还想醒过来看看"2045年谁当美国总统"（911）。由此可见，主人公并没有对美国彻底绝望，他只是不喜欢自己所处的时代，认为这一时代凡事都出了问题，但他还是满怀憧憬，希望未来的美国能有更美好的模样，这也反映了坡对美国未来的一种期待。

综上所述，在《与一具木乃伊的谈话》这一时间异托邦中，在餐桌和书房这两处异质空间里，来自古代的埃及人和现代的美国人共处一室，形成了一种异托时。在古今人物跨越滚滚时间长河的对话与思想的交锋中，主人公嘲讽了19世纪美国人的无知自大和盲目自信，揭示了科学与种族主义、殖民主义狼狈为奸的反人道一面，以及杰克逊式民主制度的缺陷及其对美国社会发展进步的阻碍。主人公虽然表达了对19世纪的不满，企图通过被制作成木乃伊的方式来逃离这一时代，但他对美国的未来仍充满期待，希望有朝一日自己复活过来可以见证一个新的、更好的美国。这也是坡借主人公之口想要表达的美好愿景，当然这种愿景是建立在克服坡所反对的他的时代所沾沾自喜的现代科学进步和政治"革新"基础上的。

第二节
未来热气球上的借未来讽今：《未来之事》

《未来之事》（"Mellonta Tauta"，1849）是坡的一篇科幻小说，讲述了主人公庞狄塔（Pundita）在2848年乘坐"云雀号"热气球旅行的故事。在漫长无聊的旅途中，她决定给朋友写信，借此排解内心的苦闷。一路上她饶有兴致地观察身边的一切，发现热气球是热门的出行方式。她的头顶和周围都漂浮着大量热气球，乘客众多。她还在大西洋上发现了管理水上电报电缆的磁力船，并通过它了解到时事热点。她通过望远镜眺望宇宙中的各种星体，对月球仔细观察一番后叹服月球人的智慧和力量。旅途见闻引起了庞狄塔的思考，她对人们惯常的思维方式进行了细致分析，发现了其中的不足。她亲眼看见了考古现场，了解到一段尘封的历史。然而不幸的是，她乘坐的热气球突然漏气并急速下坠，在危急时刻，她把匆匆写完的旅行日志装进一个瓶子密封好扔进了大海，希望捡到它的人能了解她在热气球上的所见所闻、所思所想。

应该说，坡的这篇小说是他对科幻题材的又一尝试。虽然他最擅长的是哥特恐怖小说和侦探小说，但他的科幻小说的影响力也不容小觑。19世纪末著名的科幻小说家威尔斯和凡尔纳对坡的评价相当高，认为他们的作品或多或少都受到了坡的影响，而且这一影响将永远作用于后世的科幻小说家。他们在创作时无法摆脱坡的痕迹，在他们眼里，坡就是现代科幻小说之父。虽然坡的这篇科幻小说不像威尔斯的《时间机器》（*The Time Machine*，1895）或者凡尔纳的《八十天环游地球》（*Around the World in Eighty Days*，1873）那样有着跌宕起伏、扣人心弦的情节，更多的只是对未来世界的平铺直叙，但作为对这一题材的大胆尝试，该小说也算是较成功的一部，里面充满对未来的各种想象，这些想象在坡的时代实属难能可贵。

然而，该作品在发表之后并没有像坡其他类型的小说那么受关注。截至目前，在中国知网上尚无对《未来之事》进行详细探讨的论文，而国外的研究现状也乏善可陈。在仅有的几篇与之相关的论文中，学者们主要分析了该小说所呈现的"科技"与"民主制"的特点。其中对"科技"方面的探讨有如下几位学者，海沃德·埃尔里齐（Heyward Ehrlich）指出，坡在小说里所提到的漂浮在大西洋上的电报电缆在 1848 年小说成稿时还不存在，坡对该科技的想象无疑可以把这篇小说视为"科幻小说"（271）。尼基塔·南科夫（Nikita Nankov）认为，在该小说里坡通过主人公庞狄塔之口重新建构了美国南方作家的身份，打破了美国文学文化圈长期以来对南方作家的歧视——认为他们因循守旧、不思进取——坡作为南方作家的代表，他"拥有科技新知识"（226）并能将其运用到写作中，这证明了"美国南方作家并不逊色于美国北方如波士顿和纽约的作家"（226）。如果说南科夫关注的是小说中对美国区域身份的建构，那么克莱顿·马什（Clayton Marsh）所关注的则是小说对美国国家身份的建构，他认为小说反映了 19 世纪初美国人"对科技的狂热"（260），而"科技作为当时树立文化自信的关键支撑却掩盖了其迅猛发展势头下美国边疆地区正在经历的种族屠杀和奴隶制这一事实"（260）。在对"民主制"的探讨方面，J. 杰拉尔德·肯尼迪

（J. Gerald Kennedy）指出，"坡其实赞同民主制，但却对 19 世纪三四十年代美国民主制的具体实践过程感到恐怖"（Cantalupo 288）。杰弗里·萨沃耶（Jeffrey Savoye）则认为，"坡极度不信任民主制，认为其本身是卑鄙的"（102）。此外，莱纳·斯莫林斯基（Reiner Smolinski）还从小说中读到了坡的一种末世论观点，认为他是在借用《启示录》（"Revelation"）中的景象来"警告辉格党"（68）。亚历克斯·林克（Alex Link）也进一步指出，该小说呈现了"美国内部的分裂所带来的焦灼感，即一方面它主张民主制度下的人人平等，另一方面却保留了万恶的奴隶制"（262）。坡研究专家马博特也指出，该小说同《与一具木乃伊的谈话》一样都认为"民主制最终会堕落为专制的暴政"（Poe, *Collected Works* 1289）。

除了以上学者对小说中所呈现的"科技"与"民主制"的特点的解读，另有部分学者分析了该小说普遍不受欢迎的原因，主要有两种观点：一是该小说是坡的一则恶作剧，没有任何意义；二是该小说中坡对各种历史人名、地名和事件的戏仿以及大量的哲学思辨，使得小说晦涩难懂，不知所云。关于第一种观点，肯德尔·塔夫特（Kendall Taft）认为该小说如同坡在 1844 年写的《气球骗局》一样，"只是一个恶作剧"（563），没有什么实质内容。马博特对此结论表示认可，并拿出证据来进一步证明，由于小说中"云雀号"热气球旅行的时间设定在 2848 年的 4 月 1 日，与之前坡所写的"《汉斯·普法尔历险记》中汉斯·普法尔乘热气球出发的时间完全一致，都是愚人节那天"（Poe, *Collected Works* 1306），所以坡在《未来之事》中更多的是调侃，而不是严肃的写作。针对第二种观点，克拉克·奥尔尼（Clarke Olney）指出，"坡这篇小说与其他的相比不太成功的原因就在于满篇都充斥着不成熟的戏仿和令人费解的哲学思辨"（419）。马博特也认可这一观点，他也指出"该小说里许多的调侃式笑话可能对于坡时代的读者来说还比较容易理解，但对现代的读者而言则是一头雾水。此外，还有一些笑话大家都理解不了，只有坡自己才知道是怎么回事，就像是自己写给自己玩的一样"（Poe, *Collected Works* 1289）。

　　本书认为，上述评论皆有可取之处，但对该文本的解读却不应限于此。坡的这篇小说并不是毫无深意的恶作剧，而是内容丰富有深度、值得仔细琢磨的文本。本书认为该小说中也有异域空间想象，主人公庞狄塔乘坐热气球在未来旅行时，看到了未来世界的各种景致，还看到了已成为废墟的古代人类文明。新旧事物共处一个空间，形成鲜明对比，打乱了正常的时间秩序，使人仿佛置身于博物馆中一般，既见证了遥远的人类历史，又看到了当下人们的生活场景。这种同一空间中时间交错的并置就是典型的时间异托邦的表征，也正是在这样一个异托邦中，主人公庞狄塔一方面谴责了以美国为代表的衰落的古代人类文明对金钱与财富盲目追求的拜金主义、对低俗时尚趋之若鹜的消费主义，另一方面揭示了现代乃至未来人类社会面临的两大主要问题，即在科技理性主导下人类情感的缺失所导致的人的异化，以及异化的人对彼此的冷漠和对生命的漠视所导致的社会的病态发展。如果说坡在《与一具木乃伊的谈话》中还对未来抱有一定希望的话，那么在《未来之事》里他的这种希望则完全破灭，变成了彻底的绝望。

　　在《未来之事》这篇时间异托邦小说里，坡采用了故事套故事的叙事结构。他首先交代了一个背景故事，即一名与他同名同姓的叙述者于1848年在大西洋里发现了一个漂流瓶。漂流瓶密封得很好，他打开之后发现了瓶中的一份手稿，他却对手稿上的文字和内容完全看不懂，便找到了自己的朋友来翻译，最终发现这份手稿来自1000年后的2848年。于是他把手稿寄给了《淑女杂志》的编辑希望刊登，公之于众，同时叙述者也希望编辑

"对此稿能比我理解得更透彻"（Poe, *Poetry and Tales* 965）。在介绍完这一背景故事后，小说随即转向手稿内容本身，即2848年一位名叫庞狄塔的人乘坐"云雀号"热气球的旅行见闻。在这一叙事结构中，1848年以美国为代表的人类文明与千年之后2848年人类世界并置，形成了一种时间上的错位，构成了一个时间异托邦。在这一异托邦中，坡对人类未来世界的方方面面展开了丰富的想象，他的这些想象并非天马行空，而是以19世纪的美国为蓝本，对人类世界未来发展趋势的一种构想。《未来之事》里所描绘的未来世界的诸多问题的源头都直指坡所处的时代，所以他在这篇时间异托邦小说里借未来反观19世纪，揭露了这一时代的症结并对其进行反思。

　　19世纪美国人唯财富论的拜金主义便是其中一大问题。主人公庞狄塔在2848年乘坐"云雀号"热气球旅行时见到了许多未来的景致，同时她也看到了一处因新建公共设施而在施工过程中被挖掘出来的古代人类遗迹。荒凉的古代废墟与未来世界各种生机勃勃的景象显得格格不入，但它们又同处一个空间里，打破了正常的时间秩序，形成了一种时间上的异托邦。据庞狄塔了解，这是"古代亚美利坚人"（Poe, *Poetry and Tales* 977）留下的一处遗迹。"亚美利坚人"在文中被表述为"Americcan"，从构词来看，这是对"American"一词的戏仿，即"美国人"，所以这一遗迹也是美国人留下的。庞狄塔宣称自己是古代亚美利坚人的后代，"亚美利坚人（顺便说一下，便是我们的直接祖先）"（970）。由此可知她其实是美国人的后裔，而作为美国人后裔的庞狄塔却亲眼见到了已成为废墟的美国文明，这相当耐人寻味。在这篇时间异托邦小说里，"工人正受雇为乐园的一个新喷泉构筑地基，……而乐园很久很久以来似乎就一直是一个岛屿"（978）。据坡研究专家马博特考证，这里的乐园便是19世纪位于"纽约市政大厅附近的喷泉公园"，而这里的岛屿指的就是

"曼哈顿"(Poe, *Collected Works* 1309)。

从小说中可知，在坡对未来世界的想象中，千年后美国早已成为废墟，而在"八百年前，那整个地区密密麻麻地挤满了房屋，其中有些楼房高达 20 层；那地区附近的土地被人们视为特别珍贵"(Poe, *Poetry and Tales* 978)。在这里，19 世纪纽约曼哈顿的繁华景象与大约 1000 年后的面貌形成了鲜明对比，曾经八街九陌、高楼林立的大都市，在 2050 年被一场"灾难性的地震……连根拔掉，彻底摧毁"(978)。到了 2848 年，该地区早已深埋于地下，要不是人们打算在此建一座乐园，它将永远被淹没在历史的尘埃中。这一处古代废墟遗迹在未来的景致中显得异常突兀，主人公庞狄塔在这一异质空间的遭遇也隐藏了坡对美国未来的担忧。纽约作为美国的象征和发达的经济中心，在 19 世纪便已成为美国财富的汇集地、富豪的聚居区、各种时尚品牌的发源地，是美国人趋之若鹜的地方。而曼哈顿作为纽约的行政区之一，是其核心地带，美国所有重要的企业机构、商贸中心都云集于此，所以一旦该地区或是整个纽约遭到诸如天灾人祸的外力重创，那对美国的影响将是难以估量的。在《未来之事》这一异托邦小说里，纽约的毁灭标志着美国的衰落和灭亡，一切繁华皆成泡影，美国创造出的辉煌成就和灿烂文明也毁于一旦。正如主人公庞狄塔所说，当该遗址被发现后，考古学家本想通过一些出土文物来重构其千百年前的盛世场景，但他们"一直未能从该遗址找到任何充分的资料（诸如钱币、徽章或碑铭之类的东西），因而没法对该地区原始居民之风俗习惯、生活方式等方面进行哪怕是最模糊的推测"(978)。

而纽约的毁灭和美国的衰败都是有原因的，庞狄塔发现"他们（古代亚美利坚人）在许多方面都很精明，但却奇怪地患上了一种偏执狂，拼命地建造一种在古代亚美利坚被命名为'教堂'的房屋……用来供奉两个偶像一个名叫财富，一个名叫时髦"（Poe, *Poetry and Tales* 978），而且"到了后来，该岛十之八九都变成了教堂"（978）。显然，美国衰败和灭亡的原因被直接明了地揭示了出来，即美国人的拜金主义思想最终导致了美国的衰亡。

众所周知，教堂之于基督教徒，正如清真寺之于穆斯林，寺庙之于佛教徒一样，都是庄严神圣的场所，是人们的信仰所在。对美国人来说，基督教信仰是他们的立国之本。早在美国建国之前便受到了来自欧洲不同宗教思想的影响。早期踏上美洲大陆的大多都是宗教人士，他们或因宗教迫害，或因国内局势不得不告别欧洲故土，来到美洲新大陆这一自由之地继续他们的宗教活动——传教或布道。久而久之，殖民地时期的美国就成为各种宗教的汇集地，而其中源于基督教新教的加尔文教（Calvinism）对他们影响至深，马克斯·韦伯（Max Weber, 1864—1920）认为加尔文教是"从基督教禁欲主义中产生出来的"（141）。因此，"寻欢作乐、纵情声色这些人生的感官享乐，构成清教徒禁欲主义最大敌人。要抵制和扫除世俗快乐，只有日常生活中的艰苦劳动，劳动被视作抵制诱惑和享乐的唯一手段"（汪民安56）。虽然劳动必然会源源不断地创造财富，但是按照加尔文教的观点，劳动"不是将财富本身作为目的，不是抱有贪婪之心，而仅仅是对天职的忠实履行"（56），劳动所得的财富是"正当而必须的，这种财富，也是上帝对他的祝福信号……财富……不能因为贪婪的肉体冲动而被非理性的挥霍殆尽。即是说，财富可以被合理地获取和积累，但是它不能被奢侈消费"（56）。在这样的宗教思想指导下，财富可以被大量积累但不允许进行随意消费，在韦伯看来大量获利而又十分节俭，结果就是资本积累，财富增加，如此循环，最后就是"资本的过度积累"（韦伯135）。

而随着财富的不断增加，"傲慢、愤怒和对现世的一切热爱也会随之而增强……肉体的欲望、眼睛的欲望和对生活的渴望也成比例地增强。因此尽管还保留了宗教的形式，但它的精神正在如飞似地逝去"（韦伯137）。当人们的宗教热情完全退却之后，则"寻找上帝的天国的狂热开始逐渐转变为冷静的经济德性，宗教的根慢慢枯死，让位于世俗的功利主义"（138）。由此，在韦伯看来，"资产阶级的经济伦理得以形成：新教中赚钱和获利的正当性被资产阶级商人在世俗生活中所挪用，商人们心安理得地听命于金钱利益的支配，并以此作为责任"（汪民安58）。而"人被赚钱的动机所左右，获利则成为了他最终的目的"（58）。

由此可知，美国人在发展中日益背离了加尔文教的初衷，把赚钱和追求财富作为人生唯一的目标，这些利益则被大量用于挥霍和毫无节制的享乐，人因此逐渐堕落，把教堂变成了商业机构，供奉的不再是耶稣、马利亚或十字架，而是异端的偶像、财神的象征，以祈求神灵的庇佑，从而获取更多的财富。

在这样一种拜金主义价值观的影响下，美国逐渐变成一个消费社会，然而美国人对时尚的趋之若鹜并没有培养起他们良好的审美鉴别力；相反，他们的审美情趣越发低俗，对此小说主人公庞狄塔也进行了说明。她认为其先祖对时尚的定义令人费解，竟然把毫无美感之物当作美的象征。比如"女人也好像被她们后腰下边的一个自然隆起部弄得奇形怪状——尽管这种变形在当时被莫名其妙地当作一种美……事实上她们看上去非常古怪，非常——说不出是像雄吐绶鸡还是像单峰骆驼"（Poe, *Poetry and Tales* 978）。从这一描述中我们大体可以想象出这是一种怎样的服饰，在庞狄塔看来，当时的时尚不是凸显人的身体美给，而是把人矮化成动物，非但没有突出人的特质，反而增强了其非人的一面或兽性的一面，这样的时尚确实令人费解。这种扭曲的认知就是人们只顾追求财富而缺乏必要的审美观培养所致。坡对19世纪这种缺乏审美情趣，一切向钱看，虽然积累了不少财富但充其量也就是暴发户的美国人嗤之以鼻。正如他在1840年发表的

《装饰的哲学》("The Philosophy of Furniture", 1840) 这篇小说中所指出的那样，"审美情趣的败坏是美元工业的一个部分或一种附属品。随着我们渐渐富裕，我们的观念也渐渐迟钝" (438)。在他看来，这种审美情趣的败坏只造就了暴发户一般的所谓新贵，"没有血缘上的贵族阶级……一个美元贵族阶层……金钱是唯一的贵族标志，金钱的炫耀大体可以说是显示贵族特征的唯一手段" (434-435)。对于这些美国新贵，坡向来持鄙视态度，虽然他自己不是贵族出身，但却对贵族身份非常向往。他"曾在一封自传式的书信中声称，他于1811年出生在巴尔的摩一个最古老、最体面的家庭"（朱振武，《小说全解》2）。然而"这种说法不免有失真实。确切地讲……在巴尔的摩，爱伦·坡家也算不上是一个比较古老的家族"(2)。于雷也指出，"爱伦·坡实则要反对的并非传统意义上的'贵族'（事实上这正是他所向往的生存取向），而是当下美国社会的'暴发户'阶层"（《视觉寓言》94）。坡之所以对欧洲老贵族大加赞赏，是相对于眼里只有钱而没有学识、审美情趣低俗的美国新贵而言，欧洲的老贵族既有钱又有学识，还有高雅的情趣和高贵的气质，这是美国人永远也学不来的。所以在《未来之事》这部异托邦小说里，他借庞狄塔之口对19世纪金钱至上的美国消费社会以及审美低俗化的美国人进行了嘲讽和谴责。

除了对美国人的拜金主义、消费主义和低俗审美进行谴责，这篇时间异托邦小说还探讨了科技理性主导下情感缺失导致的人的异化，而人的异化又让人变得漠视他人，甚至漠视生命，这也加速了社会的解体并最终走向灭亡。

在《未来之事》这篇小说里，主人公庞狄塔乘坐"云雀号"热气球行驶在古代遗址和未来景观并置的一个异托邦空间中，她的思绪在二者间飘浮。她想到了第一位乘热气球的古代旅行家，那位伟大的旅行家因一番话受到了当时其他学者的攻击。"当他坚持认为只有凭借升降去顺应有利气流,气球便可朝各个方向飞行之时,他同时代的所有人几乎都对他不予理睬,只把他当作一个有发明天才的疯子,因为那个时代的哲学家们宣称这种事绝不可能。"(Poe, *Poetry and Tales* 969)庞狄塔认为那位旅行家之所以不被认可是他的观点不符合亚里士多德的"演绎法"和弗朗西斯·培根(Francis Bacon, 1561—1626)的"归纳法",它们在很长一段时间都被视为科学研究的金科玉律,任何来自他途的观点都被认为是错误的。"获取真理只有两条可行之路"(969),即"只有亚里士多德式和培根式的道路才是可能获取真知的途径"(969)。在此,庞狄塔不仅抨击了人们对科技理性的盲目崇拜,而且指出了这一纯粹理性思维对整个人类社会的影响,"同样的主张在人类中循环,不是一次或两次,也不是若干次,而几乎是永无止境地重复"(968)。在她看来,这两种理性思维模式制约了人的分析能力和判断力,从而"把分析研究限制在行蜗牛步的速度"(970),因为人类对科技理性"迷恋狂热了几百年,以至于称得上正常的思想实际上完全停止了"(970)。人们所关心的不再是能否揭示真理,也不管他们最后研究出的结果是否正确,而只注重他们认识世界和探寻真理的途径是不是遵循亚里士多德和培根的理性思维方法,否则即便是他们在研究中有所突破,别的学者也会"对他和他发现的真理不予理睬"(970)。

在主人公庞狄塔看来,在研究分析问题的过程中,如果一味强调人的理性而忽略了人的想象力等情感因素,那么最后的结论大概率也是错误的,而这一错误的认识将让人与真理和真相背道而驰。"对想象力的约束是任何存在于古代分析模式中的稳当性都无法补偿的过失。"(Poe, *Poetry and Tales* 970)亚里士多德的"演绎法"主张从一个明确无误的大前提出发来推导出一个结论,如果这一大前提错了,那么得出的结论无疑也是错的,而庞狄塔认为根本就不存在所谓一直正确的大前提,"压根儿就没有什么不言而喻的自明之理,……许多早被确认的自明之理也已经被一一否定"(971)。此外,培根的"归纳法"——从观察各种现象出发来推导出各种规律、定律和法则的做法——在庞狄塔看来也是漏洞百出,因为眼睛具有欺骗性,肉眼不可能准确无误地把握一切现象,而人们却毫不知情,以为"把东西拿得离眼睛越近肯定会看得越清楚。那些人其实是被细节蒙住了眼睛"(970)。庞狄塔认为,正是因为人们贬低感性在认识世界中的重要性,对科技理性顶礼膜拜,所以"他们自负而愚蠢地排斥了所有其他真理之路,排斥除了那两种荒谬途径之外的所有获取真理的途径……而他们竟敢把酷爱翱翔的灵魂限制在这两条路上"(972)。因此,庞蒂塔指出"这种错误完全就是那种自作聪明的白痴所犯的错误"(970)。

为了让人们充分认识到理性至上观的错误性以及人的想象力等感性因素在科学研究中的重要性,庞狄塔有理有据,循循诱导。她说牛顿(Isaac Newton,1643—1727)认为自己虽然发现了万有引力定律,但这应归功于开普勒(Johannes Kepler,1571—1630),正是受开普勒的行星运动三大定律的启发才使得他成功发现了万有引力定律。然而,"开普勒早承认他的行星运动三大定律是猜出来的……也就是说是想象出来的"(Poe,*Poetry and Tales* 972)。无独有偶,法国著名埃及研究专家商博良(Jean-François Champollion,1790—1832)也是通过想象"成功破译出了古埃及象形文字,从而把人类引向了那些永恒不朽而且几乎不可计数的真理"(972-973)。由此,庞狄塔指出,"真正的思想家是那些富有热情和想象力的人"(973)。此外,在她看来,那些有想象力的人才会不断地"对自己的理论进行修正,归纳,分类——一点点地清除自相矛盾的浮渣——直到一种毋庸置疑的一致性脱颖而出"(973)。坡借庞狄塔之口指出,具有想象力才是学者最重要的本质，他们不会因过于理性而变得偏执，不会拒绝不同的观点和意见，而是乐于接受他人的看法，并不断修正自己的结论，使之成为不可辩驳的真理。她宣称"完美无瑕的一致必然是绝对的真理……由于它完全一致，连感觉最迟钝的人也承认它是绝对而当然的真理"（973）。这种偏重人的感性而贬低人的理性的话语在其他浪漫主义作家的作品中也能找到。比如霍桑在《拉帕西尼的女儿》（"Rappaccini's Daughter"，1844）中谴责了被科技理性支配而残忍毒害女儿的拉帕西尼医生。玛丽·雪莱在《弗兰肯斯坦》中也谴责了被理性冲昏头脑，想当"造物主"的弗兰肯斯坦医生，他最终自食苦果，被自己的创造物逼入绝境。

不仅如此，科技理性对人的异化还让人愈发冷酷，甚至漠视生命。比如在乘坐"云雀号"热气球旅行的途中，庞狄塔发现了热气球下悬垂的一根拖绳"把一个人从船上撞下了海"（Poe, *Poetry and Tales* 967），然而这个掉入海里的人却不被允许重新上船，"那位落水者未被允许重返甲板，他和他的救生圈很快就不见踪影"（967）。"无论从哪个方面看船上都挤得很不像话。应该禁止这些小船装载过多的乘客。"（967）因此，当那个不幸的人被撞入水中之后，船上的人并不在意他的生命是否有危险，反而幸灾乐祸，因为他落水后可以腾出船上的空间，让其他人更加舒适。这就是典型的为了整体利益牺牲个体的例子。庞狄塔目睹一切之后庆幸地说道："真高兴我们生活在一个如此开明进步的时代，以至于不应有个体存在这等事。真正的人类所关心的应该是其整体。"（967）

显然，她是在反讽现代社会中普遍存在的人与人之间的病态关系。虽然上述例子体现的是整体对个体生命的漠视和践踏，但其实质是构成整体的个人与个人之间对彼此的冷漠和无视。在现代社会中，随着城市化和工业化进程的加快，身处时代洪流中的现代人也不得不为了生活疲于奔命，对身边的人和事都无暇顾及，久而久之，人与人之间渐行渐远，最终形同陌路。

庞狄塔身处"云雀号"热气球中，却丝毫没有体验到旅行的乐趣。气球里人满为患，拥挤不堪，照她自己的话说，"我此时被关在一只肮脏的气球上，和一两百个流氓恶棍在一起……没人交谈，无事可做……无比无聊"（Poe, *Poetry and Tales* 966）。她对周围人的不宽容所导致的人际关系的紧张便是现代人人性的直接体现。此外，当庞狄塔看见"管理水上电报电缆中段的磁力船"（968），向其询问世界各地发生的大事，并得知"阿非利西亚内战方酣，而瘟疫在尤罗巴和阿细亚的流行正值绝妙状态"（968）之后，大喜过望，并称之为"好消息"（968）。她认为战争和瘟疫是剥夺个体生命的极好方式，而"无数个体的消灭只会对整体有好处"（968）。她用反讽的语气问道："世人竟习惯于把战争和瘟疫视为灾难？你知道吗，我们的祖先曾在古老的神庙里祈祷，祈求这些灾难不要光顾人类，他们究竟是按照什么样的利益原则行事，这难道不是真的令人费解吗？"（968）众所周知，战争和瘟疫都是正常人谈之色变、避之唯恐不及的存在，但现代人早已异化成了病态的人，他们欢迎战争和瘟疫，因为可以消除异己。他们自私、冷酷、漠然，完全退化成了托马斯·霍布斯（Thomas Hobbes, 1588—1679）笔下"人对人是狼"（Every man is enemy to every man）的野兽。由这样一群人构成的时代，绝对谈不上是进步的时代，而是如同坡在《与一具木乃伊的谈话》中所说的那样，19世纪是一个事事都出了毛病的时代；也如坡研究学者马博特所指出的，在坡的小说里，"时代进步压根儿就是一种极其错误与荒谬的想法"（Poe, *Collected Works* 1289）。如果说1845年发表的《与一具木乃伊的谈话》还影射了坡对未来的一种憧憬，那么在《未来之事》这篇小说里，主人公庞狄塔对未来景致的所见所闻、所思所想则表达坡对人类未来的幻灭之感。

综上所述，《未来之事》这篇小说将1848年以美国为代表的人类文明和2848年的未来人类世界两个相距1000年的时代并置，构成了时间上的异托邦，并借庞狄塔在这异托邦中的热气球之旅反思了美国人金钱至上的拜金主义以及消费主义主导下的审美情趣的堕落，揭示了科技理性对人情感的压抑所导致的人的异化，以及异化的人在人际关系中所表现出的冷漠和对生命的无视。人的堕落定会加速社会的退步，而社会的倒退也会加速其解体和最终的灭亡，坡在该小说中表达了对人类未来的悲观态度。

第三节
在永恒之墓中反观历史：
《莫诺斯与尤拉的对话》

《莫诺斯与尤拉的对话》（"The Colloquy of Monos and Una"，1841）是坡的一部科幻小说，讲述了一个离奇却发人深省的故事。故事以主人公莫诺斯（Monos）和爱人尤拉（Una）对话的形式展开。对话的双方并非是活着的人，而是死后复活的两个灵魂般的存在。他们之间的对话围绕两个话题展开，主要叙述者为莫诺斯，尤拉更多地是充当一名听者，并不对莫诺斯的发言进行回应。莫诺斯回顾了生前经历的痛苦，以及被疾病夺去生命后其生理和心理方面的变化。通过向尤拉讲述他的故事，莫诺斯想让刚死不久的尤拉对死亡产生一种新的认识，即死亡并非如常人所说的那样可怕，而是人的生命形式进入一个新阶段的标志，因为死亡并不意味着人彻底从这个世界上消失，而是以另一种形态继续存在，这种存在才是永恒不朽的，也是一种真正令人快乐和幸福的状态。正如莫诺斯所言，因为死亡他又能同亲爱的妻子尤拉在一起。莫诺斯还指出死亡不仅对个人来说是一种重生，对于人类世界而言也未尝不是一件好事。他生活过的人类世界早已因人的过失和堕落变得糟糕透顶、面目全非，只有将其置之死地而后生，才能恢复世界的本来面目，因此对人类世界来说灭亡意味着重塑，可以回归以前的美好。

应该说，这篇小说无论从叙事风格还是思想深度上来看都称得上是一篇佳作，然而令人不解的是问世后并没有得到很多关注，从评论界的反馈可看出一二。截至目前，无论是国内还是国外的权威期刊网站，尚无一篇针对该小说进行系统论述的文章，学者们只是偶尔在探讨坡的其他作品时顺带提及这篇小说。我们通过对现有资料的收集整理和分析归纳认为，目前学界对《莫诺斯和尤拉的对话》这篇小说的认识主要有如下四种观点。

一是认为该小说涉及坡在其哥特恐怖小说或侦探小说中惯常使用的死亡主题，尤其是对生与死之界限的划分，这是坡一直感兴趣的话题。该小说里莫诺斯和尤拉本来是已死之人，却死而复生，以一种新的灵体状态继续存在。那么死亡到底意味着与人类世界的彻底告别，还是一种新的生命形式的开始？生死之间到底是一种怎样的关系？学者们认为这是坡终其一生都在思考的问题。《厄舍古屋的倒塌》、《过早埋葬》("The Premature Burial", 1844)等小说都体现了这一点，主人公可能并没有真正死去，而是被一场突如其来的疾病夺去了呼吸，于是便被误认为死了，而后很快被葬入坟墓，结果不多时主人公又苏醒过来，重新恢复呼吸和意识，破坟墓而出或是被困其中导致真正的死亡。

二是认为该小说影射了坡痛失生母、养母、妻子及其他女性伴侣，期望死亡能让他们重聚的愿望。莫诺斯与尤拉本是一对幸福的恋人，却因一场疾病阴阳两隔。莫诺斯去世不久，尤拉也随之死去。两人相继复活后永不分离，莫诺斯的幸福之情溢于言表："亲爱的尤拉——你现在永远是我的了，我的！"（Poe, *Poetry and Tales* 505）学者们认为，坡应该很向往死亡带来的这种美好，因为唯有死亡才能使他与所爱之人团聚，比如"生母伊丽莎白、养母爱伦太太、爱妻弗吉尼亚、同学的母亲斯塔那德夫人"（朱振武，《小说全解》310）等。因此，死亡对于坡而言并不是一件可怕的事，而是一个幸福的开端，"死亡对于爱伦·坡并不是那么可怕的原因，首先便是他的爱人始终会在他的身边"（311）。学者们认为该小说是坡对自己悲惨人生的写照，他笔下对莫诺斯和尤拉这对恋人之间情感的描述和字里行间流露出的向往之情让小说呈现出悲情的特点。

三是认为该小说跟坡的《与一具木乃伊的谈话》《未来之事》具有相似性，因为它们都表现出坡对人类文明之进步性的怀疑，"爱伦·坡对于人所获得的进步基本否定"（朱振武，《小说全解》309）。在该小说里坡借莫诺斯之口说道，"我们的前辈……曾勇敢地对'改进'一词的贴切性提出过质疑，就是被用于我们文明之进步那个词"（Poe, *Poetry and Tales* 505）。在《与一具木乃伊的谈话》中，坡也借木乃伊之口表达了自己的这一看法，"至于说进步，它一度也是件令人讨厌的事，但它从来没有进步"（910）。同样，在《未来之事》里，坡的反进步性则体现在人类文明最终走向毁灭的情节设定中，他借庞狄塔之口，以美国文明为例，影射了人类文明不进反退、走向灭亡的结局，"那整个地区（纽约曼哈顿）……被连根拔掉，彻底摧毁，以至于考古学家也一直未能从该遗址找到任何充分的资料"（978）。

四是认为该小说表达了坡对美国民主制的看法，同《与一具木乃伊的谈话》《未来之事》有异曲同工之妙。这三篇小说无疑都反映了坡对美国民主制的质疑，认为它不是一种好的政治制度，它违背了自然界中的等级法则。比如在该小说里，坡借莫诺斯之口指出，"在其他古怪的念头中间，人人平等之念头风靡一时：不顾类比，不顾上帝——不顾在人世与天堂之万物中都那么明显普及的等级法则的大声警告——企图实现一种全球民主的疯狂计划被一一制定"（Poe, *Poetry and Tales* 506）。在《与一具木乃伊的谈话》中，坡也借木乃伊之口抨击了民主制。当美国人向木乃伊谈起"民主的美妙无比和极其重要"时，木乃伊则说民主是"地球上所听到过的最令人作呕、最不能容忍的专制制度"（910）。在《未来之事》里，坡也借庞狄塔之口对民主制进行了辛辣讽刺，认为民主是由"乌合之众……建立起的一种专制暴政……是一种绝妙的政体形式——对鼠类而言"（975）。

上述四种观点在我们看来都很好地解读了这篇小说，让读者对小说有了更深刻的认识。除此之外，本书认为小说还有值得深入挖掘和研究的空间。通过对该小说的文本细读不难发现，书中也蕴含着坡的异域空间想象，且坡通过这一想象向我们揭示了该文本的深刻思想内涵。从小说中可知，莫诺斯和尤拉的对话发生在他们彼此相邻的墓穴当中，"人们在我（莫诺斯）躺于黑暗中的那个坟头挖掘，刨开上面潮湿的泥土，在我发霉的骨骸上放下了尤拉的那具棺材"（Poe, *Poetry and Tales* 513）。坟墓本身就是一个异托邦空间，在坟墓里，无论时间怎么流逝、空间如何变化都不会对葬于其中的已死之人产生任何作用或影响。死与活是两种截然不同的状态，人活着的时候要经历生老病死等带来的身心方面的变化，也会在不同的空间中一直处于运动状态。相反，死亡则标志着人从身心变化到运动位移的终止，进入到了静止的状态。无论坟墓之外的时空经历怎样的沧海桑田，都对坟墓之中的已死之人毫无意义。然而，小说中有意思的一点，也是带有幻想色彩的一点便是，去世的莫诺斯和尤拉死而复生，以一种新的灵体形式得以永生不朽，且他们还展开了一系列对话，发人深省。坡在这篇小说里对人死后的这一新的生命形式和状态的描述让人觉得不可思议。当然小说的重点并不在此，而在于通过复活的莫诺斯之口来反思其所处时代的各种症结，莫诺斯生活过的人类世界就是对坡时代的写照。在小说里，坡所指出的时代症结主要是实用科学和功利主义支配下的人类中心主义及其给人类世界带来的危害，而这种危害在坡看来早已使整个人类世界病入膏肓，无可救药。因此，要彻底改变它，只有毁灭它，才能让其重生，恢复到从前的美好。正如他笔下的莫诺斯和尤拉，只有死亡才能使他们再生，回到从前的幸福状态。

在《莫诺斯与尤拉的对话》中，莫诺斯直接批判了19世纪对实用科学的追求："实用科学的每一进展都是人类真正幸福的一次倒退"（Poe, *Poetry and Tales* 505）。这句话透露了坡对科学发展的矛盾心态。他一方面关注其发展，对彼时的各种科学门类都进行过研究，比如天文学、物理学、化学、生物学、地理学、医学等，但另一方面他也看到了科学快速发展背后潜藏的危机，比如过分迷恋对科学的追求会使人变得极端理性化，压制情感中的感性部分，变成机械的工具人。坡1829年发表的《十四行诗——致科学》（"Sonnet—To Science"）便体现了他对科学发展的这一矛盾心态："科学哟！……你变更一切，用你眼睛的凝视。……可你为何把狄安娜拖下马车？把山林仙子逐离了森林……从水中撵走水泽女神，把小精灵赶出绿荫，然后又从凤眼果树下驱散我夏日的美梦？"（43-44）由此可知，他承认科学是人们借以认识世界和理解世界的工具。自启蒙运动以来，科学便启迪了人们的心智，让人们摆脱了宗教和迷信的束缚，可借助各种科学的手段和方法来观察周围的世界，不断修正以前错误的认知和观点，在一定程度上促进了社会的发展。但他始终警惕科学实用性的另一面，即随着对世界认识程度的加深，人类不再满足于借助科学来为他们打开认识世界的窗户，还希望科学能具有更多的实用性，以实现改变世界的愿望。

坡同时代的亨利·戴维·梭罗（Henry David Thoreau，1817—1862）和霍桑也对这样的认知感到忧虑。在梭罗看来，一味追求科学的实用性会导致人们忽视自然万物的趣味性，"虽然科学有时可能也把自己比做一个在海边拾贝壳的孩子，但那是一种她很少会有的心境。通常她会这样认为，那不过是几片不认识的、未被称过重量和量过尺寸的贝壳罢了。一个鱼的新品种并不比一个新名称更有实在意义。看看在科学报告中都说了些什么吧。一个报告计算鳍棘，另一个则测量肠子，第三个是给一个鳞片做银版摄影……此外再也没有任何要说的。好像要做的就是这些，而这就是科学所做的最丰硕和最宝贵的贡献"（Worster 121）。霍桑认为，人类盲目追求实用科学，无视自然规律，必将自食恶果，因为大自然会疯狂无情地报复人类，"她确实允许我们破坏，却几乎从不允许我们修补，而且像个爱妒忌的专利获得者一样，无论如何也不允许我们创造"（897）。

为此，小说主人公莫诺斯说："我们人类应该服从自然法则的指导，而不是试图去支配那些法则"（Poe, *Poetry and Tales* 505）。坡通过小说所建构的脱离时间序列的墓地异托邦中的主人公从更客观的视角指出，人类把自己想象成造物主，企图打破这一规则，是愚蠢至极的做法："在他（人类）悄悄走近他想象中的一个上帝时，一种幼稚的愚蠢也向他走近。"（506）幼稚和实用科学知识的增加之间没有悖论关系，它指向人类心灵的不成熟。在坡看来，人类自启蒙以来，虽然在知识的积累上越来越丰富，内心却并没有随之变得成熟，所以才会产生一切从人类自身利益出发、无视自然规律的幼稚的实用科学。

"知识并不适合其灵魂尚幼稚的人类。"（Poe, *Poetry and Tales* 506）这是小说中异托邦的智慧对19世纪一针见血的总结。

这里的知识所指的是实用技术。灵魂幼稚的人类掌握知识后会把自己推向毁灭的边缘。小说中，主人公莫诺斯援引《圣经》中的话语来警示其时代的人类不要忘了"智慧树及其禁果产生出死亡的神秘喻言"（506）。众所周知，《圣经·旧约》的第一章《创世纪》（"Genesis"）讲述了上帝创造人类始祖亚当和夏娃的故事。《圣经》中亚当和夏娃作为人类始祖，代表了人类发展史的原初阶段。他们本来没有智慧和知识，如同上帝所创造的其他生物一样，在伊甸园里过着无忧无虑的生活。但他们不听上帝的劝告，偷食了园中智慧树上的果子，被上帝逐出伊甸园，流落荒野，饱尝艰辛和苦难。虽然亚当和夏娃被启迪了智慧，但他们心灵尚属幼稚，以至于他们的后代企图修一座通天塔去往上帝之处，打算与上帝平起平坐，结果被上帝所毁。后来人类变得越发贪婪和堕落，于是上帝用洪水和烈火对人类进行惩罚，最终毁灭了大部分人类。坡借用这一则西方人耳熟能详的故事发出警示。

如何才能防止人类的幼稚病？在《莫诺斯与尤拉的对话》中，坡提出的方案是摒弃实用科学对实用技术的依赖，将自然科学和人文科学相结合，重塑人的心灵。如果一味重视对自然科学的追求而忽视人文科学的熏陶，人的心智就必然失衡，异化为科技的奴隶，成为单向度的人。坡同时代的爱默生曾指出，科技的反作用力会破坏人的完整性，把人变成"会行走的怪物"（204），只有"一根手指，一段颈项，一只肘，而绝不是一个完整的人"（204）。霍桑也认为，人如果过分注重自然科学，则会导致心灵的困惑和道德良知的泯灭，"它（自然科学）将自身溶于人类的要害器官，并用它致命的支配力抑制了人类原来的天性"（884）。而"当道德本性停止跟上人类改善理智的步伐，人的心智平衡就会被打破"（1225）。正因人类心灵的幼稚才使得人类"为自己掘好了坟墓"（Poe, *Poetry and Tales* 507），所以重塑人类的心灵很重要，而人心灵的幼稚与学校教育息息相关。

小说中莫诺斯指责"学校完全忽略了对心灵的陶冶"（507），从而引入了对19世纪教育的反思。正是当时的学校教育缺少对心灵的陶冶造就了人格不健全的人及其不健全的偏执想法。如何陶冶心灵？不是通过对科学的学习，而是通过学习艺术才可以达到。坡借莫诺斯之口援引了柏拉图（Plato，428—347 BC）《理想国》（*The Republic*）中的观点，"音乐就足以包揽对灵魂的陶冶"（507），因为"它能让节奏与和谐最深入地穿透灵魂，最有力地感染灵魂，让心灵充溢美，使人具有美的心灵"（507）。在坡看来，"唯有对美的追求才能够引导我们慢慢地重归于美，重返自然，重返生活"（507）。

《莫诺斯与尤拉的对话》墓地异托邦的哲思中既有对作为现代化进程的重要意识形态形式的实用科学、实用技术的反思和对艺术美育的提倡，又有对19世纪上半叶越来越强劲的功利主义之风的批判。如果说实用科学强调的是事情本身或是工具手段对人的意义及其给人类带来的利益和效用，那么功利主义则侧重于某件事能否给人带来快乐和幸福。只要是能给人带来福祉的事，那么在人看来都是有意义且值得去做的；反之，如果人们认为做某事只能带来痛苦和悲伤，那么这样的事他们是不愿意去做的，因此功利主义也是一种趋乐避苦的行事思维。但无论是实用科学还是功利主义，二者的出发点都是以人为中心，从人的角度出发去考虑问题，看人是否能从中受益或感到快乐。这样做的弊端就是把人的重要性摆在突出位置，其他事物居于其次，甚至要为满足人的需求而服务。这一点在小说主人公莫诺斯看来是不对的，人只考虑自己的情感需求能否得到满足而罔顾其他是一种极其自私的表现，他认为"那些自我标榜为'功利主义者'"（Poe, *Poetry and Tales* 506）的人都是卑鄙的"粗俗"（506）之人。莫诺斯质问世人，难道为了一己之欲望和享乐便把世界破坏得面目全非，自己真得会觉得幸福吗？在他看来，答案绝对是否定的。

莫诺斯认为人的欢乐和幸福并不是通过功利主义的做法获得的，"在很早的时候，那时候我们的欲望更少但欢乐并不少——那时候享乐并不是一个为人所知的字眼，被人们庄重地低声说出的字眼是幸福——那时候是一些神圣、庄严而极乐的日子……未被筑坝的蓝色河流穿过未被砍劈的青山，流进远方幽静而清馨的未被勘测过的原始森林"（506）。而这样的日子就是人类没有把自己的意志强加于自然，人类文明没有对自然进行破坏，人与自然和谐相处的时期。

小说反映出的人与自然和谐共处的意识在当时非常超前。从欧美发达国家的社会发展史来看，它们绝大多数都是以牺牲生态环境为代价来换取经济发展和科技进步的。坡所处的 19 世纪的美国，工业革命正如火如荼地展开，西进运动不断推进，城市化脚步逐渐从东部地区延伸到西部新开辟的土地上。"1821 年全国收税大道总长达 4000 英里，1840 年全国铁路总长 3300 多英里。开发西部成为席卷全国的大潮，全国一半人口已越过阿巴拉契山脉向西迁徙。联邦政府为奖励拓垦西部，将土地价格下降到每公顷 1.25 美元。与此同时，由于英法战争，欧洲大乱，美国趁机大举发展贸易，掌握了世界贸易的三分之一，并通过购买和掠夺，扩张领土近三倍。"（方成 115）随着美国工业化和城市化步伐的加快，人类文明的触角开始深入荒野自然，并悄然改变着它的面貌。如上文所述，原本静静流淌的河流被筑坝拦水，漫山遍野茂密的丛林被砍伐，树木被充当建筑材料或生活材料，而开辟出来的空地则变成了商业用地或农业用地。西部的原始丛林也抵挡不住勘探队的步伐，这些都是 19 世纪上半叶的美国所发生的变化。在坡看来这并非好事，人类所到之处对自然大肆破坏，绿水青山之美景和曲径通幽之秘境再也寻不到身影，留下的只是被人类文明践踏过的世界，在小说中表现为"冒着浓烟的大城市成千上万地出现。绿叶在高炉的热浪前瑟瑟退缩。大自然美丽的容颜被毁伤,就像遭受了一场可恶瘟疫的蹂躏"(Poe, *Poetry and Tales* 507)。这一切的罪魁祸首便是实用科学和功利主义主导下的人类中心主义。

在美国的现代化进程中,人类中心主义思想的影响无处不在。所谓人类中心主义就是把人类视为万物的中心,或者说衡量万物的尺度,抑或是说把人类利益凌驾于别的物种之上,甚至把自己当作神灵,认为没有什么东西比人更有价值,任何别的物种都合理合法地被人类利用,且以人的利益为根本——"把人的价值放在世界第一位,把人的生存权利置于其他物种之上"(Moore 5)。追溯其发展史,截至19世纪,它大致经历了以下三种形态。

一是古代人类中心主义。这是人类中心主义的最初历史形态,其理论核心为人是宇宙的中心。这一观点至少可以追溯到公元前5世纪。早在古希腊时代,第一位,也是最伟大的一位智者学派代表人物,普罗泰戈拉(Protagoras,490—420 BC)就说过一句非常有名的话:"人是万物的尺度。"(Waterfield 211)其后的柏拉图、亚里士多德的著作都"充斥着人类中心主义的观点"(Moore 10)。古希腊悲剧作家索福克勒斯(Sophocles,496—406 BC)在其剧作《安提戈涅》(*Antigone*)中也颂扬人的荣耀,认为在诸神的创造物中,人是"万物的统领"(348-349)。古希腊天文学家托勒密提出"地心说"的观点,认为既然地球位于宇宙的中心,那么栖居于地球上的人类自然占据宇宙的中心。

二是中世纪人类中心主义。在中世纪的欧洲,基督教为人类在宇宙中的地位问题提供了一个具有无限权威的答案。它指出人类不仅位于宇宙的中心,而且人类是宇宙万事万物的目的,万物都因人而存在。例如,果树之所以结果,是为了使人类有果子吃,大地生长出粮食,万物生长茂盛,是为了符合我们人类的愿望和喜好,当然,这一切都是上帝的巧妙安排。中世纪早期教会的神职人员，比如圣奥古斯丁（St. Augustine，354—430）和托马斯·阿奎那（Thomas Aquinas，1225—1274）都在其著作中"大肆称赞人类中心主义，很多观点至今还对人们的思想产生影响"（Moore 9）。比如最新修订的《天主教教理》（*Catechism of the Catholic Church*，2019）中的第 2415 段就说"动物跟植物和其他非生命的物质一样，无论是在过去、现在还是未来，就是为了服务人类而被创造出来的"（580）。这一观点源于《圣经·旧约》，尤其是开篇《创世纪》就讲到上帝赋予人绝对的权力。上帝创造了亚当和夏娃之后，命令他们让其子孙充斥整个地球并征服它。水里的鱼、天上的飞禽，以及地上的走兽都要听命于他们。毫无疑问，《圣经》中对人权力的阐释使得"人类中心主义变得合法化"（Moore 8）。发源于阿拉伯半岛的伊斯兰教中也如西方的基督教一般"充斥着人类中心主义"（9）。"安拉把人类指定为'地球的继承者'，并且创造了星体来为人类导航。"（9）土耳其的苏菲派（Sufism）大师阿卜杜拉密特·卡可姆特（Abdülhamit Çakmut）也说："世间万物都是服务于人类的。如果人死了，自然界也就不存在了。"（Weisman 270）

三是近代人类中心主义。随着近代科学的兴起和发展，人类中心主义的第三种历史形态——近代人类中心主义——展开了对自然的大规模攻势。这种思想的理论核心是人类能够挣脱大自然的束缚，认识自然、改造自然、做自然的主人，从而找到征服自然的途径。这大大加速了人类向自然索取和将其征服的过程。莎士比亚的悲剧《哈姆雷特》（*Hamlet*）中的主人公就发表了一番有关人为何物的著名演说，强调了人作为上帝所造物种的神奇之处。勒内·笛卡儿（René Descartes，1596—1650）也声称"把人同自然界割裂开来"（Moore 11），因为动物在他眼里只是"机械装置"（Descartes 359）。培根提出了"知识就是力量"的口号，人不再是神的奴仆和工具，只要认识了自然规律，就能获得改造自然的伟大力量，使自然服从自己的利益需要。伊曼努尔·康德在《判断力批判》中写道："人作为地球上唯一拥有理解力的生物，当之无愧的是自然界的统领。"（93 - 94）康德同时代的詹姆斯·赫顿（James Hutton, 1726—1797）在《地球理论》（*Theory of the Earth*, 1788）中说："世界就像一部机器或人的躯体，要么就是被创造得不完美，要么就是还没有被倾注无限的力量和智慧来改变。很明显，这个世界是为人类而创造的，也只有人能知道这个世界的奥秘。"（216 - 217）这种人类中心主义导致人在处理与自然的关系时采取了简单的主—客二分的单向思维方式，夸大了人类的主体性，其后果是人与自然的对立，表现为人类对自然不顾后果的掠夺和征服。此外，近代人类中心主义是在工业化过程中进一步形成的。由于工业革命、科学技术的不断发展，人类不断享受高度发达的现代工业文明带来的便利，陶醉在征服自然的巨大喜悦中。

从对人类中心主义的早期到近代发展史的溯源可以看出，人类中心主义的观点自古就有，而在《莫诺斯与尤拉的对话》中主人公莫诺斯主要反思了其在近代的表现形式。比如实用科学便是在近代启蒙运动之后成为人们认识和改造世界的主要工具和手段，"各种技艺变得至高无上，它们占据了高位，人类也为获得并仍在增加的对自然元素的支配权而陷入孩子般的狂喜"（Poe, *Poetry and Tales* 506）。功利主义也在近代工业化、城市化进程中成为驱使人去征服和掠夺自然的原动力，让人们从征服自然中获得喜悦感和成就感。在莫诺斯看来，如果人们能够及时意识到人类中心主义的错误并悬崖勒马，那么人类世界还有希望，不至于滑向毁灭的边缘，"若时间允许，自然的感觉重新占上风，压倒经院派严厉苛刻的推理也不是不可能的"（507）。可是实际情况却让莫诺斯感到失望，"这种事没有发生。由于过早地滥用知识，这个世界已开始老化。这一点大多数人没有看到，或是他们虽不幸福但仍然活得起劲，因而故意视而不见"（507 - 508）。因此，莫诺斯认为人类世界的毁灭不可避免，"人类的履历已教会我期待那场作为高度文明之代价的极广泛的毁灭"（508）显然，坡借莫诺斯之口表达了他对人类未来的忧心，与他同时代的梭罗也表达了同样的关切，也对人类的未来深感焦虑和无奈，"非到我们迷了路，换句话说，非到我们失去了这个世界之后，我们才开始发现我们自己，认识我们的处境"（158）。他在写给英国诗人乔治·博罗（George Borrow，1803—1881）的信中感慨道："有人说最适合人类研究的是人。我则说那种说法不过是人类的狂妄和自大……人类只有从我所持的角度看问题，前景才是无限广阔的。人类只属于哲学的一种历史现象。宇宙之大远不止于只够为人类提供住所。"（Worster 113）对于人类中心主义可能导致人类文明毁灭的看法在诺贝尔化学奖得主保罗·克鲁岑（Paul Crutzen，1933—2021）那里得到了进一步的印证。他指出，自近代工业革命以来，随着科技进步和工业化程度的加深，人类无节制的发展已经使得地球环境变得极其脆弱，"地球孕育着一切生命，而人类是地球生命中唯一可以拥有恶化地球环境能力的生物，甚至是毁灭地球的唯一因素"（Steffen et al. 25 - 26）。

因此，莫诺斯认为，既然人类文明照此发展下去会不可避免地走向毁灭，那么与其让它苟延残喘，还不如将其彻底毁灭，因为"对于这个整体上染疾的世界，我看见只有在死亡中才有可能新生"（Poe, *Poetry and Tales* 508）。正如莫诺斯从自己的死亡中得以再生一样，他认为地球在毁灭之后获得新生可以使之"重新披上绿装，重新有其乐园般的山坡和溪流，最终重新成为适合人类居住的地方"（508）。而对于人类来说，他们也在地球的毁灭中集体灭亡，然后随着地球的新生而重获新生。莫诺斯认为，新生的地球"适合已被死亡净化过的人类——适合其高尚的心智不再被知识毒化的人类——适合那已获救的、新生的、极乐的、已成为不朽但仍然是物质的人类"（508）。在这里，坡借小说中跳出时间序列之外的墓地异托邦中的主人公表达了对新生的地球和新新人类的美好愿景，虽然这一愿景遥不可及，但也可以看出他对地球和人类未来的期待。

综上所述，在《莫诺斯与尤拉的对话》中，坡借墓地异托邦中的主人公莫诺斯之口反思了那个时代盛行的实用科学和功利主义支配下的人类中心主义的弊端及其可能引发的严重后果，指出一味追求实用科学会使人变得偏执而异化，只有把自然科学和人文科学相结合才能使人的心智更加健全。除此之外，坡对功利主义的思维也不敢苟同，因为如果人只会把自己的快乐和幸福建立在牺牲他者的利益基础之上，是对他者的不公和践踏。而在这两者支配下的人类中心主义则让人更加无视自然规律，把自己的意志强加于自然之上，对自然进行无情的征服和掠夺，最终使地球变得不再适合人类居住。坡借莫诺斯之口表达了他的心声：所谓的美国现代化进程不能将美国带向光明的未来。不破不立，只有地球毁灭了才能得到新生，重新恢复往日的美好，而人类也只有通过死亡才能进入一种新的形态，从而跟新生的地球和谐共处。由此可知，坡虽然对地球和人类的未来感到担忧和失望，但并没有彻底绝望，他还是希望地球和人类最终有一个好的归宿。因此，在这篇小说中坡希望警醒其时代民众，期望他们对自己的行为有所反思，悬崖勒马。

本章探讨了三个颇具代表性的时间异托邦文本，即《与一具木乃伊的谈话》《未来之事》《莫诺斯与尤拉的对话》，揭示了坡对美国现代化进程的全方位的思考。在《与一具木乃伊的谈话》中，餐桌与书房是一种异质空间，它们失去了固有的特性与功能，充当了实验室。在这一异域空间中，代表异时的古埃及木乃伊与现代美国人同处一室，产生了思想上的交锋，坡通过借古讽今的形式对他所处时代的科学发展和政治制度改革进行了反思。在《未来之事》里，主人公在未来世界的热气球旅行中不仅观测到了未来人间的诸多景象，还发现了千年以前的人类历史遗迹，未来与古代景观在同一空间中的并置既产生了一种异托邦效果，又有一种异托时的张力。通过对这两处时空的描述，坡对现代化进程所带来的人的异化和消费主义的泛滥进行了思考和批判。在《莫诺斯与尤拉的对话》里，两位死后复活的灵体在坟墓这一既是异托邦又是异托时的空间中展开对话，探讨了他们生前所在的人类世界中存在的沉疴痼疾，隐含了坡对美国未来出路的怀疑。实用科学、功利主义和人类中心主义看似能使人类的利益最大化，但是如果美国的发展沿着这样的现代化道路进行，将要面对地球毁灭的末日情景。通过这三个文本，坡反思了美国现代化进程中暴露出来的诸多顽疾，并给其同时代的人们发出了警示。

第四章

偏离异托邦：
反思美国的生命政治机制

在美国文学史中，坡是少数对特殊人群极端关注而且对他们进行了深刻刻画的小说家之一。他非常擅长在小说中描写妄想狂、精神分裂症患者等疯癫之人，被活埋、被监禁在幽闭空间中的囚徒，被肺结核、瘟疫等疾病折磨的病人。坡对这些特殊人群的刻画，体现了他对死亡的迷恋、对人类无意识领域的探索以及对社会边缘群体的关注。但是我们也注意到，在这些小说中也隐含着他的政治意图和时代反思。尤其是在一些篇目中，他用大胆的异域空间想象，比如《瘟疫王》中瘟疫肆虐的伦敦隔离区、《焦油博士和羽毛教授的疗法》中的法国疯人院、《陷坑与钟摆》中的中世纪欧洲宗教裁判所，塑造出典型的偏离异托邦。如果我们深入探察这些偏离异托邦中涉及的疾病、疯癫、罪与罚的机制，就会发现它们每一篇都是在影射相应的19世纪美国的生命政治规训体制。

本章所探讨的偏离异托邦主要指隔离区、精神病院和监狱三处空间，它们在福柯的"异托邦"概念中均有详述。这三处空间都是偏离正常空间的异质场所，置身其中的人也被认为是不正常的人。可事实是，他们之所以被冠以这样的名称，并非他们真的不正常，而是受到了生命政治话语实践和权力运作的影响，被强制贴上了这样的标签。坡的《瘟疫王》中的隔离区是偏离异托邦的典型代表。在瘟疫流行期间设立的隔离区，隔离的不是瘟疫本身，而是处于社会底层的民众，他们因贫穷或无业受到歧视，被认为是社会的渣滓，生命被漠视，沦为权力运作的牺牲品。坡在小说中批判的是，即便到了19世纪，美国的瘟疫疾控依然在使用这种制造阶级分裂、区隔政治和人性异化的模式。坡的《焦油博士和羽毛教授的疗法》是精神病院所代表的偏离异托邦的典型之作。在精神病院里，精神病人在掌握医学话语的医护人员眼中都是不正常的人，他们被强制进行各种治疗并受到虐待。小说体现了所谓理性话语对人的心灵的禁锢和规训。坡的

《陷坑与钟摆》是监狱所代表的偏离异托邦的典型，监狱中的人没有话语权，也没有人身自由，他们因言行不符合社会主流意识形态或秩序标准而被判定为异常并遭到羁押。坡用这种形式考问了 19 世纪美国宾西法尼亚州费城监狱模式和纽约州奥本监狱模式等看似进步的监狱改革的种种痼疾。

第一节
瘟疫异托邦中的疾病书写：《瘟疫王》

《瘟疫王》（"King Pest"，1835）是坡的一篇恐怖小说，时代背景设定在 14 世纪欧洲"黑死病"肆虐时期的英国，也影射着 19 世纪霍乱肆虐的美国。小说中，当时英国的首都伦敦瘟疫肆虐，时任英国国王爱德华三世（Edward III，1312—1377）下令在首都疫情严重地区设置隔离区，不让任何人进出，违者格杀勿论。就在这个特殊时期，一艘来自海外的船只停泊在泰晤士河港口，两名水手下船后浪迹在伦敦街头巷尾的各种酒馆中，酩酊大醉，最后喝到身无分文，踉踉跄跄地从酒馆里跑出来企图逃单。酒吧老板娘骂骂咧咧地一路追赶。彼时已经深夜 12 点半，到处黑灯瞎火，两名水手在酒精上头的当口分不清东南西北，误打误撞地跑到了隔离区。虽然隔离区入口设置了障碍，但他们在老板娘的追赶下慌不择路，翻过障碍物跳进了隔离区。隔离区的空气中弥漫着死亡的气息，随处可见腐烂或枯朽的尸体，各种房屋建筑破败不堪，甚至不断坍塌。但即使这样的恐怖情状也没能让两名水手稍微清醒一下,他们径直前往隔离区深处,在不知情的情况下进入了一家棺材店,发现有六个人在里面喝酒狂欢,其中一人声称自己是瘟疫王,而其他五人是他的皇后和权臣,他们在此聚会是为了向他们公认的主人"死神"致敬。两名水手对他们的长相、衣着和言行举止都品头论足了一番,认为他们长得怪异,穿着奇特,言行举止可笑,莫不是在演戏。他们的论断引起六人的愤怒,六人要求两名水手对他们毕恭毕敬,俯首称臣,否则就对他们不客气。两名水手也不甘示弱,在争执中,瘟疫王的手下先动手制伏了其中一位水手,而另一位水手奋起抵抗,最终把瘟疫王及其手下三人制服,随后两名水手赶紧逃离隔离区,瘟疫王手下的两人对他们穷追不舍,故事到此结束。

坡的这篇故事出版之后恶评如潮,被称为"最没有价值的小说"(Poe, *Collected Works* 238)、"最令人困惑不解的小说"(Sova 90)、"最差的小说"(Quinn, *French Face* 114)。英国19世纪著名小说家罗伯特·路易斯·史蒂文森(Robert Louis Stevenson, 1850—1894)更是上升到对坡的人身攻击,认为"他能写出《瘟疫王》这样的作品,简直不是人"(Sova 90)。因为瘟疫的惨状本就让人读后心有余悸,而小说却到处充斥着酗酒和寻欢作乐的情节,这样的构思只能说明坡"缺乏同情心"(90)。

这样的评论也并非无端的指责,只是坡认为他们应该没有充分理解这篇小说想要表达的意图才得出此结论。因为该小说除了《瘟疫王》这个主标题,还有一个副标题——"一个包含一则寓言的故事"(Poe, *Poetry and Tales* 285)。书中到底包含了一则怎样的寓言,坡并没有向读者明示。有学者指出,这篇小说中的人物都奇形怪状的,应该有所指涉,"如同一则寓言故事中那样,代表着某种寓意"(Werner, *American Flaneur* 42)。比如对瘟疫王及其随从的描写应该是一种有目的的行为,他们本身代表不同的疾病,而他们畸形的外表是否与之有关则不得而知。让读者去揣摩坡的写作意图、读懂小说的寓意及其背后的重要性，始终是"有困难的"（42）。当然也有学者不断尝试从历史的角度追根溯源，对坡这篇小说的寓意进行解读，总结起来有以下三个方面，即"讽刺了英国的君主政体……揭示了统治者们的伪善面具"（朱振武，《小说全解》187）、"抨击了安德鲁·杰克逊政府"（Etter 20）或"影射杰克逊政府是整个国家的瘟疫"（Poe, *Short Fiction* 294），"谴责了编辑和出版商自以为是的高品位和武断"（Hammond 103）。

　　本书认为，以上对坡这篇小说寓意的解读都言之有理，尤其是他对英国或美国历史政治的影射的观点。不过，本书认为与其将二者割裂开来，不如将它们放在一起来探讨。英美两国从历史渊源上来讲密不可分，再结合小说所设定的历史背景以及对相关历史的考量，可以进一步证明在该小说中只有同时将英美两国并置来加以分析，才能得出更加可靠的结论。因此，我们将探讨小说的另一层寓意，即通过19世纪初美国霍乱肆虐时全国上下对这一新瘟疫的认识和处置方法来反思其背后折射出的美国生命政治机制。然而，要弄清楚坡的写作目的，必须结合英美两国的抗疫实践来讨论。通过分析可知，两国在抗疫方面的思维和方式如出一辙。此外，由于小说里有象征异托邦的隔离区，所以本书将结合福柯的"异托邦"思想在小说中的反映来解读坡想要表达的寓意，讨论美国瘟疫防控过程中的生命政治观念和相应的管理手段的缺陷。

　　小说的时代背景虽然设定在14世纪的英国，但其实是坡借古言今，影射了19世纪初的美国。二者的相似之处就在于都受到了史无前例的大瘟疫的侵袭，前者是肆虐欧洲的"黑死病"（Black Death, 1347—1351），后者是19世纪在全球范围内造成恐慌的"霍乱"（cholera）。但如果仅从瘟疫的角度讲，将两个不同时代、不同地域的国家并置在一起讨论显得有些牵强。瘟疫其实只是一条导火索，两国重要的相似点主要在于它们对瘟疫的认识以及由此而采取的抗疫方式上。

在对瘟疫的认识上，英美两国都不约而同地将其归结为人的道德问题所致，而这样的思维方式与欧洲中世纪以来的道德观有直接联系。中世纪的欧洲是基督教神学占统治地位的时代，即便是世俗王权也对宗教神权畏惧三分并受制于它，否则无论是一国之君还是平民百姓，一旦被剥夺基督徒身份，驱除出教会，就会受到群攻，甚至死无葬身之地。基督教会为了巩固势力、加强统治，用《圣经》对其管辖范围内的人民进行思想上的钳制，把其他一切与之相悖或无关的书籍统统没收，甚至付之一炬。《圣经》中宣称人类因犯下"原罪"被逐出伊甸园，而后饱受生老病死之苦，都是人的道德堕落所致，而人只有对上帝不离不弃才能得到救赎。而在中世纪席卷欧洲大陆的"黑死病"在当时的基督徒看来无疑验证了来自教会的天谴论，即上帝对他们道德沦丧的惩罚，现有留存下来的以"黑死病"为背景的绘画中几乎都有象征地狱和死亡的"撒旦"（Satan）向人索命的场景，反映在该小说里就是"被吓破胆的市民们"把"瘟神、病魔、疫精公认为是罪魁祸首"（Poe, *Poetry and Tales* 288）。

这种源于中世纪的宗教道德观历经文艺复兴、宗教改革和启蒙运动依旧存在，并随着欧洲各国的海外殖民扩张得以推广。美国人的先祖中也有大量基督教徒，他们在新大陆继续宣扬基督教义，把宗教作为他们安身立命之本、诠释一切之基，对所有与之相抵的人或事坚决予以反击，典型的一个例子就是当时轰动一时的萨勒姆女巫案。基督教思想不仅存在于美国殖民地时期，在美国建国后，也仍然是其重要的指导思想之一，并一直延续到现在，这一点从遍布美元、美分上的铭文"我们信仰上帝"（In God We Trust）就可以看出。

在这样的背景下，当霍乱这一新的瘟疫在 19 世纪横扫全球时，西方人的认识还在原地踏步。据考证，霍乱最先是在 1817 年的印度居民中开始出现的，由于当时的印度是英国的海外殖民地和原料加工厂，在英国殖民者的统治和剥削下，印度当地民众的生活环境和生存境况非常糟糕，成为霍乱肆虐的温床。加上因铁路、轮船等新型交通工具的问世而大幅提高的殖民者的流动性，瘟疫迅速蔓延到世界各地，无论是亚洲、非洲还是欧洲，甚至是大洋彼岸的美洲都无一幸免。其传播速度之快，影响范围之广，致死率之高，死状之惨，无不令人生怖，闻之色变。"霍乱发病急骤，上吐下泻，抽搐烦躁，皮干肉陷，声嘶耳鸣，脉细气喘，顷刻之间形貌皆非……一般病人脱水后两日便死亡，只有少数病人能再挺住一两日……极度的脱水使患者的皮肤带有一种不祥的蓝色，死者的尸体腐烂的速度似乎更快"（孟庆云）。由于民众对霍乱病因认识不足，加之传统宗教道德观的影响，他们就把霍乱视为"神的惩罚"（孟庆云），而这样一种认识无论是在当时的英国还是美国都深深植根于人们心中。

由于霍乱的全球性传播，1831 年，英国首先受到冲击，随后在 1832 年，疫情传到美国。当英国遭遇霍乱之后，人们陷入恐慌，在束手无策的情况下，自然将霍乱与宗教道德联系了起来。英国的神职人员认为，霍乱的到来表明"人类的原罪在加深。道德越堕落的地区，霍乱就越严重。人类须洗刷自己的原罪，回归到神的怀抱中来，祈求上帝的原谅，才能走出霍乱的困扰"（宗家秀）。在英国人看来，人类之所以变得越来越堕落，与工业革命带来的社会变革有关。"19 世纪初，工业革命导致社会急剧变革，对英国正统的生活方式与宗教伦理产生重大冲击。人们对金钱的热爱淡化了对信仰的信念，道德堕落、精神松弛、酗酒成为工业社会生存方式的特征。"（宗家秀）因此，在用宗教拯救人类的阵阵呼声中，英国教会提出"对付霍乱的方法是节欲、清洁、勤奋、坚韧和阅读福音。当时的国王威廉四世还支持福音主义者列出的全国禁食日"(宗家秀)。神奇的是,"在这样的忏悔中,1832 年的大瘟疫突然消失了"(宗家秀)。

正是有了英国这一先例,当霍乱传至美国时,美国人也同样打着宗教拯救生命的旗号来对待瘟疫。"当时很多人认为霍乱是来自上帝的惩罚,惩罚人们的不洁、堕落和放纵。为了治愈疾病,恢复健康,人们必须在身体和灵魂上服从上帝的意志,追求干净、整洁、有节制和道德的生活。"(胡玉婉,付德明 68)为了做到这一点,就必须远离"肮脏、不道德、淫乱和酗酒等恶习"("瘟疫下的美利坚"),因为这些是"导致霍乱大肆传播的罪魁祸首"("瘟疫下的美利坚")。

但是作为瘟疫的"霍乱"显然是一种疾病,只有借助医学手段才能从根本上对它进行治疗,而宗教道德观所带来的消极应对态度和宿命论只会加剧这一疫情的蔓延和人们的恐慌。正如坡在小说里所写的那样,"在病魔诞生之地……只剩下畏惧、恐怖和迷信在蔓延盛行"(Poe, *Poetry and Tales* 287)。一切因医学、科学手段的有限而求助于宗教解释的方法无疑就像原始时代人们借助迷信来阐释一切不可知的事物一样,都是不可取的,这不是时代的进步,而是倒退。19 世纪的英美两国除了在宗教层面对抗"霍乱"疫情外,还采取了一些现在看来比较原始的医治方法,比如"放血术和清泻"(孟庆云)。但是这样做"对霍乱的治疗不仅无济于事,反而加速病人的死亡"(孟庆云)。此外,人们还认为"霍乱是由尸体或腐烂的物质所释放出的瘴气引起的"(张大萍,杜长林 135),就"用火焚烧感染者的衣物,试图通过烟熏净化空气,来防止瘟疫的蔓延"(135)。对霍乱的这一错误认识和处置办法非但没有遏制瘟疫的蔓延,反而还加速了其扩散。从现代医学的角度来讲,"霍乱是由霍乱弧菌所致的烈性肠道传染病,通过水源、食物、生物接触而传播"(孟庆云)。由此可知,"霍乱是一种在不卫生的情况下传播的疾病,……卫生条件越差的地方,霍乱传播得越快"(哈里森,邹翔 17)。因此,它跟人的道德品质的好坏无关,而是跟人的生活环境有关,生活环境越恶劣的地方,易感人群数量也就越大。

这一点在当时的英美两国虽然有所体现,但并没有得到充分的认知,也没有合理的应对方法。包括英国在内的一些欧洲国家在被霍乱侵袭后,其"政府以及社会中上层发现得霍乱的主要是穷人"(孟庆云),但也仅止于此。他们非但没有去认真思索为什么霍乱更易危及穷人,相反还出台了一些反人性的政策法规,比如"英国在 1832 年通过解剖法案,根据法案,可以利用穷人的尸体供医科学生进行解剖"(孟庆云)。这样一来,"很多患病的穷人不愿去医院治疗",他们害怕一旦去了之后"不仅要被当作试验品,死后还要被解剖"(孟庆云)。

大洋彼岸的美国人也面临同样的问题,在对待穷人的问题上,他们的看法甚至更为极端,"对大多数美国人来说,贫穷仍然是一种道德现象,滋生贫困的恶习、肮脏和无知也滋生了霍乱"(胡玉婉,付德明 68)。毫无疑问,这是美国得以立国的基督教新教思想所致。由于受加尔文教的影响至深,美国人认为并不是每个人都能感受到上帝的荣光、被上帝拯救,所以人活在世上就必须做取悦上帝的事,而勤劳、谦逊、节俭、克制才是能让上帝欢心的事,才可期盼得到上帝的拯救;而与之相反的懒惰、傲慢、奢侈、放纵则是上帝所厌恶的,因此穷人、乞丐、游手好闲的人、骄奢淫逸的人等都被视为上帝遗弃的对象,死后注定下地狱。基于这种看法,美国人根本就不把穷人的生命当回事。在面对霍乱时,穷人虽然受害最深,但并没有引起普遍同情,更谈不上居住环境的改善。此外,源源不断的外来移民和南方种植园的黑奴也是霍乱直接攻击的对象。这些移民和黑奴作为舶来品,加之在语言、文化和习俗上的差异,在美国土生土长的白人眼里是典型的"他者"形象。他们多栖身于各种贫民窟等环境脏乱差的地方，在美国白人眼里他们也是肮脏、不洁和禁止接触的对象。自然，当霍乱来临时，他们首当其冲成为牺牲品。据史料记载，"1832 年 6 月 26 日，一个刚刚达到纽约的爱尔兰移民被霍乱杀死，七天之内他的妻子和孩子也相继死去"（"瘟疫下的美利坚"）。在美国南方，"霍乱往往首先在黑人中大规模暴发。相比较在城市中生活的白人市民，种植园中的黑人生活空间更为狭小且肮脏，这十分利于霍乱的暴发，今天有一个黑人感染了霍乱，明天一个工棚就全都是病人"（"瘟疫下的美利坚"）。而对于这些移民和黑奴的死，美国人除了恐惧、厌恶和排斥，根本就不会想办法去防治。

由此可见，霍乱背后呈现的问题不仅仅是宗教道德观对人思想的愚弄和束缚，还暴露出深刻的社会问题与不合理的生命政治机制，在贫困阶级、移民和有色人种三类人身上体现得尤为突出，这些人的生命无论在英国还是美国都遭到极度的漠视。当霍乱来临时，两国政府仅仅采取传统的隔离形式，被隔离的往往都是上述三类人，迎接他们的只有死亡的厄运。他们的聚居地是疫情的重灾区，自然而然地被封锁隔离，成为城市中的孤岛，或者说异托邦——既不能出，也不能进，俨然是令人望而生畏、唯恐避之不及之处。坡在小说里对隔离区的情况做了详细的描述和生动的刻画。

首先，隔离区设在河流港口附近和偏僻荒凉之地。从历史上看，瘟疫的蔓延都始于这样的地带。小说里的背景是 14 世纪欧洲"黑死病"的流行时期，而"黑死病"最初登陆欧洲就是从一条驶入意大利港口的船开始的。书中英国伦敦"泰晤士河的两岸附近"（Poe, *Poetry and Tales* 287）也"被认为是病魔诞生之地"（287）。而 19 世纪霍乱的传播途径也是如此，"霍乱的传播路线主要是水路，先是经海洋向东西两个方向传播，然后从港口城市沿河流蔓延到内陆"（刘文明 011 版），所以"在河流沿岸和诸多港口都留下了的印记"（哈里森 67）。众所周知，河流港口处历来都贫民窟云集，聚居着社会底层的各类人，如穷人、乞丐、无业游民等；由于这里人员密集度高、流动性大，也是小偷、强盗、流窜犯等社会危险分子的藏匿之处。此外，外来移民也是经水路从港口登陆的。这一地区聚集了大量闲杂人员，他们生活的环境糟糕至极，往往在"又窄又暗的肮脏的小巷胡同"（Poe, *Poetry and Tales* 287）里，极易染病，更不用说瘟疫。即便在瘟疫尚未到来之时，这些地区也像一个个异托邦的存在，连同里面的人一起被社会遗弃。在西方人眼里，穷人、乞丐、无业游民、小偷、强盗、流窜犯等都是社会的寄生虫，甚至是渣滓。他们不能给社会创造任何价值，反而如定时炸弹一样，随时都有可能给社会带来不稳定，危及大众的生命和财产安全。外来移民作为"他者"的存在也是危险的，比如有可能携带各种疾病。从历史上看，欧洲殖民者作为"他者"刚踏上美洲时，便给新大陆带来了之前从未有过的"天花"等病毒，使得当地印第安人死伤无数，人口锐减，有的部族甚至被全部毁灭。正因如此，当瘟疫来袭时，河流港口一带便首当其冲，成为被隔离的地区。

不仅如此，"凄凉偏僻的地区"（Poe, *Poetry and Tales* 287）同样也是被隔离之地。荒凉偏僻的场所在大众的认知中都是各种危险潜伏的地方，少有人踏足，不为人所知。而人天生就对自己不熟知的地方既好奇又恐惧，在这种地方生活的人显然不是权贵阶层，因为只有穷苦人才会因生活所迫不得不到荒凉偏僻处安身。

所以，无论是河流沿岸还是荒凉偏僻之地，平时就是被排除在主流社会之外的异域空间，当瘟疫来袭时，更是让人避之如蛇蝎，遑论生活其中的人的生命安危。隔离区变成了禁区，而"整个禁区终被死亡的恐怖笼罩"（Poe, *Poetry and Tales* 288）。准确地说，"整个空旷的禁区完全留给了凄凉、沉寂、瘟疫和死亡"(288)。

其次，隔离区的惨状让人生畏。在小说里，坡通过两名水手在隔离区里的遭遇向我们展示了这一点。他们刚进入隔离区后很快就被"四周的阵阵恶臭"(Poe, *Poetry and Tales* 288)包围，放眼望去，"铺路石早已松动，横七竖八地躺在四处蔓延、没过脚踝的荒草之中。坍塌的房屋阻塞了街道"(288)。由此可见，这一地区荒废许久。与隔离区外城市的喧嚣、人来人往的街景和红火的店铺相比，隔离区里充满了死寂，没有生命的气息，"到处都弥漫着一种最令人恶心的腐臭味"(288)。这还只是在隔离区入口处的场景，当两名水手进入隔离区的中心地带时，看到的景象更加恐怖："那街道变得更加臭气熏天，更加阴森恐怖，更加幽深狭窄……巨大的石块和木块从他们头顶上方那些腐朽的房顶直往下落"(289)，地上随处可见"一堆堆垃圾"(289)，他们"必须格外费力才能通过"(289)，而且"他们的手不时碰到一副骷髅，或一具尚未完全干枯的尸体"(289)。隔离区里的恶劣环境根本就不适合人类生存，只会加剧他们的灭亡，而给他们带来致命一击的还有瘟疫等疾病的肆虐。在这篇小说里，坡借助瘟疫王等六人的可怖形象向我们展示了这一点。

其实，所谓瘟疫王及其手下都并非真正的人，只是坡用拟人化的手法向我们揭示了隔离区里蔓延的各种夺人性命的疾病的可怕。他们是死亡的象征，是死神的仆人，只要是隔离区里的人都逃脱不了被他们摆布的命运。比如瘟疫王"穿的是一块黑色的绣花金丝绒裹尸布……头上插满了装饰灵车的黑羽毛……右手握着一根人的大腿骨"(Poe, *Poetry and Tales* 290)。瘟疫王后是一个"浮肿病晚期"(290)，穿着"波浪型皱边柩衣"(290)的人。此外还有一个"患了肺结核"(291)，穿着"印度细麻布缝制的宽大漂亮的寿衣"(291)的女子，一个"患痛风病的小个子老头"(291)，一个患有癫痫症身子不断"战栗和痉挛"

(291－292)的人,以及一位得了"麻痹症"(292),把"一口崭新的漂亮的红色棺木"(292)当衣服穿的人。与这些疾病共处一室的还有各种象征死亡的"骷髅和头盖骨"(292)。这些疾病的化身令人胆寒,统领他们的则是死神。正如瘟疫王所说,"那位君主统治着我们全体,他的疆域无边无际,他的名字就叫'死神'"(294)。

在隔离区里,这些疾病肆无忌惮地夺人性命,从他们拟人化的神情中便可见一斑:"她(患肺结核的女子)脸上弥漫着一种自命不凡的神气"(Poe, *Poetry and Tales* 291),"他(患痛风病的小个子老头)显然为自己……感到自豪"(291)。当两名水手误打误撞地闯进这些疾病肆虐的隔离区后,他们的生命也受到了威胁。瘟疫王要求他们对自己及其他疾病俯首称臣,让他们"跪在地上"(294),并用激烈的言辞咒骂他们是"无赖"(294)、"下等人"(294)、"粗野无理"(294),而且不容他们反驳。"我们提出的条件必须不折不扣地得到履行,而且不容拖延"(295),否则就会被处死。由此可见,隔离区里人的生命得不到任何保障,完全受这些疾病的摆布,可以被任意践踏和剥夺。因此,这种只隔离却弃之不管的做法是不人道的生命政治机制的体现。

从小说描述的种种惨景可知,作为异托邦的隔离区不是用于阻隔疫情、维护生命,而是让疾病在其中群魔乱舞、肆意妄为。在英美两国的实际操作中,牺牲的并不是权贵的生命,而是社会底层、外来移民或有色人种的生命。在这种情况下,宗教道德只是用来攻击这三类人群的手段,认为他们之所以贫穷和生病,皆因道德败坏,因此注定要受到上帝的惩罚,没有必要对其进行救治。这实则是一个深刻的社会问题。这三类群体是社会发展不均衡的产物,他们的生命应当受到同等的对待,国家不应该为了某一群体的生命和利益而去牺牲另一部分人的生命和利益,这样的生命政治机制有悖人性。19世纪初霍乱在美国肆虐时，当政者和医疗机构带着固有的偏见，利用手中的权力简单粗暴地采用隔离的手段来针对这三类群体，罔顾人命，任其自生自灭。在坡看来，这种生命政治机制主导下的草菅人命的做法是不人道的，应该受到谴责。

最后，隔离区非但没有阻止瘟疫的蔓延，还使疫情集中暴发继而扩散开来。在小说的结尾处，两名水手对瘟疫王及其随从进行了一番抵抗，虽然有效地控制住了瘟疫王，并把他关进了地窖，"勇敢的勒格斯一掌把瘟疫王推进了那个开着口的陷阱……呼地一声向下关上了活板门"（Poe, *Poetry and Tales* 297），甚至还制服了他的三个手下，"成功地敲碎了那个患痛风病的小老头的脑袋……那个老一阵阵战栗的家伙被当场淹死……那位僵直的绅士在棺材中被冲走"（297）。但是剩下的两个瘟疫依旧追着两名水手逃出隔离区，扩散开来。两名水手以为自己"大获全胜"（297），其实并非如此，紧随其后的是"那位穿柩衣的"（297）瘟疫王后和患肺结核的女子。坡如此设计情节，意在暗示即便隔离区中的人有意凭一己之力对抗瘟疫或其他疾病，终究还是无济于事。两名逃离隔离区的水手径直朝他们在泰晤士河港口停泊的船只"自由自在号"（297）跑去，而其中一名水手已经出现了被瘟疫感染的症状，"休·塔波林一路上打了三四个喷嚏"（297）。小说就此结束，给读者留下无限想象的空间：一方面，从隔离区里跑出来的两个瘟疫最终可能跟随水手上船，继而被带到更多地方，导致瘟疫的扩散；另一方面，也有可能她们没能上船，但感染了水手，而水手却浑然不知，于是上船后，瘟疫暴发；亦有可能她们没有随水手上船，而是往非隔离区蔓延，最终导致整座伦敦城被瘟疫笼罩。在坡看来，建立隔离区的本意是想把不为社会所容的人群圈起来，让他们在里面自生自灭，而推行这一办法的国家终将害人害己。坡在小说中发出正告，希望美国社会上下重新审视一直笃信的生命政治机制，希望美国政府及其所属医疗机构不要滥用手中的权力，任意剥夺他人的生命。瘟疫等疾病没有阶级地位之分，无论是穷人还是富人都无一幸免。

综上所述，在《瘟疫王》这篇小说里，坡借用14世纪英国遭受"黑死病"侵袭并通过隔离的手段进行防控的事件谴责了19世纪初美国在遇到与"黑死病"同样严重的瘟疫"霍乱"时所采取的同样做法，反思了美国社会当时奉行的生命政治机制。相隔几个世纪，面对不同疫情，美国政府采取了和英国政府如出一辙的方式来处理问题，这非但没有体现历史的进步，反而证明了时代的倒退。影响美国政府抗疫思维的是西方人心中根深蒂固的宗教道德思想，而这一愚昧思想简单粗暴地把疾病同人的堕落相关联，认为疾病是上帝对人的惩罚，因而只能听之任之，这种消极应对的做法只会让疫情蔓延。

此外，对于社会底层阶级、外来移民和有色人种，美国人也是带着宗教思维、排他主义和白人至上主义的轻蔑态度来看待，认为他们之所以最容易被瘟疫等疾病袭击，跟他们的好逸恶劳、奇风异俗、肮脏不洁有关。作为异质群体，他们被排除在主流社会外，禁锢在环境脏乱差的地界，人们对他们的厌恶和排斥在瘟疫来临时达到顶峰。由于害怕瘟疫的蔓延，加之对这类群体的反感，美国的权力机构不由分说在他们聚居的地方设置隔离区，把他们封闭起来。这种不人道的处置方法造成的后果极其严重，最终整个美国社会都深受其害。

第二节
精神病院异托邦中的疯癫与理性：
《焦油博士和羽毛教授的疗法》

爱伦·坡的《焦油博士和羽毛教授的疗法》("The System of Doctor Tarr and Professor Fether"，1844）讲述了 19 世纪法国南部一家精神病院中发生的一个荒诞不经的故事。主人公在当地游玩时，听闻一家精神病院以其治疗精神病患者的独特手法而闻名，想一探究竟。途中旅伴与精神病院的院长熟识，愿意替主人公引荐，但因内心对精神病人既排斥又恐惧并不愿亲自陪同参观。当主人公远远发现掩映在密林之中与世隔绝、破败不堪的精神病院时，也不寒而栗，心里打过退堂鼓，但最终还是鼓起勇气前往。怎知精神病院的院长仿佛知道有人来访一般，早已隔着门缝朝外窥探，在主人公及其旅伴到来时，急忙开门迎接，得知他们的来意后欣然应允。虽然院长答应得很痛快，但并没立刻让主人公与精神病人见面，而是安排其充分休息，并提出为其接风洗尘后再做打算。其间，主人公与院长谈到了这所精神病院特有的"安抚疗法"（soothing system）。令他吃惊的是，院长告诉他这一方法早已废除，取而代之的是一个更加简单有效的办法，主人公愿闻其详，院长却始终闪烁其词，只说这一新的理念来自于塔尔（Tarr）博士和费瑟尔（Fether）教授。随后，主人公见到了形形色色的男女，他们的言谈举止虽然普遍比较正常，但总有那么一些小动作和表情让他感到他们异于常人。主人公把自己的疑惑告知院长，院长极力否认，说这些人都是他的手下和朋友，于是主人公放下疑虑，同所有人打成一片。不久之后，可怕的事情发生了。一群身上涂满焦油、贴满羽毛的人破门而入，把在场所有与主人公把酒言欢的男男女女一一制服。主人公以为精神病人暴动了，一时间不知所措。最终他才弄明白，原来这些与他同乐的男男女女，包括院长在内都是精神病人，他们占领了精神病院，把原有的医疗管理人员全都关押在地牢里，并用焦油和羽毛去羞辱他们，且仅给他们面包和水，让他们的身心饱受折磨。最后，主人公依然没有搞清楚所谓新疗法到底是什么，仅知是塔尔博士和费瑟尔教授的方法。他遍寻各大图书馆，想找他们的著作，终究一无所获。

坡的这篇故事极具讽刺意味。所谓"塔尔博士"和"费瑟尔教授"只是他借用了"焦油"（tar）和"羽毛"（feather）这两个单词的同音异体词，他们的疗法就是小说结尾处提到的用焦油涂满身体再贴上羽毛的做法。这种"疗法"很显然根本起不到任何治疗的作用；相反，这是一种对人进行羞辱的刑罚。纵观美国历史，还在其殖民地时期，13州殖民地的人民为了反抗英国殖民者对他们的暴政和各种苛捐杂税就有将当地殖民署的管理人员扒光衣服、涂上焦油、贴上羽毛游行示众，进行羞辱。而坡在小说里再现这一做法，并不是要回顾美国历史上殖民地人民如何英勇地同英国殖民当局抗争，而是通过这一羞辱性做法，反思美国19世纪初精神病院的医疗人员对患者采取的不人道的管理方法，并指出这不是历史的进步而是时代的倒退，不是对人性的关注而是对人的冷漠。因此，我们将以此为切入点，对坡的这篇小说进行细读。由于坡的小说里存在不同的异域空间想象，而该小说中所涉及的精神病院完全符合福柯异托邦六大原则中的偏离异托邦，因而本书也将结合福柯的这一理论来展开论述。

福柯在建构异托邦这个概念时是把个体与空间结合在一起来探讨的。正是异质的个体在某一空间内大量聚集才产生了异质空间，即异托邦。这些异质的个体往往被视为与社会大众和主流观念格格不入的人，被贴上"不正常的人"的标签，被当作"他者"受到排斥。因此，偏离异托邦中的"偏离"指的就是偏离了常态，而这些偏离了常态的人在一起所构成的空间就是偏离异托邦。这一异托邦最直接的体现就是精神病院和监狱，关在里面的人都是"行为异常的个体"（Foucault,"Of Other Spaces"332）。然而，这样不正常的个体很大程度上是被话语建构起来的，并非真正的不正常，至少放在精神病人身上就是如此。

在坡的这篇小说里精神病和精神病患者的形象是被话语建构起来的过程清晰可见，这种对精神病及其患者的固有思维并不是突然出现的，而是在其历史的演进中不断成型的。追根溯源，这种认知模式欧洲大陆的与旧世界脱不了干系。正因如此，虽然坡在该小说里意欲反思19世纪初美国精神病院的管理制度以及时下的生命政治机制，但他还是借用了19世纪法国精神病院的情况来说明这一问题。新大陆美国和旧世界欧洲在这方面的相似性可见一斑。

在19世纪以前，美国还没有独立的精神病院，精神病人的收治主要由医院或济贫院来负责。"1800年以前，美国仅有两所医院开始在某种程度上接纳精神病患者"（Hurd 133），它们分别是宾夕法尼亚医院（Pennsylvania Hospital）和纽约医院（New York Hospital）。波士顿济贫院（Boston Almshouse）于1792年"通过将精神病患者与其他容留者隔离而有了第一个精神病病房"（Grob 18）。但随着精神病患者数量的增加，医院和济贫院的负担越来越重，于是美国精神病院作为一个独立机构在19世纪应运而生。第一家正式的精神病院是1817年"在宾夕法尼亚州成立的朋友精神病院（Friends Asylum）。同年，在康涅狄格州成立了哈特福德精神病院（Hartford Retreat）"（Gamwell et al. 25）。1818年"在波士顿成立了麦克莱恩精神病院（McLean Asylum）"（26）。随后1833年、1840年和1843年马萨诸塞州、缅因州和纽约州也分别成立了精神病院。

虽然美国的精神病院如雨后春笋般建起，精神病人的处境仍然堪忧。早在美国精神病院正式成立之前，被美国精神病协会誉为"美国精神病学之父"（Barton 302）的本杰明·拉什（Benjamin Rush，1745—1813）便呼吁"精神病院应成为安全和治病的场所，最终的目的是让那些不幸的人能重返社会并再次成为具备生产力的个人"（Rondinone 108）。拉什主张以人道主义的方式对待精神病人，极力反对针对精神病人的"各种惩罚或是把精神病人扔进一个铺着干草堆的小房间任其自生自灭的作法"（110）。

然而，拉什的呼声并没有得到响应，精神病人的生存状况没有得到改变。一位曾去宾夕法尼亚精神病院的参观者回忆："我们接下来去看那些疯子。他们的房间在底层，一部分已没入地下。这些房间约有3米见方，坚固得像一间牢房……每扇门上有一个洞，大小够送食物等进去。洞用小门关着，锁着结实的门栓，大多数患者躺在麦秆上。"（Hurd 403）除了上述恶劣的生存环境，精神病人还遭到了非人的虐待。马萨诸塞州伍斯特精神病院（Worcester Asylum）的主管塞缪尔·伍德沃德（Samuel Woodward，1787—1850）"用腐蚀性的化合物使患者的皮肤起泡……当患者们举止不当时，他将他们关进牢固的房间"（Shorter 58）。此外，精神病院还对外开放，精神病人被公开展示，以满足人们的猎奇心理。"精神病院很快成了广受欢迎的游览之地，参观者纷至沓来，心甘情愿地掏钱来亲眼看看那些被关起来的精神失常的人，精神病院的院长们则非常高兴地接待他们。"（Rondinone 125）著名的英国小说家查尔斯·狄更斯（Charles Dickens，1812—1870）在 1840 年访问美国时"也参观了多处精神病院，它们都给他留下了深刻的印象"（126）。美国 19 世纪精神病院的状况在坡的《焦油博士和羽毛教授的疗法》这篇小说里得到了充分展现。

正如 20 世纪美国精神病学专家爱德华·肖特（Edward Shorter，1941—）所言，"在美国，欧洲模式的统治地位一直持续到 20 世纪 30 年代，这意味着相对来说很少有特别的美国精神病学传统——或至少没有什么被像欧洲模式那样复刻到其他地方"（25）。正因欧美的这一紧密联系，美国在对待精神病和精神病人的看法和处置方法上跟欧洲如出一辙，而欧洲本身的做法就是一个历史倒退的过程，放在美国身上亦如此。在小说里主要体现在三个方面，即对精神病人"非人类属性"或"动物性"身份的建构、对精神病的恐惧以及对精神病人的非人道处置。

首先，小说里的精神病人不被当人看，沦为被人观赏的"动物"。这是对精神病人"非人类"身份的侮辱性话语建构的做法有其深刻的历史根源。但在 19 世纪初早已步入现代社会的美国依旧还保留这样的方式，不能不说是历史的退步。小说主人公在法国旅行途中想到自己在医学界工作的朋友曾提到过当地一家很有名的疯人院，他"从未见识过这种地方，所以我认为不可失去此次良机"，主人公想去参观疯人院是为了"好奇心的满足"（Poe, *Poetry and Tales* 777）。之所以感到好奇一方面是他从未去过，只是听说过，"我在巴黎时曾听我医学界的朋友谈到过它的详情"（777），另一方面就是他对精神病人本身的好奇。这种好奇可能源自医学界朋友对他的讲述，也可能源自他自身对这类群体的研究。虽然小说中没有明示，但从细节上可以看出主人公具备相关知识。比如他在没搞清楚在精神病院里与之交流的人是否是精神病患者时，他会想到把"交谈限制在一般话题上，限制在我认为即便对一名精神病患者也不会感到不快或是容易引起激动的那种话题上"(779),可以看出主人公是有备而来。但他并不是第一位到这家精神病院参观的人,从与院长马亚尔(Maillard)先生的交谈中可知,"正因为我们的一些参观者考虑不周,不幸的意外事件曾不止一次地发生……一些轻率的来访者常常引发他们危险的癫狂"(779-780)。从这些叙述可以看出,精神病院经常会接待一些访客。"当我们走近门边之时,我发现大门虚着条缝,一张脸正在朝外窥视。转眼之间那人走了出来。直呼其名与我的旅伴搭话,非常亲切地同他握手……此人正是马亚尔先生。"(778)此前马亚尔先生并不知道主人公等人的到来,旅伴"在几年前认识了马亚尔,他可以陪我骑马到疯人院门前并为我引荐"(777),可见他并没有事先给马亚尔先生打招呼,由此可以推断,马亚尔先生早已习惯了在门口徘徊张望,因为总会有人来此参观。

众所周知,精神病院和医院、监狱一样,都不应是供人参观的地方。福柯认为这些都是偏离异托邦的具体体现。无论是医院的病人、监狱的犯人,还是精神病院的精神病人,他们在大众话语中都被归为偏离正常的人,如病人是对健康的偏离,犯人是对法律的偏离,精神病人是对理智的偏离。他们的不正常引起人们的恐惧和排斥,容易对社会造成危害,所以要对他们进行隔离管控。因而社会上就有专门用于医治、关押或监管这些被视为异于常人的人的地方,这些地方又因有大量异质人群的存在而成为异托邦,所以异托邦是每个社会和文化中必有的产物。异托邦本不应该成为人们趋之若鹜的地方,但是人类与生俱来就对自身不了解或不同于自己的人或事感到害怕又好奇,总想一探究竟。比如人为什么会生病、为什么会犯罪、为什么会发疯,这是一个永恒的话题,其答案会随着时间的推移不断变化,对于精神病患者的认知亦如此。纵观精神病学史,精神病人经历了由普通人到半人半兽到动物的身体降格的过程。

早在古希腊时期,位于特尔斐阿波罗神庙(Temple of Apollo at Delphi)的女祭司拥有至高无上、不可侵犯的地位。人们都认为她们是被神选中的人,能够听懂神的话语,并把神的旨意转达给众人。人们之所以有这样的认识,是因为女祭司在与神沟通时会手舞足蹈,摇头晃脑,全身颤抖,面部表情扭曲变形,仿佛被神灵附体一般。按照现代精神病理学的看法,女祭司表现出的谵妄形态具有典型的疯癫特质,而对神庙的考古发掘也证明了她们在肢体和神情上的这种表现其实跟神庙中的致幻气体有关。与其说她们是在与神灵沟通,不如说是有害气体中毒导致她们出现幻觉,喃喃自语,不知所云。但当时的民众认知水平低下,这些令人匪夷所思的行为被视为与神的对话,只有被神眷顾的人才能做到,而放在现在则毫无疑问是精神病的表现。正如 18 世纪苏格兰精神病学家亚历山大·克里奇顿(Alexander Crichton,1763—1856)说的那样,"谵妄、幻觉和痴呆"属于"疯癫(精神病)序列"(Foucault,*Madness* 99)。所以,古希腊时期诸如阿波罗神庙女祭司一样的精神病患者的地位高于普通人,处在社会金字塔的高层,但到了中世纪早期,精神病人作为普通人的地位开始被撼动。

中世纪是基督教神学的世纪,一神教的上帝取代了多神教的诸神,获得了至高无上的地位。《圣经》成为基督徒手中的金科玉律,"原罪"思想——人类始祖因违背上帝旨意而变得堕落,最后被逐出伊甸园在人间受苦受累,因是人类始祖所犯下的罪行被称为"原罪",而人类后代从诞生之时就要背负这样的罪孽。在这样的宗教大背景下,人间一切事物都与之挂钩,即便是疯癫都会被认为是原罪导致的结果。"疯癫掩盖着某种模糊的道德意义和根源。它的神秘性使它与原罪发生了联系。"(Foucault,*Madness* 201)因而疯癫是背叛上帝、受到上帝惩罚、堕落的表征。即便中世纪手握大权,象征着能与上帝直接对话,并向民众传递上帝旨意的教会神职人员在变得疯癫后也得不到上帝的庇护。跟古希腊祭司的处境完全不一样的是,他们不会被敬仰,而是受到惩罚。"1421年,纽伦堡一个疯癫的神父就被驱除出教堂"(12),因为"似乎他由于身为神职人员而更为不洁"(12)。由此,精神病人作为普通人的身份被剥夺,他们在宗教话语之下变成了不洁之人、堕落之人,与信仰上帝、爱戴上帝的普通百姓泾渭分明。到了文艺复兴时期,虽然人的地位较中世纪有了极大的提升,但是对精神病人的看法并没有随之改变;相反,这类群体从先前的堕落不洁直接与半人半兽画上等号,这一点在艺术领域有充分体现。艺术家们将精神病人描绘成一种既非人也非兽、既不是动物也是动物的模样,以此来表达"不可能之事、不可思议之事、不人性之事,以及一切暗示着地球表面上的某种不正常、令人苦恼的荒诞存在的东西"(20)。通过这一艺术表现形式对人潜移默化的影响,精神病人作为非完整的人,缺少人必要的特质,而与动物性有某种关联的话语被固定下来,并在17、18世纪得到更极端的体现,即精神病人从半人半兽彻底变成了具有兽性的动物,至此他们身上人的属性完全被剥离,剩下的仅是动物性。因此,福柯指出"这种以疯癫形式发泄出来的兽性使人失去其特有的人性……而最彻底的疯癫乃是人与兽性的直接关系,毫不涉及其他,也无可救药"(71)。

反观《焦油博士和羽毛教授的疗法》这篇小说,坡在多处直接或间接地把对精神病人"兽性"或"动物性"的话语建构揭示了出来。比如在自我认知上,有人把自己当作一头驴,"我们这儿有个家伙以为自己是一头驴……你们可以说他是名副其实"(Poe, *Poetry and Tales* 784)。有人认为自己是一只青蛙,"他把自己误认为一只青蛙;顺便说一句,他的确很像"(786)。有人认为自己是一只公鸡,"她在周密的深思熟虑中,偶然发现她已经变成了小公鸡;但作为一只小公鸡她举止得体"(788)。精神病患者们的这些自我认知无疑加重了他们被认为具有的"动物性"的特点。此外,小说对这些精神病人体格的描述也暗示了他们的"动物性"。例如,坡在文中两个地方专门提到了他们体格的健壮:"不一会儿,一名身着制服的健壮的男仆端进一个托盘……他说话时,三名健壮的仆人早已在桌上稳稳地放下了一个巨大的盘子。"(779-785)虽说用"健壮"来形容一个人的体格再正常不过,但在精神病院这一语境中,坡对精神病人体格"健壮"的强调却另有深意。因为精神病学对精神病人的研究结论之一就是,精神病人有易于常人的体格,这使得他们"能够忍受饥饿、高温、寒冷和疼痛……能够承受生活中不可想象的苦难。他们不需要保护,不需要保暖御寒",正是这一点体现了精神病人"那种顽强的兽性,以及从鲁莽的野兽界借来的愚钝"(Foucault, *Madness* 71)。这一点不难理解,因为从科学的角度来说,动物确实有一些特质是与生俱来的,人类无法企及,精神病人身上体现出的这种常人无法拥有的能力,恰恰证明了其"兽性"的存在。另外,小说对精神病人饮食的描述也影射了他们的"兽性",如"餐桌上的摆设极为壮观,堆满了各式餐具和几乎堆不下的各种菜肴。食物之多绝对达到了野蛮人的地步。单是肉类就足够亚衲族①人饱餐一顿"(Poe, *Poetry and Tales* 783)。从这段描述可以看出,精神病人的胃口很大,堪比野人或巨人,且对肉食情有独钟。这些都是他们身上"兽性"的体现。因为一般只有野兽才会对肉食感兴趣,而野人或巨人无论是在神话和童话中还是在真实的历史语境中,都是能吃能睡、体格健壮、如同妖怪一般的存在。正是精神病人的这种"兽性"

---

① 据《圣经·旧约》,亚衲族是在希伯来人之前居住在巴勒斯坦南部的巨人族。

才使得他们被当作动物园里的动物一样被展示,被观赏,被指指点点,而精神病院也因此具有了"动物园"的功能,但这一功能并非19世纪初欧洲或美国的首创,而有其历史渊源。

纵观精神病学史,对精神病人的展示古来有之,并不是他们被彻底地视为"动物"后才开始有的。"展示疯子是中世纪一个非常古老的风俗。德国的某些疯人塔装有栅栏,让人们可以看到锁在里面的疯人。这些疯人成为城关的一景。"(Foucault, *Madness* 66)在文艺复兴时期,"人们允许各种无理智自由地展示于光天化日之下"(65)。到了17、18世纪甚至出现了"允许疯人展览疯人"的做法。有位英国游客曾这样评价:"展览疯人的做法超出了最冷酷的人性。……疯人在清醒的片刻受托展示自己的同伴……于是这些不幸者的管理人便坐收表演的盈利。"(67)19世纪初,这样的做法依旧存在,当时的法国政治家和哲学家皮埃尔·保罗·鲁瓦耶-科拉尔(Pierre Paul Royer-Collard, 1763—1845)就愤怒地指出"疯人依然是怪物——所谓怪物就词源意义而言,就是被展示的东西"(67)。由此可见,在《焦油博士和羽毛教授的疗法》这篇小说里,精神病人被视为非人的"动物",公开面向公众展示。精神病院也充当了"动物园"的职能,广迎四方来客,这背后有深厚的历史根源,而随着对精神病和精神病人认知的不断变化,精神病院的不断出现,这一对待精神病人的态度和做法非但没有改进,而是原地踏步,甚至发生倒退。

其次,小说里有多处显示出人们对精神病人的厌恶和害怕,究其原因,是西方人一直对精神病人疯癫状态的恐惧。比如,在小说开篇,主人公希望随行的旅伴陪同他一起去精神病院参观,"对此他断然拒绝——先是匆匆提出异议,随后又说他非常害怕见到精神病患者"(Poe, *Poetry and Tales* 777)。旅伴虽然答应主人公带他前去精神病院并愿意为他引荐,但自己却怎么也不想踏入精神病院的大门,"他可以陪我骑马到疯人院门前并为我引荐;尽管他对精神错乱这种事抱有的反感不会允许他进入那道大门"(777)。主人公虽然对精神病院充满好奇,但当他隔着很远的距离看到他要去的那个地方时,心中的恐惧感油然而生,首先因为它的位置偏僻,"我们……离开大道,拐上了一条杂草丛生的小路,半个小时之后,小路几乎消失在一座靠近山边的密林之中。我俩在……阴暗潮湿的森林中穿行了两英里左右"(778)。其次,"那是一座式样古怪且破败不堪的别墅,由于年久失修,看上去简直已不宜居住"(778),让主人公觉得"它那副外貌在我心中唤起了纯然的恐惧"(778)。作为福柯笔下的偏离异托邦,精神病院的特点在主人公的生动描述下跃然纸上。它远离城市喧嚣,坐落在不为人知且人迹罕至的偏僻之地,与世隔绝;它破烂不堪,仿佛被遗弃已久,是一座鬼屋般的存在。这样的地方难免令人望而生畏,也正是这样一种可怕的异托邦的存在才会让人不断审视自己的言行举止,以免沦落至此。这所精神病院给主人公带来如此这般的印象,他不禁担心里面的精神病人该是一种怎样令人畏惧的存在。

因此,在他进入精神病院接触到精神病人时,他因害怕而尤为谨慎。"我把交谈的话题限制在一般话题上,限制在我认为即便对一名精神病患者也不会令其感到不快或是引起激动的那种话题上……在整个交谈之中,我始终保持着开始那种小心谨慎。"(Poe, *Poetry and Tales* 779)从主人公刚入精神病院开始参观一直到最后精神病院的秘密被解开,大部分时间他都不知道身边的人都是精神病患者,所以当那些被精神病人关押起来的医疗工作人员破门破窗而入的时候,他还以为是精神病人暴动了,"我永远也忘不了我当时那种惊诧和恐惧"(796)。由此可见,主人公对精神病人的恐惧贯穿他参观精神病院的始终,这种恐惧感并非到19世纪才出现,而是源远流长的,是经过不断的话语建构和巩固才最终确立起来的。

　　回溯历史，早在中世纪晚期和文艺复兴初期，人们就对精神病人表现出来的疯癫感到忧虑，因此便有了"愚人船"，"它载着那些神经错乱的乘客从一个城镇航行到另一个城镇"（Foucault, *Madness* 7）。这是当时驱逐被视为疯癫的人的办法，通过把他们置于船中，放逐在海上漂流，任其自生自灭，同时也希望借助水的净化来缓解人们对疯癫的忧虑，因为水在西方人眼中具有双重内涵：一方面象征了"巨大的不安"（15），随时可以打翻船只让人丧命；另一方面，"它不仅将人带走，而且还有另外的作用——净化"（13）。对于城镇居民来说，疯癫的人给他们带来不安，所以想让他们彻底消失，而水可以洗掉脏东西，因此他们寄希望于水的净化功能来替他们消除忧虑，把疯癫的人像脏东西一样清除掉。

　　到了17、18世纪的古典时期，精神病人不再被随意驱逐，让他们四处流散，而是统一把他们关到禁闭所里，限制他们的自由，于是这一时期"疯癫就同这个禁闭的国度联系起来，同那种指定禁闭为疯癫的自然归宿的行为联系起来"（Foucault, *Madness* 40–41）。本来建立禁闭所的初衷并不是关押精神病人，而是关押社会上那些游手好闲的人和犯罪的人。当时的欧洲经历了严重的经济危机，贫困人口和乞丐增加，许多失业者变得游手好闲，这在西方人眼中是"最恶劣的行为，因为它像在伊甸园里那样等待着自然的施舍，强求某种仁慈，而人类自亚当以来已无权提出这种要求。在堕落之前，傲慢是人类犯下的罪孽。自堕落之后，游手好闲是人类傲慢的最极端表现"（55）。宗教哲学家圣安布罗斯（St. Ambrose, 340–397）也指出，游手好闲是"创造物对上帝的第二次反叛"（55）。由于失业和贫困导致越来越多的人无所事事，以乞讨为生，而这样的人又容易滋生事端，造成社会的不安定，于是禁闭所便应运而生，其目的之一就是要制止"成为一切混乱根源的行乞和游手好闲"(55)。此外，禁闭所还能催生出生产力，让关在其中的人开始劳动，于是"禁闭所的劳动便获得了道德意义：因为懒散已成为一种最坏的反叛方式，所以必须强制游手好闲者工作，用一种无休止的、不带来任何利益或利润的劳动来打发时间"(55)。在把游手好闲之人关进禁闭所的同时，精神病人也遭此厄运，"从一开始，疯人就与贫民并列，与游手好闲并列。同那些人一样，疯人也要服从强制劳动的规章"(56)。但是，"他们没有工作能力，跟不上集体生活的节奏"(56)。

由于17、18世纪是启蒙运动所开启的理性时代，也就是在这一时期，精神病人所表现出的疯癫被视为一种非理性的存在，福柯认为笛卡儿《沉思录》(*Meditations*, 1641) 中对疯癫的定义是该时期"人们从精神上把疯癫从理性生活中排除出去这一理智态度背后的哲学基础"(莫伟民 57)。由此，疯癫在话语实践中被重新定义，被视为非理性的特质，与理性彻底分道扬镳，于是理性的人认为非理性的精神病人会对他们和社会产生威胁，让他们感到恐惧，所以催生了用理性的方式对待他们的办法，体现在禁闭所里就是精神病人遭受到非人的虐待，禁闭所有"命令、管理、司法和惩治的权力……他们可以使用示众柱、镣铐、监狱和地牢"(Foucault, *Madness* 57) 来惩罚精神病人。

精神病人虽然被关起来了，但社会大众对他们的惧怕却一直没有消散，18世纪中期发生的一件事反而加剧了人们对精神病人的恐惧。由于禁闭所把所有置身其中的人都关押在一起，并没有区隔开来，所以精神病人与其他不是精神病人的人被安排在同一屋檐下，结果"当时人们听说从各禁闭所传出一种神秘的疾病，而且即将危及各个城市"(Foucault, *Madness* 186-187)。出于偏见，人们把这种未知疾病的传播归咎于精神病人，转而开始对与他们同处一室的犯人感到担心，"人们关注的是犯人应该有比把他们与精神失常者关在一起更好的命运"（205），因为与精神病人关押在一起令他们痛苦不堪。据当时的报道称，"他（指一个犯人）很可怜，另外两三个人也很可怜。……因为和他们关在一起的另外六个人是疯子。这些疯子日夜折磨着他们"（205）。因此，人们开始呼吁把犯人和精神病人分开关押，到了19世纪，精神病院便应时而生。

但是精神病院并未将精神病人当作病患来治疗，而是延续了17、18世纪的禁闭所传统，将他们置于"犯人"的境地。随着医学科学的进步，19世纪发展起来的精神病学并没有找出精神病的根源，相反却成为18世纪以来精神病人被认定为非理性的帮凶，在话语实践层面继续把疯癫视为非理性的产物。因此，人们对疯癫的认识不但没有得到改变，反而进一步加剧了他们对精神病人的恐惧、反感和排斥，以至于到最后演变成非人道的冷漠。

最后，19世纪的精神病院把精神病人关押其中，并借助精神病学对精神病人的话语建构来对他们进行管理，虽然管理者们自我标榜这是一种历史的进步，从人道主义出发来对待精神病人，但实质上精神病人受到了比在禁闭所里更严酷的对待。坡的这篇小说里精神病人对医疗管理人员的反抗和他们短暂的胜利则从一个侧面反映了这个问题。

小说里，主人公在精神病院接触到的所有人，包括院长马亚尔先生在内都是精神病患者，但他事先一无所知，"马亚尔先生……两三年前的确是这家疯人院的院长；但他后来精神失常，变成了一名病人。把我介绍给他的我那位旅伴并不知道这个事实"（Poe, *Poetry and Tales* 796）。而且主人公在与马亚尔先生和其他精神病人交流的时候并没有感到不适，虽然他偶尔会觉得他们的言谈举止有些异样，也产生过疑虑，又想"这个世界毕竟是由形形色色的人、各式各样的思想和千差万异的风俗习惯所组成的。而且我已经旅行过许多地方，早已成了对任何事情都能漠然视之的过来人"(784)。在这里，坡借主人公之口表明了自己对精神病人的看法和态度，他并不认为精神病人就一定是非理性的，而理性与非理性之间并没有严格的界限。正如小说中的精神病人所表现得那样，他们看上去是如此之理性，而只有在宴会的狂欢中，在大快朵颐、酒足饭饱之后的放飞自我的愉悦中才表现出常人眼中的非理性。"那位先前费了好大劲才忍住没跳上桌子的先生终于跳上了餐桌，站到了酒瓶之间。他刚一站稳脚跟就开始了一场演说，那演说毫无疑问非常精彩……在这同一时刻，那个有陀螺偏执狂的人开始在饭厅里旋转起来，他将双臂展开与身体成直角，以致他事实上具有一只陀螺的全部风采。"(795)"随后那个蛙人也呱呱呱地叫了起来。"(796)他们的这种快乐是发自内心的，主人公认为"他们过得很快活"(794)。

然而，他们的这种快乐是在摆脱了医疗人员对他们的管束之后才享受到的。据主人公了解，此前这所精神病院里曾有过的"安抚疗法"就是一种"迁就纵容病人的方法"(Poe, *Poetry and Tales* 779)。比如一个精神病患者把自己想象成一只鸡，则这种安抚疗法就是"坚持认为他们的幻想是事实……从而在一个星期内除了鸡饲料拒绝让他们吃别的东西。以这种方法，少许谷粒和砂砾就可以创造奇迹"(780)。很显然，这样的做法非常荒谬，直白地说就是对精神病人的虐待，这只会加剧他们的疯癫，坐实他们的非理性。后来这种安抚疗法被取缔，并不是医疗管理人员发现这样做违背人性、漠视生命，而是他们担心精神病人拥有太多的自由会造反，"一名精神病患者也许可以像所谓的那样被'安抚'一时，但到最后，他很容易变得难以制驭"(793)。如果他们图谋不轨，"会以一种令人难以置信的智慧来加以掩饰……假装神智正常……循规蹈矩……而某种可怕的阴谋正从这异乎寻常的循规蹈矩中酝酿成熟"(793)。"塔尔博士和费瑟尔教授也这样认为，不加管束地让他们自由行动绝非谨慎之举。……对精神病患者来说，自由就是危险。"（793）19 世纪法国精神病学家菲利普·皮内尔（Philippe Pinel，1745—1826）也赞同这一点，"在治疗中，唤醒病人认清真理是毫无意义的，盲目的服从才是有价值的"（Foucault, *Madness* 171）。对待精神病人的"一条基本原则是实施一种强有力的约束"（171）。

显然，从一开始对精神病人放任自流，到后来对他们严加管控，其背后的原因都是对精神病人的恐惧。恐惧让 19 世纪的精神病医疗管理人员对精神病人不闻不问，让他们成为绝对非理性的象征，这样才好用理性的话语对他们进行形象加固，让越来越多的人对精神病人感到厌恶和排斥。同时，恐惧又让管理者把精神病人当犯人来对待，限制他们的人身自由，用自己的理性压制他们的非理性。但实际上管理者们心知肚明，这些被视为非理性的精神病患者虽然言行举止异于常人，但他们反而可能拥有比作为理性的人更聪慧的大脑，能够想他人想不到的事，做他人做不到的事。这种大智若愚在小说里的体现就是精神病人共同推翻医疗人员对他们的管制，并取而代之。

小说中精神病人造反显然不是临时起意，而是对医疗管理人员长期打压的奋起反抗，虽然小说里没有详述医疗管理人员对精神病人的压制，但从精神病人把管理人员关押起来又发现他们有可能逃脱之后表现出的惊恐神情就能推断一二。主人公与精神病人在宴席上把酒言欢的时候，突然传来"一阵喧嚣的尖叫声或喊叫声"（Poe, *Poetry and Tales* 789）。他以为是精神病人造反了，但令他更为惊讶的是这些精神病人的表现："我一生中从未见过一群人被吓得如此魂不附体。他们一个个全都面如死灰，一个劲儿畏缩在椅子里，浑身哆嗦，牙齿打战，惊恐万分地倾听重复的喊叫声。"（789）但"随着喊叫声明白无误的消失，饭厅里那群人顿时收魂顿魄，一个个又像先前一样精神十足，谈笑风生"（789）。最后，当被关押的医疗管理人员破门破窗而入，主人公发现身边的精神病人变得"手舞足蹈、乱抓乱踢、鬼哭狼嚎"（796）。从这些细节可以看出，精神病人对医疗管理人员极度畏惧，他们害怕的不是因造反受到惩罚，而是要再次被无情管制和约束。

从精神病人对医疗管理人员采取的措施可知，这是前者对精神病院先前的安抚疗法和后期的严格管制的报复。他们把医疗管理人员制伏后，给后者浑身涂满焦油，然后再贴上羽毛，这无疑是一种对人的羞辱。当主人公发现这些被涂了焦油、贴满羽毛的人破窗而入时，宣称"我永远也忘不了我当时那种惊诧和恐惧。……我以为看见了一群猩猩、巨猿，或来自好望角的又大又黑的狒狒"（Poe, *Poetry and Tales* 796）。这种把人打扮成野兽的侮辱性做法，无疑是精神病人在控诉他们在安抚疗法中被当作畜生般对待。而野兽作为非人、非理性的象征，也正是历史上精神病人被话语建构起来的形象，所以他们的反抗是内心对这种理性话语机制的抵制。此外，他们把医疗管理人员关在"地下的秘密牢房"（796），给他们"一点面包和大量的水"（796）的惩罚方式也对应了他们曾经相同的遭遇，所以才有这样一种以其人之道还治其人之身的做法。地牢、面包和水历来是监狱惩罚犯人的惯用手法，且从中世纪一直延续到19世纪。由此可知，19世纪的精神病院绝对名不副实，它不具备医院的性质，只是一种新的监狱模式，不得不说这是历史的倒退。

精神病人的抗争最后以失败告终，象征理性的医疗管理人员夺回了统治权，并对象征非理性的精神病人再度进行管制，"经过改进的'安抚疗法'已经在那家病院恢复"（Poe, *Poetry and Tales* 796）。坡在小说里虽然通过揭露19世纪法国精神病院管理制度的弊端反思了同时代美国精神病院的管理制度，并借用精神病人群起反抗、推翻医疗管理人员统治的故事表达了他对医疗机构理性话语机制的不满。精神病人的疯癫并不是他们与生俱来的特质，而是在话语实践中被一步步建构起来的，然而小说结局中理性的最终胜利也表明了坡对现实的无奈。在现代社会，不仅作为偏离异托邦的精神病院存在理性对非理性的宰制，在整个社会的运作中，理性也占据了主导地位。"现代性是一个要以理性创造和发展人们生活为目的、其结果又事与愿违，反而使得人自身变得不自由的过程。"（杨大春，尚杰 293）所以，无论是精神病院的精神病人，还是社会上被认为是正常的人，都逃离不了理性对他们的管控和规训，因而变得不自由，而在这样理性的、压抑的环境中人往往会被异化，正常人也会变成疯癫的精神病人。

综上所述，坡在《焦油博士和羽毛教授的疗法》这篇小说里以 19 世纪美国精神病院的实际操作为参照系，通过作为偏离异托邦的精神病院中理性与非理性的对抗，讨论了当时美国的权力运作机制，谴责了以理性为主导的社会。一味纯粹的理性只会让人变成单向度的人，人本身就具有多面性，对人其他面向的压制最终会导致人的异化，而由异化的人构成的社会也终将变得缺乏包容性，极度冷漠，最终走向毁灭。那么，最初从非理性、不正常的精神病人身上让人感到的焦虑恐惧，终将会体现在由理性主宰的正常人身上。

第三节
监狱异托邦中的规训隐喻：《陷坑与钟摆》

爱伦·坡的著名短篇小说《陷坑与钟摆》("The Pit and the Pendulum"，1842）讲述了一个恐怖故事。小说主人公被西班牙托莱多（Toledo）的宗教裁判所判处死刑，关押在地牢里受尽折磨。地牢里漆黑一片，主人公起初并不知道自己身处怎样的险境。在对地牢的环境进行探索的过程中，他差点掉进一个深渊般的陷坑里。他只有少量的面包和水，身体极度虚弱，精神也越发恍惚，几度昏迷，不省人事。他在挣扎着醒来之后发现自己竟被牢牢捆绑在地上的一个支架上，在头的正上方悬着一把如钟摆般不停晃动的刀刃，且不断下落，躲闪不及就会身首异处。在紧要关头，他借助地牢里的老鼠将绑在身上的绳子咬断，侥幸脱身。可是让他万万没想到的是，对他的折磨远不止于此。地牢的四壁开始收缩变形，原本就狭小的空间变得越发逼仄，主人公不得不紧靠在地牢边缘，尽量争取时间，不被早早地挤压致死。就在这个时候，地牢的四壁仿佛被火炙烤一般越来越烫，主人公再也不能靠在墙上。可当他要远离地牢墙壁时却发现自己已无处可逃，地上的陷坑近在咫尺。正当他陷入绝望时，拉萨尔（Lasalle）将军及时出现，把他从地牢中解救了出来。

坡的这篇小说在情节的设置和文字的描述上扣人心弦，有极强的带入感，让人在阅读过程中仿佛身临其境，符合坡在写作中一以贯之的统一效果论。正如肖明翰所说，坡的这篇小说是其整体效果的"典范之作"（98）。该小说问世后大受欢迎，国内外学界对其展开了多方位的研究，归结起来，国内的研究主要集中在七个方面，即小说类别定位、符号象征、写作风格、写作效果、叙事结构、心理分析和文化研究。[①] 国外的研究则主要集中在五个方面，即小说创作背景的探讨、小说细节背景的挖掘、小说的隐含寓意、小说的美学意义和主人公的身份研究。[②]

这些研究视角可以帮助我们全面理解和把握坡的这篇小说，但对该小说的研究并不仅限于此。坡在这篇小说里用大量笔触描写了中世纪宗教裁判所关押囚犯的监狱，以及被关押其中的主人公所遭受的各种精神和肉体上的折磨。初看上去这是一篇典型的

---

① 小说类别定位：参见上官秋实的《人类心灵隐秘的探究者——爱伦·坡创作及诗论一瞥》，载《吉林师范大学学报（人文社会科学版）》2003 年第 2 期，第 11 - 13 页；符号象征：参见刘玉红的《评坡恐怖小说中的恶梦世界》，载《国外文学》2003 年第 1 期，第 82 - 87 页；写作风格：参见王任傅的《埃德加·爱伦·坡恐怖小说的浪漫主义特色》，载《沈阳大学学报（社会科学版）》2013 年第 5 期，第 710 - 713 页；写作效果：参见肖明翰的《英美文学中的哥特传统》，载《外国文学评论》2001 年第 2 期，第 90 - 101 页；叙事结构：参见杨璇瑜的《扭转命运的力量——对爱伦·坡作品〈陷坑与钟摆〉的叙事学分析》，载《天津外国语学院学报》2002 年第 3 期，第 58 - 63 页；心理分析：参见张琼的《幽灵批评之洞察：重读爱伦·坡》，载《四川外国语学院学报》2006 年第 6 期，第 19 - 23 页；文化研究：参见于雷的《新世纪国外爱伦·坡小说研究述评》，载《当代外国文学》2012 年第 2 期，第 157 - 167 页。

② 小说创作背景的探讨：参见 Murtuza, Athar, "An Arabian Source for Poe's 'The Pit and the Pendulum,'" *Poe Studies: History, Theory, Interpretation*, vol. 5, no. 2, 1972, p. 52；小说细节背景的挖掘：参见 Hammond, Alexander, "Subverting Interpretation: Poe's Geometry in 'The Pit and the Pendulum,'" *The Edgar Allan Poe Review*, vol. 9, no. 2, Fall 2008, pp. 5 - 16；小说的隐含寓意：参见 Malloy, Jeanne M., "Apocalyptic Imagery and the Fragmentation of the Psyche: 'The Pit and the Pendulum,'" *Nineteenth-Century Literature*, vol. 46, no. 1, Jun. 1991, pp. 82 - 95；小说的美学意义：参见 Ballengee, Jennifer R., "Torture, Modern Experience, and Beauty in Poe's 'The Pit and the Pendulum,'" *Modern Language Studies*, vol. 38, no. 1, Summer 2008, pp. 26 - 43；主人公的身份研究：参见 Lawes, Rochie, "The Dimensions of the Terror: Mathematical Imagery in 'The Pit and the Pendulum,'" *Poe Studies: History, Theory, Interpretation*, vol. 15, no. 1, 1982, pp. 5 - 7.

具有坡恐怖小说特质的显文本，但如果结合坡所处时代的背景来对其进行解读就会发现，其实在这个显文本的背后还隐藏着一个潜文本，即坡是在借古讽今，借助描述中世纪监狱的恐怖来反思美国监狱制度的改革，而这一点是前人研究尚未涉及的，值得探讨。另外，坡的小说中有大量的异托邦想象，监狱本身就属于其中的一类，即偏离异托邦。本书将从福柯的这一理论出发，结合历史，重新解读坡的《陷坑与钟摆》。

正如福柯在关于"异托邦"的演讲中所说的那样，"世界上可能不存在一个不构成异托邦的文化，异托邦采取了各种各样的形式，可能找不到哪一种异托邦的形式是绝对普遍的，但可以分为两类"（Foucault,"Of Other Spaces"332）。福柯所说的这两类异托邦分别指的是危机异托邦和偏离异托邦，监狱则属于偏离异托邦，因为"偏离异托邦是人们把行为异常的个体置于其中的异托邦，如精神病诊所、监狱等"（333）。显然，被关进监狱的人通常都是犯了严重错误的人，他们的行为给社会和公众造成了危害，与法律所规定的正当言行发生偏离。他们与社会上大多数遵纪守法的人相比就是异类，被视为异常的个体被关起来。在坡的这篇小说里，主人公被宗教法庭判了死罪，被关进监狱受刑，"我回想起了这次宗教法庭审判的全过程，并力图以此推断出我当时的真实处境"（Poe, *Poetry and Tales* 554）。"我知道，被宗教法庭判处死刑的异端通常是被捆在火刑柱上烧死，而我受审的当天夜里就已经执行过那样一次火刑。"（554）

小说主人公声称自己是"胆大包天不信国教的人"（Poe, *Poetry and Tales* 560），被视为异端分子，被逮捕，被审判。众所周知，宗教裁判所是中世纪的产物，中世纪是神学的世纪，在宗教改革之前，天主教在西欧各国一直占据统治地位，以罗马教皇为首的天主教势力如日中天，甚至凌驾于世俗王权之上。为了更好地进行神权统治，教皇下令广建宗教法庭，目的就是审判和惩治那些持不同宗教信仰的人，因为在天主教徒看来，这些异教徒是一种潜在的危险力量，极有可能削弱或颠覆天主教的支配地位。

在小说里，坡不仅明确说明了关押主人公的是宗教裁判所的监狱，而且还特意表明这是一所西班牙宗教裁判所的监狱，"我原来那间地牢和托莱多城所有的死牢一样是石头地面"（Poe, *Poetry and Tales* 560）。"就在我继续小心翼翼往前摸索之时，不由得回忆起许许多多关于托莱多城之恐怖的传闻。"（555）"法国军队已进入托莱多城。那个宗教裁判的落在了它的敌人手中。"（567）托莱多是西班牙的一座古城，曾经是西班牙的首都，也是欧洲的历史名城，虽然后来西班牙迁都马德里，托莱多的地位大不如前，但其宗教地位依然如故，至今仍是西班牙红衣大主教的驻地。由此可见，托莱多在西班牙宗教史上曾占据过重要地位，而这里的宗教裁判所更是非同一般。很有意思的一个现象就是，在任何一本论及宗教裁判所的书籍中，西班牙宗教裁判所总是被单独拎出来作为一个主要章节进行论述，足见其地位在欧洲宗教裁判所中应该是最重要且最特殊的，正如董进泉所言，"西班牙宗教裁判所堪称整个基督教世界同类机构的榜样"（153）。这是因为它令人闻之色变，"它的血腥暴行，它的恐怖手段，它的活动范围之广，它所造成的罪恶和后果之严重，无不压倒其他各国的宗教裁判所"（153），它在"整个'神圣'法庭的历史上达到了登峰造极的地步"（153）。

坡在《陷坑与钟摆》这篇小说中对中世纪西班牙宗教裁判所的关注也引起国外学者的注意，玛格丽特·阿特尔顿就撰文指出坡"借用了胡安·洛伦特《西班牙宗教裁判所的历史》一书中的内容，并把它们糅杂在一起进行了再创作，最后给人的感觉是宗教裁判所就是这般的恐怖"（"Additional Source" 349）。显然，阿特尔顿只是认为坡之所以在小说中谈及西班牙宗教裁判所，是因为他想借其历史来营造一种恐怖的氛围，让读者在阅读时感到恐怖害怕。但笔者认为坡的用意并非全在于此。诚然，西班牙宗教裁判所是一种恐怖象征物，但这种源于中世纪的恐怖之物在坡时代并没有消失，而是改头换面以一种新的监狱形式继续存在，因此坡才借用这一史实来表达自己对时下监狱制度的不满和反思。

乍一看，中世纪的西班牙宗教裁判所无论如何跟19世纪的美国监狱都毫无关联。宗教裁判所是13世纪的产物，"13世纪下半期起，宗教裁判所遍布西欧各国"（董进泉52）。它虽然发端于中世纪，但其存在却一直延续到19世纪，而"西班牙宗教裁判所虽然创造了罪恶的新纪录，却成立得很晚"（153）。据考证，西班牙宗教裁判所成立于1478年，比其他国家足足晚了一个多世纪，不过其存续时间也相对更长一些。坡在这篇小说中印证了这一点。从"巴黎雅各宾俱乐部"（Poe, *Poetry and Tales* 551）、"拉萨尔将军"（567）、"法国军队"（567）等只言片语中可以推断出，西班牙宗教裁判所被坡置于法国大革命的背景下。众所周知，法国大革命发生在1789年，是18世纪世界史上的重大事件。据载，"在西班牙，宗教裁判所为了维护天主教会，维护腐朽的封建统治，同一切新事物——先是法国启蒙运动、英国唯物主义、后来是法国大革命，展开了殊死斗争"（董进泉179）。而且在法国大革命以后，西班牙"最高宗教裁判所法庭发出特别命令，禁止革命著作输入西班牙，并谴责法国革命者"（180）。1808年，拿破仑·波拿巴（Napoleon Bonaparte, 1769—1821）率军攻入西班牙，并在同年"12月4日立即下令法军取消'神圣'法庭这一'侵害主权和世俗权力'的机构，并没收它的财产归西班牙国家所有"（181）。小说结尾处提到的拉萨尔将军（General Antoine Charles Louis de Lasalle, 1775—1809）在历史上确有其人，他是拿破仑战争时期的将领，被誉为法兰西民族英雄。

  由此可见，坡在小说中安置的历史元素都有据可循，西班牙宗教裁判所发端于 15 世纪末期，一直延续到 19 世纪初期。它不仅是中世纪的产物，还是现代性的见证者，见证了现代性的萌芽、高潮和成熟。中世纪在 16 世纪结束，随之而来的便是文艺复兴和宗教改革，现代性也由此开始，"现代性的序曲阶段，是以文艺复兴和宗教改革为标志，这是走出中世纪的开始"（汪民安 2）。这一萌芽阶段一直持续到 18 世纪，"我们可以将 16—18 世纪看作是现代性的序曲，或者说是现代性的第一阶段"，到了 18 世纪晚期，"现代性的高潮时段出现了"（50）。到了 19 世纪现代性就完全成熟，"现代性的成熟时段大约是法国革命和工业革命不久后的 19 世纪"（51）。由此可知，从时间上来看，无论是中世纪西班牙的宗教裁判所，还是 19 世纪初美国的监狱，都可以看作现代的存在物，前者是监狱的萌芽阶段，后者是更为成熟的阶段。事实的确如此："直到 18 世纪，监禁在欧洲才成为一种主要的刑罚方式，在美国则是 19 世纪的事了。然而，把犯人关押起来作为一种刑罚的起源可以追溯到中世纪。西班牙宗教法庭经常依靠它。"（霍金斯 6）因此，坡小说中被关押在宗教裁判所监狱的主人公也是一位现代人。

  这一点不仅从时间上可以对其定义，而且他在行为举止上也颇具现代人的特点。现代人的特点之一是理性，而"理性是现代性的一个核心观念"（汪民安 5）。理性的一个外在表现特点就是冷静，"现代社会个体的创造性活力正以冷静的理性为根基"（94）。小说中的主人公在面对黑暗的监狱时既有正常人的恐惧，也有作为现代人的理性，这表现在他身处逆境还非常冷静地思考自己的处境，甚至对监狱的大小进行了一番专业的测量："摔倒之前我已经数了五 52 步，醒来后到触到布带我又数了 48 步。这样一共是 100 步；两步可折合一码，于是我推测那间地牢的周长为50码"（Poe, *Poetry and Tales* 556）。在伸手不见五指的监狱里，主人公还能表现得这么沉着冷静，大脑还能理性地分析问题，确实让人对他的身份感到好奇。虽然小说中并没交代，但罗齐·劳斯（Rochie Lawes）撰文分析说"看得出来他是一位受过教育的人"（5）。从他对地牢的测量可以看出"他有数学家的风范或者是接受过数学思维训练的人，因为他对数学各个领域的知识都掌握得很全面，这一点从他所使用的数学相关术语和推导过程就能看出"（4）。劳斯通过对小说中的各种数字、形状等数学元素和几何图像的分析进一步明确指出，"从几何图像多于数学意象这一点来看，叙述者应该更像是一名几何学家"（4）。无论是数学家还是几何学家，都是一种理性的化身，因为数学和几何学讲究的就是理性思维和严密逻辑。此外，主人公被皮绳绑在支架上不能动弹，而头上悬着的钟摆式利刃不断下落，就在要让他丧命的时候，他依旧没有惊慌失措，而是理性地思考如何才能摆脱这一困境。最终他从给他的食物和老鼠身上想到了解决办法："我躺在上面的那个矮木架周围一直挤满了老鼠……仿佛一旦等到我不再动弹就会蜂拥而上把我吞噬。"（Poe, *Poetry and Tales* 563）"它们把盘子里的食物吃得只剩下一点肉末……我把盘中剩下的那点……肉末全部涂在那根皮绳上我左手可及的地方。"（564）如此一来，老鼠纷纷去咬绑在主人公身上的皮绳，最终皮绳被咬断，主人公成功脱险："计算上我没出错——那阵难受我也没白熬。我终于感到自由了。那根皮绳已断成一截一截的挂在我身上。"（564）

从上述描写看出，时间上的现代性和主人公身份的现代性都是不争的事实，那么最后一个问题就是地点，即位于欧洲的监狱是如何同美国的监狱产生关联的。要弄清这个问题，就要对美国监狱制度发展史进行一番回顾。

在欧洲殖民者登陆之前，北美大陆的主人一直是印第安人。

从 16 世纪开始，来自西班牙、荷兰、法国和英国的殖民者相继入侵，逐渐在北美大陆占据一席之地，然后你争我夺，英国在不断的争斗中逐渐脱颖而出，成为北美大陆主要的殖民势力。美国独立战争前，英国就已在北美洲东海岸建立起 13 个殖民地，虽然它们建立的方式和目的不尽相同，但大多是英王颁布许可，直接隶属于英国的殖民地。它们没有独立的立法权，一般情况下都要服从英国的法律，而英国的刑法作为法庭判决的依据也被殖民地一并采纳。所以，"欧洲，尤其是英国的监禁罪犯的方式，对美国殖民时期的监狱制度发生了重大的影响作用，或者说，美国早期的监狱制度就是在这个基础上形成和发展起来的"（潘华仿 147）。然而英国早期的刑法具有"野蛮性、残酷性和封建性"（150）的特点。许多罪行，无论大小，最终都可以处以死刑，如"叛国罪、谋杀罪、夜盗罪、蓄意伤害罪、巫术欺诈罪"（150）等。这些血腥的刑法制度"一直使用到美国独立战争开始，才被修改和废除"（150）。

美国独立后，虽然在一定程度上沿用了英国的刑法，但在 18 世纪欧洲启蒙运动的影响下，也开始了对刑法制度的改革，从而也对监禁制度产生了影响。18 世纪以前，社会秩序主要靠"死刑、肉刑和流放为主导地位的刑罚体系来维持"（郭建安 1）。启蒙运动的思想家们对这种惩罚制度进行了严厉驳斥，法国著名的法学家孟德斯鸠（Montesquieu, 1689—1755）在《论法的精神》（The Spirit of the Laws, 1748）一书中指出："如果一个国家，那里的人所以不敢犯法纯粹是因为惧怕残酷的刑罚的话，我们可以肯定，这主要是由于政府的暴戾，对轻微的过错使用了残酷的刑罚。"（1）意大利著名刑法学者切萨雷·贝卡利亚（Cesare Beccaria, 1738—1794）在《论犯罪与刑法》（"On Crimes and Punishments", 1764）一文中进一步指出："惩罚的目的不是对犯人进行社会报复，而是阻止人们犯罪。最大限度地保证实现这一目的的途径，不是惩罚的严厉性，而是准确性和迅速性。"（潘华仿 147）英国著名刑法改革家杰里米·边沁（Jeremy Bentham，1748—1832）也认为对犯罪者应施行"罪刑相应"的原则，即"犯罪程度不同、危害不同、受害人的多少不同，应该给予不同的惩罚"（147）。在启蒙思想的指导下，随着刑罚观念的变化，监狱改良运动也在不断推进，"刑罚不是为了复仇，而是为了减少犯罪和改造罪犯；监刑（自由刑）只意味着自由的剥夺，而不是苦役和肉体折磨"（郭建安 5）。

虽然以上观点对美国的刑罚制度和监狱制度改革产生了一定影响，但"霍华德的监狱改革思想和主张对当时美国的刑罚改革运动更是影响深远"（潘华仿 147）。约翰·霍华德（John Howard，1726—1790）是英国监狱改革家，他在《英格兰与威尔士的监狱状况》（*The State of Prisons in England and Wales*，1777）一书中提出："所建造的牢房，按照不同类型的犯人实行隔离。……犯人不管是睡觉还是劳作，都是在隔离的牢房中进行的。没有刑罚，也不必使用镣铐枷具。"（147）霍华德的这一监狱模式在美国广受欢迎，1790 年，美国费城的宾夕法尼亚监狱协会（Pennsylvania Prison Society）就声称霍华德的监狱模式正是"美国所需要的监狱"（147），在此影响下，宾夕法尼亚立法机构下令在费城建立胡桃街监狱（Walnut Street Prison），即美国第一所监狱。胡桃街监狱就是按照霍华德的理念来运作的，在监狱里实施分类关押和隔离监禁的方法，"在此后 40 年内为美国许多新建监狱所模仿和采纳，也为宾州监狱的'独居制'的建立和发展奠定了基础"（147）。

可以看出，美国监狱制度不是其独有的，而是借鉴英国的监狱制度和欧洲的启蒙思想逐渐发展起来的。到了坡的时代，即 19 世纪前半期，在美国的监狱制度改革中，宾州制（Pennsylvania system）和奥本制（Auburn system）脱颖而出，反过来对欧洲的监狱制度产生了深远影响。而这两种制度的确立源于"对存在的滥用身体刑和生命刑的现象,以及监狱中的黑暗和残酷现状进行激烈的抨击"(潘华仿 147),可是在实施过程中却与《陷坑与钟摆》里的中世纪西班牙宗教裁判所一样,其实质是反人性的,遭到了坡的谴责。

19 世纪前半期有两次大的监狱制度改革,宾夕法尼亚州的费城在原有的霍华德式监狱建制的基础上率先进行改革。如前文所述,霍华德式监狱强调犯人的分类隔离生活和劳作,该做法在改革后由只分类而杂居的形式变成了独居制,即一间牢房关押一名犯人,每个单独的牢房内还有一块供犯人活动的空间,犯人每天的生活和工作都局限在自己的牢房里,彼此之间禁止交流。"犯人们在隔离状态中生活、劳动、吃饭、睡觉,每时每刻都必须保持严格的静默。"(潘华仿 155)这样做的目的就在于让他们"有充分的机会对自己所犯罪行进行忏悔和苦修,同时也能防止和避免犯人之间互相影响"(155)。然而仅仅靠单独关押、彼此隔离就期望犯人能主动进行忏悔和苦修是比较难的,为了更好地达到预期效果,宾州监狱在每个牢房里都放有一本《圣经》帮助犯人进行悔改,因为"根据宗教的思想,上帝的恩惠可以给予所有人,而得到这种恩惠主要取决于个人行为,通过苦行来赎罪以及通过沉默来祷告是使人从罪恶走向完美的途径"(郭建安 6)。虽然宾州监狱的初衷是好的,即希望通过彼此隔离、单独监禁的形式避免犯人互相影响,沾染恶习,较之旧时监狱的做法有明显的进步,使犯人能独自在"孤寂中自我反省,以达到悔罪的目的"(潘华仿 155),可改革的结果却事与愿违,主要的问题就出在"独居"制度上。"除了避免犯人之间相互影响外,独居制并没有带来超过'杂居制'的文明。它使犯人终日在苦闷无聊中度日,受尽精神上的痛苦和折磨。这种对犯人所实行的'冷酷的感化',也没有取得实际效果。"(155)因此,宾州监狱改革后的制度模式不是对犯人的优待反而是一种惩罚，"这种绝对的隔离超出了人所能接受的限度。这种隔离持续无情地摧残着犯人的身心健康。这不是改造，而是屠杀，……是所有惩罚中最残酷的方式"（155）。

除了独居制给犯人带来严重的心理健康问题，不让犯人说话而只能保持绝对沉默的做法也非常不人道。法国历史学家、政治家阿历克西·德·托克维尔（Alexis de Tocqueville，1805—1859）在访问了费城监狱后，把那里实行的沉默制下的气氛描述为"死亡一样的沉静，就好像他们进入了地下墓穴"（De Beaumont 350）。无独有偶，英国著名作家狄更斯于1842年访问美国，并到费城监狱参观。随后他在《美国纪行》（*American Notes for General Circulation*，1842）一书中对这一监狱体制给予严厉谴责。他对监狱中实施的沉默制非常痛恨，并称其为"可怕的持续的死亡"（234），认为这种设计"每日每刻每时对大脑的损害比任何身体的酷刑更加糟糕。……没有任何事情比活着被埋葬更为严重，经过数年缓慢的对一切事情的沉默而不是对酷刑的害怕和恐怖的绝望……那些已经承受了这种惩罚的人再次进入社会时会有不健康的疾病"（234）。

可以说，费城监狱制度改革的效果并不尽如人意，"独居监禁是一种惩罚方式，因为人类具有相互交往的社会属性，限制交往会使人感到痛苦，进而使罪犯懂得刑罚的可怕和自由的可贵"（郭建安6），"一些罪犯遭受到精神上的伤害（如患上精神病、心理变态等），独居容易引起罪犯自杀"（6）。鉴于此，坡对其时代的第一次重大监狱制度改革显然也是持批判态度的，虽然他没有在《陷坑与钟摆》里直接明了地指出对宾州制的不满，但他通过细致描述中世纪西班牙宗教裁判所的监狱以及主人公在狱中所受的折磨来影射中世纪的这一制度与19世纪初宾州制的相似性，从而说明美国的第一波监狱制度改革是失败的，看似进步，但实则是倒退。

在《陷坑与钟摆》里，小说主人公因不信国教而被视为异端，被抓捕、审判、定罪、惩罚。宗教问题关乎人的信仰，而信仰又是一种思想认识。思想上犯了错，就需要被纠正，方法就是用宗教进行重塑。很长时间以来，宗教所引发的思想道德问题被认为是导致犯罪的重要原因之一，即便中世纪早已结束，西方世界已经历过文艺复兴、宗教改革和启蒙运动的洗礼，宗教的地位虽不至于一落千丈，但也早已让位于世俗和个人而退居二线之时，美国无论是在独立战争前还是建国后，对宗教的重视程度似乎都没有受到来自欧洲大陆的太大影响。"人们在言谈话语中都离不开宗教。他们认为，宗教可以对任何问题包括犯罪问题做出说明。"（Bonomi 324）在18世纪的美国，"对犯罪的认识和界定也往往与宗教的价值判断密切相关。……对社会的犯罪就是对上帝的冒犯。……犯罪像任何宗教中的罪过一样，是一个人内心堕落和恶魔在外部活动的结果"（324）。

由此可见，当时犯罪并没有被视为一种社会问题而得到研究或解决，只是作为人的思想和价值观出现了偏差而进行救治。小说中的主人公被关进宗教法庭监狱备受折磨，实则是教会想借此让他摒弃脑子里的异端邪说，回归正统，走上正道。宾州制监狱让犯人读《圣经》进行忏悔的做法也是出于同样的目的，即犯罪是思想出了问题，而宗教是帮助他们改邪归正的良药。这一认识是失之偏颇的，犯罪不一定是信仰出了问题。如果说18世纪还存在这种现象，那么19世纪则与之完全不同："19世纪的罪犯不再是因反对上帝和圣经道德秩序而受到惩罚的罪人。19世纪的罪犯是对于财产归属和社会稳定构成威胁的人，对罪犯的惩罚是基于他们违反了国家的法律。"（刘强 31）然而在坡时代，宾州制监狱对犯人的惩罚依旧还停留在宗教手段上，认为犯罪是思想意识问题，而没有与时俱进地把犯罪与社会问题和法制观念挂钩，因此这一改革并不是进步，而是停滞，甚至是倒退。

此外，就独居制和沉默制而言，从严格意义上来看，宾州制监狱并不是首创，在中世纪宗教裁判所的监狱里早已出现这种做法。据考证，宗教裁判所的监禁有三种形式，其中两种都采用单独关押的方式，与独居制一样，一种是"严格的监禁，犯人带上脚镣，关在单人小间里，有时则缚在墙上"（董进泉 86），另一种是"苦牢，犯人戴上脚镣手铐，关在单独小间内。坐牢者只有面包和水作为食物。一抱干草就是他的床铺。犯人不准同外界接触"（86）。在《陷坑与钟摆》里，主人公的遭遇与上述情景差不多，被单独关押，不准与外界接触，且只有面包和水作为食物，他不得不被迫保持沉默，一切苦痛只能自己扛下，无人可以倾诉。

主人公被单独关押在地牢里，只有老鼠与他做伴，他感觉自己仿佛置身于一个"沉寂而静止的冥冥世界"（Poe, *Poetry and Tales* 552），包裹他的是"永恒之夜的黑暗"（554），让他喘不过气来。他知道这是宗教法庭对他的精神折磨，"死于宗教法庭暴虐的人有两类死法，一类是死于直接的肉体痛苦，一类是死于最可怕的精神恐惧。他们为我安排的是第二类死法。当时长久的痛苦早已使我神经脆弱"（557）。他觉得自己"会比一般人更痛苦地死去"（555）。

此外，主人公也无法与外界接触，他与外界的联系只有两种：一是透过黑暗地牢的光线，"头顶上传来一阵好像是急速地开门又关门的声响，其间一道微弱的光线倏地划破黑暗，接着又骤然消失"（Poe, *Poetry and Tales* 557），"凭着一道我一时说不出从何而来的黄中透绿的强光，我终于看出了那个牢房的大小和形状"（558）；二是拉萨尔将军的到来，"一只伸出的手臂抓住了我的胳膊，就在晕昏的我正要跌进那深渊之际。那是拉萨尔将军的手"（567）。

主人公虽然声称自己在地牢里受到的是宗教法庭对其精神上的折磨，但其实他的肉体也饱受摧残，给他的食物只有面包和水，他不得不长时间忍受饥饿的折磨。"醒来时，我伸出手臂，发现身边有一块面包和一壶水。我当时又饥又渴，没有去想是怎么回事就狼吞虎咽地把面包和水都送进了肚里。"（Poe, *Poetry and Tales* 556）"再次醒来时，我发现身边和上次一样有一块面包和一壶水。我口渴难忍，便将那壶水一饮而尽。"（558）不久之后主人公又陷入昏厥，当他第三次醒来时，发现"水壶已经不见了……难以忍受的焦渴令我口干舌燥。这种干渴显然是我的迫害者们故意造成的——因为那盘中盛的食物是一种味道极浓的肉块"（559）。显然，主人公不是吃不饱，就是渴得慌，肉体上的痛苦显而易见。在这样的折磨下，他"觉得自己非常虚弱，仿佛是长时间处于饥饿状态"（561），他一次次的昏迷就是精神和肉体的双重折磨导致的。

上述这些源于中世纪宗教裁判所监狱的对犯人的惩罚手段仅是雕虫小技，更可怕的是各种作用于身体的酷刑，"对异端者施行鞭笞、烙印、拉四肢，以及水刑、饥渴和严寒酷热等刑，无所不用其极，其'凶猛及丑恶的程度，非其他猛兽所可比拟'"（董进泉 81）。其中提到的酷热刑也是小说中主人公所遭受的："铁板烧红的气息直往我鼻孔里钻……我从那炽热的铁壁往地牢当中退缩。想到马上就要被活活烧死，那陷坑的阴凉似乎倒成了我灵魂的安慰……从烧着的牢顶发出的火光照亮了陷坑的幽深之处。"（Poe, *Poetry and Tales* 565–566）

在宾州制监狱，犯人的处境并没有好多少，在受刑方面不仅与小说主人公惊人一致，甚至更加严厉。比如宾州制监狱的惩罚包括"关押于黑暗的狱室中，只供应面包加开水的饮食，以及配戴镣铐等"（巴特勒斯 14）。这一点跟中世纪宗教法庭的做法如出一辙，与小说中主人公受到的折磨也大同小异，甚至比小说中主人公的处境更糟。此外，由于强行推行沉默制，犯人若不遵守就会受到严厉惩罚，"在宾夕法尼亚，对随意说话的犯人使用口钳让犯人的嘴始终保持张开的姿势来限制'谈话者'"（Rotman 169）。从这一点来看，小说主人公似乎要幸运一些。至于中世纪宗教裁判所刑罚中的酷热刑在宾州制监狱中也一并保留了下来。在密不透风的牢房里"安置一个壁炉，将犯人置于其中受刑"（Barnes 135），这一牢房便被称为"烤房"（135）。这与小说主人公所遭受的折磨别无二致，只是在操作手段上略有不同。小说主人公尚未遭受过的刑罚，如中世纪宗教裁判所监狱里的严寒刑，在宾州制监狱里也得到复制："在1834年和1835年间对宾夕法尼亚监狱进行调查时，发现囚犯经常在冬天被捆绑着，然后将冷水从高处倒在他们身上，使他们的头和身体冻结。"（135）

由此可见，宾州制监狱无论从制度上还是从惩罚手段上都是中世纪宗教裁判所监狱的缩影和延续，因而19世纪前半期美国的第一波监狱制度改革无疑是历史的严重倒退，即便如此，在欧洲还是有很多国家模仿这一体制，如"比利时在1838年，瑞典在1840年，丹麦在1846年，挪威和荷兰在1851年，由原有的监狱体系开始向宾夕法尼亚制度转向"（Barnes 266）。最初，在美国也有许多州仿效宾州制，但后来逐渐放弃，原因就是他们担心这样做"结果会造成罪犯精神错乱"（刘强 57）。除了担心犯人的心理状态，一个更为实际的原因就是"随着监狱人口的增加，实行独居制的成本越来越高"（郭建安 6）。因此，美国不得不继续探索新的监狱制度模式，由此开启了第二波监狱制度改革。

第二波监狱制度改革发生在纽约州的奥本监狱，奥本监狱制度其实只是宾州制的一个变体。刚开始的时候，奥本监狱也采取了宾州监狱的独居制，但后来发现这一做法不可行，因为犯人中疾病、精神病以及自杀数据均有增长。随后独居制被叫停，开始实施集体制。犯人在晚上"分房单独监禁"（7），白天则"杂居劳动作业"（7）。不过宾州制监狱的沉默制被奥本监狱全盘接受，即便是白天进行集体劳动，犯人之间都严禁交流，"甚至不许交换眼色，保持绝对沉默"（7）。此外，犯人的"姿势、手势也在禁止之列"（潘华仿 155）。奥本监狱较宾州制的优势在于允许犯人共同劳动，而不是独自劳动，这样做可以使犯人的社会属性得到充分发挥，学会如何与人交往相处，但矛盾之处是虽然允许接触，但又禁止交流，连看对方一眼都不行。这在实践中其实很难做到，虽然犯人在餐厅里用餐时必须背靠背坐着，在行进时"采取鱼贯齐步行进法……必须把头转向右侧，一只手始终搭在前面犯人的肩上……以便在调动犯人时迫使他们保持静默"（156），一旦他们违反了沉默制的规定就会受到酷刑的折磨。据史料记载，奥本监狱的一任监狱长伊拉姆·林兹（Elam Lynds，1784—1855）"曾一口气打犯人 500 多鞭，并且还鞭打过正在发作的精神病患者，其野蛮和残忍可见一斑"（156）。这种源于古代的对肉体的刑罚，在 19 世纪前半期的美国依旧盛行，而且是在监狱制度改革后，这一点不得不令人侧目。然而，奥本监狱的历任监狱长都认为"严酷的惩罚可使罪犯受到耻辱，使他们的思想受到深刻的撞击从而使他们得到改造……有的监狱长甚至认为要管理好监狱没有皮鞭是不行的"（郭建安 7）。除了鞭打，奥本监狱对违规者的其他惩罚与宾州制完全一样，即单独监禁、佩戴镣铐、面包加水的饮食。相比之下，《陷坑与钟摆》里的主人公要比奥本监狱的犯人幸运得多，他虽然被单独关押，但不用戴刑具，虽然食物只有面包和水，但不会因说话而受到严刑拷打。

除了以上异同点，小说里牢房的大小也影射了奥本监狱牢房的尺寸，只不过在现实生活中，奥本监狱牢房的状况更加糟糕。

在小说里，主人公对牢房进行了测量，由于刚开始牢房里漆黑一片，导致他在计算上产生了失误，后来借助微弱的光线，他又重新进行了测量，得出的结论是"地牢大致上是四边形……那间牢房的周长顶多不过 25 码"（Poe, *Poetry and Tales* 558）。由此可知，牢房的周长大约为 23 米。相比之下，奥本监狱的牢房则小得可怜，每间约有"7×3.5 英尺"（潘华仿 155），即周长大约 6.4 米。这样大小的牢房几乎难以居住，加之"冬天室内太冷，而夏天潮湿、闷热"（155），就让人更加难以忍受。小说主人公虽然身处一间更大的牢房，但也并不一直如此。牢房逐渐变形，空间不断压缩，"地牢本来是四方形的。可我现在看见那铁壁的四角有两个成了锐角——另外两个成了钝角……转眼之间，地牢已经变成了一个菱形"（Poe, *Poetry and Tales* 566）。坡在小说里对牢房空间从大到小这一细节的安排其实也影射了从宾州制到奥本制监狱犯人在牢房里生存状态的变化，宾州制监狱牢房除了供犯人吃饭、睡觉、劳作，还单独有一块供犯人休息活动的区域，由此可以推测其空间是比较大的。奥本制监狱虽然也是对犯人进行单独关押，但其生活空间小得让人感到压抑，如同小说主人公痛苦的呐喊一般，"地牢坚实的地面已没有供我……扭曲的身体的立足之地……我灵魂之痛苦在一声响亮的、长长的、绝望的、最后的喊叫声中得以发泄"（567）。

因此，无论是发生在宾州费城监狱的第一波监狱制度改革，还是发生在纽约州奥本监狱的第二波改革，虽然表现形式各有不同，但本质都是一样的：都是为了对犯人进行惩罚，而并不是针对其罪行进行相应的矫正，所以根本起不到任何教化作用。正如威廉·罗斯科（William Roscoe, 1753—1831）所说的那样，这样的监狱制度改革与其说是一种社会进步，倒不如说是"一种历史的倒退，又重新回到了旧时监狱的刑罚模式"（Haslam 276）。因此，坡在《陷坑与钟摆》里借用中世纪宗教裁判所的监狱来反观其所处时代监狱制度的改革也就顺理成章、寓意深刻了。显然，坡对宾州制和奥本制监狱制度的改革是持否定态度的，他虽然关注监狱的改革，但更关心的是对犯人的改造，而这两种监狱模式都没有起到很好的改造犯人的作用；相反，它们的做法是反人道的，依旧是用酷刑来逼迫犯人就范，而这样的做法在威廉·罗斯科看来只会适得其反，"对犯人滥用刑法，会让他们在恐惧中屈服，但不会使他们从心底去反省自己的过错，出狱后还会重蹈覆辙"（278）。

除了对19世纪前半期美国的监狱制度改革进行反思，坡还从监狱的设计和操控中洞察整个社会的运作机制以及现代人的生存困境。在《陷坑与钟摆》里有几处细节是国内外学者在研究这篇小说时都忽略了的地方，即小说主人公是何时被绑在木架上的，钟摆式的锋利刀刃是何时出现并不断运动变化的，牢房的四壁为何会任意改变形状大小，本来冰凉的金属墙皮为何会变成通红炙热的火墙。主人公被关入地牢后在黑暗中摸索了一阵，仅发现地上有一个陷坑，至于牢房顶上是否悬挂有一个作为刑具的刀刃他不得而知，后来他借助透进地牢的光线弄清了地牢的大小、陷坑的形状以及牢房四壁的材质。但很快他就陷入昏迷，醒来后发现自己被紧紧绑在了支架上。他在脱身后惊恐地发现牢房和四壁都不是之前他所认知的那样，开始不断变化。那么，这样的变化是如何发生的呢？很显然，地牢里所发生的各种运动变化都说明它不是一个简单的囚禁犯人的静态空间，而是一个半机械化的动态空间，在里面犯人不仅被监禁，而且被监视，犯人的一举一动都被掌握，并有针对性地通过开启或关闭机械装置来对其行为进行矫正。对于这一点，犯人并不知晓是何人所为，这些机械又是如何被操控的。

小说的一个细节就能证明置身于黑暗地牢中的主人公无时无刻不处于被监视之中。"头顶上也传来一阵好像是急速地开门又关门的声响,其间一道微弱的光线倏地划破黑暗,接着又骤然消失"(Poe, *Poetry and Tales* 567),"凭着一道我一时说不出从何而来的黄中透绿的强光,我终于看出了那间牢房的大小和形状"(558)。从这里的描述可以看出,地牢的天花板应该是一个活动装置,可以任意打开和关闭,打开的时候外部的光线就可以投射进黑暗的地牢,关上后地牢里便是漆黑一片。主人公醒来之后发现自己原本可以活动的身体被绑了起来,动弹不了:"我直挺挺地仰面躺在一个低矮的木架上,一条类似马肚带的长皮绳把我牢牢地缚在木架上边。皮绳一圈一圈地缠绕我全身,只剩下头部能够活动。"(559)从这里可知,主人公是在昏迷后被绑了起来,而把他绑起来就是要他接受死刑的惩罚。他躺在地上,只有头能动,目光所及之处就是地牢的天花板。此时钟摆式的刑具就悬垂在他的头部上方,并开始徐徐下降。钟摆有可能原来一直就在天花板上挂着,他没注意到。另一种可能就是,钟摆是在他昏迷时才被挂到天花板上的。无论哪种情况,钟摆的下降运动绝对不是自发行为,因为无论是在中世纪还是在 19 世纪初的美国,自动化机械装置都还没出现,那么只有一种可能——人为操控。小说中的一个细节就证明了这一点:"那可憎的钟摆就停止了摆动,接着我看见它被一种无形的力量往上拉,穿过天花板不见了。"(565)此外,小说里提到的地牢的四壁从四边形变成菱形,原本冷冰冰的金属材质被加热至滚烫,都是人为操控的。

　　从历史上看,中世纪宗教裁判所的监狱只有一个职能,即按照犯人罪行的轻重程度对犯人进行普通或严格的监禁,最严重的则被投入苦牢,但无论是哪一种监禁形式,犯人也只是被关押其中,而不再受酷刑。因为中世纪有专门的审讯室或行刑室,犯人在被关入监狱前就会受到各种酷刑的折磨。但是正如前文所分析的那样,小说里的西班牙宗教裁判所虽然是中世纪的产物,但它的出现晚了一个世纪,即在中世纪就要结束的时候才出现,因此它具有承上启下的意义。随着中世纪的结束，现代性开始萌芽，因此西班牙宗教法庭既是中世纪的产物，又是现代社会的存在物，且一直持续到19世纪初现代性的成熟阶段。而19世纪又是一个大变革的时代，无论是旧大陆的欧洲，还是新大陆的美国，在工业革命的推动下，工业化程度越来越高，机械化水平也越来越高，城市化进程加快，极大地改变了社会的面貌。为了适应时代的发展，监狱也在加紧改革。这一时期，监狱的主要变化除了体现在制度上，还体现在其外观设计上。

源于18世纪英国监狱改革家边沁设计的全景敞式监狱或称圆形监狱对19世纪初美国的监狱设计产生了一定影响。"1811年，这个想法被介绍到大洋彼岸的美国，没有精神包袱、踌躇满志的新大陆于1826—1935年间在匹兹堡和伊利诺斯建立了两座这样的监狱。"（陈喆82）敞式监狱的设计原理是这样的："四周是一个环形建筑，中心是一座瞭望塔。瞭望塔有一圈大窗户，对着环形建筑。环形建筑被分成许多小囚室，每个囚室有两个窗户。……所需要做的就是在中心瞭望塔安排一名监督者……就可以观察四周囚室里的被囚禁者。"（Foucault, *Discipline* 224）这样的设计能够起到很好的监视作用，因为犯人看不到瞭望塔里的监管人员，也不清楚自己是否被监视，所以他不敢轻举妄动，不得不遵守纪律，而瞭望塔里的人则可轻而易举地对犯人进行监控。这种设计跟《陷坑与钟摆》里的极为相似，主人公看不到狱卒，但狱卒可以居高临下对主人公进行监视，并随时根据其行为采取相应的反制措施，比如用钟摆式的刑具、不断压缩的牢房和灼热的火墙对他进行惩罚。

反观坡时代的监狱设计，宾州制监狱也是按照边沁的理念来设计的，只不过在原有基础上进行了微调。它是一种"风车式"监狱："由一座中心岗楼和放射状环绕在岗楼周围的若干监房单元组成……中央岗楼一般比较高，集合办公、监控及辅助功能，

可以有效地监督囚犯的行为。"(吴家东，朱文一 103)

由此可见，小说中的监狱其实是 19 世纪现代监狱的写照，而小说主人公也如同现代监狱中的犯人那样一直处于被监视中，他的一举一动都被掌握，没有任何隐私可言。主人公在经历种种磨难之后，最终意识到"我的一举一动都无疑受到了监视"(Poe, *Poetry and Tales* 565)。坡认为这种监视不仅存在于监狱中，而且还存在于现代社会的各大机构里，从而导致现代人整体的不自由。这一点从小说中也可以看出端倪。小说主人公虽然因异端思想被宗教法庭判定有罪而关入狱中，但他一直渴望自由且不断寻求自由。小说里有四个地方提到了"自由"一词，第一次是老鼠咬断了缚在他身上的皮绳，让他觉得自己自由了，"我终于感到自由了"(564)。第二次是他挣脱了皮绳，彻底摆脱被钟摆刑具杀死的可能，"我滑离了那根皮绳的束缚，逃离了那个钟摆的锋刃。至少我一时间获得了自由"(565)。然而他仍旧受宗教法庭的摆布，并没有获得真正的自由，所以在他意识到自己的处境后又一次感叹道："自由！——可仍在宗教法庭的魔掌之中。"(565)随后他又陆续遭受挤压刑和火刑的折磨，因此他终于意识到"自由！——我只不过是逃脱了一种痛苦的死法，随之而来的将是比死亡还痛苦的折磨"(565)。最终他感到绝望，放弃努力，"不再挣扎"(567)。只要在监狱里，他就不可能获得自由，因为他的一举一动都在监视之下。

对犯人的监控、对犯人身体的惩罚，在福柯看来就是一种规训，而这样的规训技术和手段普遍存在于现代社会中，其目的就是要制造有利于社会的、驯服的人或个体。他认为："监狱习得、锤炼和深化了各种规训技术，而变成现代社会的一个象征性典范。"(汪民安 100)也就是说，现代社会中对人的规训无处不在，如同监狱对犯人的规训一样。这样的规训不仅存在于监狱中，而且还"可以应用于医院、工厂和学校"(Foucault,

Discipline 231）。正因如此，现代人和狱中的犯人没什么两样，总体都没有自由。坡在《陷坑与钟摆》中虽然没有明示，但实际上能感受到这一点，因为他所处时代的奥本制监狱的设计模式就是类工厂式的。监狱里设置有各种工厂供犯人在里面劳作，每个犯人每天都要定时定点地安静地在工厂中进行劳作，每个人都只能默默地做安排给自己的活儿，跟工厂里的工人没什么两样。每个人都有固定的工位，在规定的时间内必须完成自己手头的工作，否则就会受到惩罚。他们没有自主性，只能受时间的宰制，成为时间的奴隶。如同坡的这篇小说里钟摆的寓意一样，它不仅是一个时间工具，还是一个杀人工具，如果主人公不在有限的时间里逃脱就会被钟摆杀死。无论是小说中的主人公，还是工厂里做工的工人，在面对飞速流逝的时间时都会不自觉地变得紧张、感到很大的压力。这其实也是现代社会中现代人生活的一种写照，为了不让自己被时间逼到绝境，现代人不得不像小说主人公那样想尽一切办法让自己存活下来，或是像监狱的犯人那样为了不受惩罚而抓紧时间，赶在时间截止前完成任务，这样的做法就是自我规训。现代人是不自由的，他们无时无刻不处于监视之中，还受到各种规章制度和时间的宰制，不得不把自己打造成适应这些要求的人。放眼整个现代社会，随处都是这样被规训或自我规训过的个体，谁不这样做谁就会被视为偏离正轨、异类或不正常的人，被关进监狱或精神病院。这些机构中与社会主流格格不入的群体变成了社会的异类，即异托邦。

综上所述，作为偏离异托邦的监狱在坡的这篇小说中被书写、被审视，是坡对其所处时代美国监狱制度改革的反思。他指出，19世纪前半期的监狱制度改革是彻底的失败，因为无论是宾州费城监狱的独居制和沉默制，还是纽约州奥本监狱的集体制和沉默制，本质都是不人道的、反人性的，加之这两类监狱依旧保留了对犯人的残酷刑罚，所以也是反进步的，是历史的倒退。

此外，坡还从现代监狱对犯人的监视和规训之中感悟到现代社会的运行机制也是如此。现代人是没有自由的，他们受各种外部力量的宰制，为了生存又不得不把自己打造成适应社会的模样，做一个所谓"有用之人"，不然就会被惩罚，甚至被消灭。坡在这篇小说里对美国监狱制度改革的关注、对美国社会的运转体制的思考以及对现代人生存境遇的担忧表明他是一个有社会责任感的作家，不仅他的作品有深刻的内涵，值得进一步发掘，而且他本人也值得继续研究。

本章的三个偏离异托邦文本《瘟疫王》《焦油博士和羽毛教授的疗法》《陷坑与钟摆》揭示了坡对19世纪美国生命政治的关注与思考。在《瘟疫王》中，无论是在中世纪的英国，还是在19世纪的美国，在瘟疫肆虐的城市空间，社会底层手无寸铁的贫苦大众无法逃离隔离区，他们成为生命权被献祭的牺牲品。在《焦油博士和羽毛教授的疗法》中，法国的精神病院所影射的是坡时代的美国精神病规训体制。精神病人成为众人观赏的对象。他们被视为动物，被掌握医学话语权的医务人员进行施加无非人对待，即便有所反抗且一时成功，但最终遭到反制，摆脱不了社会意识形态强加给他们的对其生命的漠视。在《陷坑与钟摆》里，宗教裁判所中的囚徒看似是中世纪宗教迫害的受害者，然而，细读这则故事，主人公的获罪与受罚都透露出坡在借用主人公的受难重新审视19世纪美国的监狱体制，而且坡认为美国的监狱体制看似更为人性化，其实其规训机制的内核和中世纪的机制之间有着隐秘的相通性。通过这三个文本，坡反思了19世纪美国所谓的更人性化、更进步的疾病控制、精神病规训和犯罪惩罚体制的局限性，也呼吁更尊重生命权利的社会改革。

第五章 结论

我们借助福柯的"异托邦"概念，从远征异托邦、时间异托邦和偏离异托邦的角度对坡小说中的异域空间想象及其背后的文化与社会内涵进行解读后可知，坡并不是一位只关注作品的形式及其效果的作家，他对19世纪美国的政治、经济、文化、科技等领域都十分关注且进行过深入思考。他的所思所想通过细腻的笔触呈现在小说中，但他并不是一名直抒胸臆的作家，他对时局的针砭并不直接在小说的文字中体现出来，让人读后一目了然，而是深藏于他或戏仿、或讽刺、或调侃的创作形式和风格中，深藏于他的瑰丽异托邦想象中。正因如此，坡的作品需要反复细读，并结合其时代背景或生平经历来认真揣摩，方能知晓个中深意。领悟坡的写作意图后，我们又不禁对他卓越的远见、渊博的学识和丰富的想象力心悦诚服，通过本书探讨的坡的九篇小说便可窥见一二。

在远征异托邦小说中，坡通过对海洋、陆地和时空穿越并置这三处空间的书写，反思了那个时代美国意欲追逐殖民帝国地位的扩张意识。通过对小说文本的分析可知，美国的殖民扩张一方面体现为对海外疆域的觊觎和资源的掠夺，另一方面体现为对印第安人的内部殖民。虽然美国只是想谋求发展，不断壮大自身的实力，但其实现目标的途径却是绝对错误的。翻阅欧洲老牌帝国的殖民史，它们在殖民地的所作所为无不给当地人民带来深重的苦难，使得殖民地民不聊生、贫穷落后。这样损人利己的行径违背道义，最终必然也会遭遇复仇和反噬。同样，美国为了在国内扩张领土，编造印第安人是劣等、野蛮、未开化人种的谎言，意在为自己的贪婪行径正名。在这样的心理殖民逻辑的指导下，美国不断掠夺印第安人的土地，屠杀不服从的印第安部族，把绝大多数印第安人驱离故土，迫使他们迁徙到遥远西部的贫瘠土地上。随着美国的西进运动，印第安人在西部的定居点也遭到蚕食，他们的生存境况越来越糟。坡在远征异托邦的作品中通过跨越漫长距离的异域空间想象反思美国的空间拓展和帝国建构，表达了对美国扩张过程中种种行径和积弊的焦虑。

在时间异托邦小说中，坡分别聚焦餐桌与书房、热气球和墓地三处空间，通过把不同的时间并置在这些空间中来探讨文本所反映出的借古讽今、借未来讽今和死后反观生前世界，反思了现代化进程中美国社会暴露出的各种症结以及人类文明发展史上普遍存在的问题。19世纪金钱至上的观念使得美国人变得唯利是图，为了追求财富而不择手段，但财富的增加丝毫没有丰富他们的精神生活，反而使之变得愈加贫乏。另外，19世纪的美国处在国力上升期，美国人自诩创造了辉煌的文明成就，在古今中外各国各民族中都无出其右者，这种盲目乐观与自大无知在小说里遭到嘲笑和批判。就人类文明的发展而言，19世纪许多新的科学理论被提出并用于日常的生产和生活实践，对社会的发展和人们生活的改善起到了促进作用。但与此同时，科学与政治相结合，为政治服务，成为政治的帮凶，其中人种起源论、颅相学等理论被广泛用于宣传白人优越论和白人至上主义，进一步加剧了种族间的矛盾。此外，随着科学的发展，人们对实用科学的迷恋和对理性的崇尚，使得人的感性一再被压制，进而导致人的异化，最终后果便是个体生命受到漠视，这一点在小说里体现得淋漓尽致。另外，在人类中心主义的影响下，人与自然被割裂开来，自然成为机械的研究对象，其奥秘被不断揭开，目的是便于人类进一步对其进行开发和掠夺，并按照自己的意愿来对其进行改造。久而久之，自然界遭到严重破坏，生态环境不断恶化。坡在自己的作品中对19世纪的美国乃至整个人类社会所面临的上述问题进行了无情的揭露和深刻的反思。

在偏离异托邦小说中，坡通过对隔离区、精神病院和监狱这三处异质空间的书写，反思了权力运作下现代人的生存困境，也关注着美国在疫病、精神病、监禁机制等领域的生命政治机制。正如福柯所言，在现代社会中权力的运作无处不在，早已渗透到社会的各种组织机构中，每个置身其中的人都要受到权力的摆布而没有任何自由度可言，因此韦伯把现代社会定义为人人都无法逃脱的牢笼。19世纪的美国虽然经历各种领域的社会改革，但是小说里的隔离区、精神病院和监狱体现出它们依然是权力运作下积弊深重的场所。为了避免瘟疫的蔓延，掌握权力的阶层要么制定政策把底层贫苦的民众赶到隔离区里自生自灭，要么利用手中特权，不顾民众死活，自己躲到安全之地进行自我隔离。在精神病院里，精神病人被掌握了强势医学话语和权力的管理人员贴上不正常的标签、剥夺自由言说的权力，只能受制于他们的管控，甚至受到非人的对待，即便有所反抗，但最终也以失败告终，成为权力运作的牺牲品。同理，在监狱里，犯人被剥夺了自由，一举一动无时无刻不处于监视之下，还要受到各种酷刑的折磨，这是他们无法摆脱的命运。美国社会的"进步"在生命政治领域仅为表象，亟待深远的改革。

从以上这些异托邦小说反映的文化政治寓意来看，坡的这些见解不仅对其所处的19世纪能起到很好的警示作用，而且对当下的21世纪也有很强的指导意义，尤其是他对殖民、种族、人与科技、自然的关系以及现代人生命状况的关注在当今依旧是引发我们深思的话题。

首先，在21世纪的今天，通过入侵的方式把他国或地区变为殖民地的做法虽然早已不复存在，但觊觎他国领土的殖民思维依旧盛行。正如坡在《瓶中手稿》中所刻画的那样，美国现在依然对他国领土虎视眈眈。近些年美国在世界各地，如阿富汗、伊拉克、利比亚等国发动的局部战争，虽然打着反恐的旗号，但其实质是想把自己的势力扩张和渗透到西亚、中东和非洲地区并在当地派遣武装力量，对其进行政治、经济和文化方面的控制，这无疑也是一种变相的殖民模式。

其次,种族矛盾问题依然突出,且在美国尤为突出。正如坡在《裘力斯·罗德曼日记》和《凹凸山的故事》中对印第安人在白人为主导的美国社会中的生存境遇进行的描述或影射那样,美国现在依然没能很好地处理国内白人与有色人种之间的矛盾。美国当前的种族问题主要反映在白人与黑人之间的冲突上,同印第安人一样,黑人在美国历史上也一直遭到白人的歧视和迫害,这无疑是种族主义的思维在作怪。时至今日,黑人在美国仍处于弱势地位,在教育、工作和生活中不断遭受不公正的待遇,且生命权利也难以得到保障。当前,美国黑人屡屡遭遇当地白人警察的暴力执法,但白人警察最后不是逃脱法律的制裁,就是被从轻处理。这进一步助长了白人至上的种族主义思维,种族矛盾也越来越激化。

再者,人与科技、自然之间的关系也呈现出日益紧张的局面。在 21 世纪的今天,科技迅猛发展,极大地改变和影响着人们的生产生活,人们对科技产品的依赖越来越多、越来越深。但科技是一把双刃剑,它给人类带来便利的同时也在伤害人类。正如坡在《与一具木乃伊的谈话》和《莫诺斯与尤拉的对话》中对实用科学和科技理性的反思那样,在现代科学的进程中,人们的道德伦理观被逐渐弱化,人们无视事物发展的自然规律,企图通过人为干预的方式改变自然规律。比如克隆技术和转基因技术便是这一思维指导下的产物,克隆技术让人类铤而走险,把各种不同生物的细胞进行混合重组,以期通过非自然生成的方式,创造出新的物种或是复活早已被进化论淘汰的物种,其后果将不堪设想。而转基因技术同样也是打破了原有的基因序列,对其进行人为干预和改造,从而培育出新的作物。人与科技的关系尚且如此,人与自然的关系则更加糟糕,其背后则是人类中心主义思想在作祟。人类为了自身的发展,对自然资源进行掠夺,自然环境在此过程中被不断破坏，大气和水污染越来越严重，森林覆盖面积逐年下降，沙漠化趋势越来越明显。随着全球变暖，两极冰川也逐渐融化，海平面不断上升，对沿海国家的生存和发展构成了严重威胁。坡早在19世纪便已意识到了人类生存与发展的这一问题。在《莫诺斯与尤拉的对话》中，他对人类未来最终毁于人之手的悲观预测和想象如今正一步步变成现实，因此坡的作品对我们当代依然有重要警示意义。2000年，诺贝尔化学奖得主保罗·克鲁岑首次提出了"人类纪"（Steffen 25-26）的概念，这是对坡的观点的有力回应。他认为我们居住的地球目前已进入一个新的地质时期，人类已成为全球地质中的主要力量，人类无节制的发展已使地球不堪重负，变得脆弱。地球孕育和滋养着一切生命，而人类是地球生命中唯一拥有恶化地球环境能力的生物，甚至是毁灭地球的唯一因素。

最后，现代人的生命状况也不容乐观。正如坡在《瘟疫王》里写到的瘟疫肆虐时隔离区中的人间炼狱那样，瘟疫在当前仍是一个谈之令人色变的话题。2020年暴发的新冠疫情在全球肆虐，夺去了数十万人的性命。这一突如其来的新型病毒让人类猝不及防，把人类打得措手不及。人们生活在一种未知的恐惧和焦虑当中，担心被病毒感染甚至夺去生命。在美国和印度，还有许多西方国家，在其医疗体系运作机制之下，穷人成为新冠病毒的最大受害者。无论是印度还是美国，在面对新冠疫情时，对民众生命的重视程度都因阶级区隔而有所不同。在这些国家，民众区别对待，与《瘟疫王》中英国君主的做法如出一辙，跟美国19世纪的抗疫实践几乎完全一样，这显然是历史的重现与倒退。

总的来说，通过解读坡小说中的异域想象，对其作品进行深入的文化政治阐释，研究坡对19世纪美国社会诸多问题的反思，我们进一步加深了对坡的认识，看到了坡的文学创作与他所处时代之间的紧密联系，也认识到了坡不仅是一位以想象力见长的小说家，他的社会批判也是犀利的、深刻的，富有前瞻性的。随着对坡作品的深入挖掘，我们相信坡的更多面相将被呈现出来，我们对他也会有更深入的了解。坡的伟大和影响力属于他的时代，更属于整个人类。

参考文献

巴特勒斯，克莱门斯. 矫正导论［M］. 孙晓雰，译. 北京：中国人民公安大学出版社，1991.

波德莱尔，夏尔. 1846年的沙龙：波德莱尔美学论文选［M］. 郭宏安，译. 桂林：广西师范大学出版社，2002.

波德莱尔，夏尔. 浪漫派的艺术［M］. 郭宏安，译. 上海：上海译文出版社，2009.

布卢姆，J. 美国的历程［M］. 杨国标，译. 北京：商务印书馆，1988.

布鲁姆，哈罗德. 批评、正典结构与预言［M］. 吴琼，译. 北京：中国社会科学出版社，2000.

曹明伦. 爱伦·坡其人其文新论［J］. 四川教育学院学报，1999（Z2）：3-5.

陈喆. 西方监狱建筑的空间特征及其演化［J］. 世界建筑，2003（11）：81-83.

程庆华. 试论爱伦·坡的种族观［J］. 上海大学学报（社会科学版），2012（3）：84-95.

东方杂志社. 近代英美小说集［M］. 北京：商务印书馆，1924.

董进泉. 西方文化与宗教裁判所［M］. 上海：上海社会科学院出版社，2004.

段波. 19世纪美国的海洋帝国想象：詹姆斯·库柏的海洋书写研究［M］. 北京：科学出版社，2019.

多林，埃里克. 帝国和皮毛、财富：美国皮毛交易的史诗［M］. 冯璇，译. 北京：社会科学文献出版社，2018.

方成. 美国自然主义文学传统的文化建构与价值传承［M］. 上海：上海外语教育出版社，2006.

方海波. 《裘力斯·罗德曼日志》的生态批评研究［J］. 江苏外语教学研究，2016（2）：38-42.

郭建安. 西方监狱制度概论［M］. 北京：法律出版社，2003.

郭栖庆. 埃德加·爱伦·坡［J］. 外国文学，1982（2）：60-61.

郭栖庆. 埃德加·爱伦·坡与他的诗论及小说［J］. 外国文学，1993（4）：88-92.

哈里森，邹翔. 疾病的漩涡：19 世纪的霍乱与全球一体化［J］. 西南民族大学学报（人文社会科学版），2018（2）：15-20.

何木英. 论埃德加·爱伦·坡的侦探小说创作［J］. 西华师范大学学报（哲学社会科学版），2004（5）：34-36.

胡玉婉，付德明. 19 世纪美国霍乱流行与防治理念的转变［J］. 医学与哲学，2019（18）：66-69.

霍金斯，阿尔珀特. 美国监狱制度——刑罚与正义［M］. 孙晓雳，林遐，译. 北京：中国人民公安大学出版社，1991.

鞠玉梅. 埃德加·爱伦·坡及其诗歌艺术［J］. 外国文学研究，1995（3）：49-52 页.

李慧明. 爱伦·坡人性主题创作的问题意识探讨［J］. 学术论坛，2006（5）：152-155.

李慧明. 爱伦·坡唯美思想研究［M］. 北京：中国人民大学出版社，2012.

厉文芳. 论西进运动对美国民族性格的影响［J］. 陕西师范大学学报（哲学社会科学版），2007（A1）：315-317.

廉运杰. 一个人的现代主义者：爱伦·坡评传［M］. 沈阳：辽宁人民出版社，2008.

林琳. 浅谈爱伦·坡作品中的恐怖描写及其创作目的［J］. 长春大学学报，2003（1）：87-88，92.

刘宏谊. "西进运动"是扩张领土和经济开发的结合［J］. 世界经济文汇，1992（1）：28-32，49.

刘琚. 爱伦·坡短篇小说《与一具木乃伊的谈话》中的东方主义色彩［J］. 江苏外语教学研究，2014（3）：21-24.

刘强. 美国社区矫正演变史研究［M］. 北京：法律出版社，2009.

刘庆璋. 论康德和爱伦·坡的文艺美学观［J］. 西北师范大学学报（社会科学版），1987（4）：71-75.

刘文明. 19 世纪上半叶霍乱流行的全球史审视［N］. 光明日报，2015-3-28（011）.

刘玉红. 评坡恐怖小说中的恶梦世界 [J]. 国外文学, 2003 (1): 82 -87.

卢敏. 黑白之间: 爱伦·坡的种族观 [J]. 解放军外国语学院学报, 2011 (6): 105-109, 128.

卢小青. 无限的可能 曲折的内涵——《凹凸山的故事》中的含混艺术 [J]. 江苏外语教学研究, 2012 (2): 45-47.

鲁迅. 鲁迅全集 (第四卷) [M]. 北京: 人民文学出版社, 2005.

鲁迅. 域外小说集 [M]. 北京: 新星出版社, 2006.

陆扬. 评爱伦·坡的短篇小说理论 [J]. 广西师范大学学报 (哲学社会科学版), 1986 (4): 26-30.

罗斯福: 只有死了的印第安人, 才是好的印第安人 [EB/OL]. (2014-11-17) [2020-6-30]. http://www.qulishi.com/news/201411/21148.html.

马克思, 卡尔, 弗里德里希·恩格斯. 马克思恩格斯全集 (第九卷) [M]. 北京: 人民出版社, 1961.

毛姆, 威廉. 书与你 [M]. 方瑜, 译. 广州: 花城出版社, 1981.

梅祖蓉. 论西方社会种族主义与奴隶制中的非人化 [J]. 世界民族, 2017 (5): 14-26.

美国新冠病毒检测"富人优先"惹争议 [EB/OL]. (2020-03-21) [2020-08-30]. http://www.xinhuanet.com/world/2020-03/21/c_1210522887.html.

孟庆云. 霍乱的流行与公共卫生建设 [EB/OL]. (2003-08-06) [2020-04-30]. http://www.39.net/Medicine/rdhg/4368.html.

闵光沛. 殖民地印度综论 [M]. 成都: 四川民族出版社, 1996.

莫伟民. 莫伟民讲福柯 [M]. 北京: 北京大学出版社, 2005.

欧华恩. 论爱伦·坡科幻小说中的异化与人性关怀 [J]. 湖南科技学院学报, 2017 (12): 33-36.

帕灵顿, 沃浓. 美国思想史 [M]. 陈永国, 译. 长春: 吉林人民出版社, 2002.

潘华仿. 外国监狱史 [M]. 北京: 社会科学文献出版社, 1995.

坡，哈利. 永恒：埃德加·爱伦·坡与其世界之谜［M］. 袁锡江，译. 哈尔滨：黑龙江教育出版社，2016.

任翔. 文化危机时代的文学抉择：爱伦·坡与侦探小说探究［M］. 北京：北京师范大学出版社，2006.

容新芳. 论美国西进运动的原动力［J］. 河北大学学报（哲学社会科学版），2003（2）：83-86.

上官秋实. 人类心灵隐秘的探究者——爱伦·坡创作与诗论一瞥［J］. 吉林师范大学学报（人文社会科学版），2003（2）：11-13.

尚杰. 空间的哲学：福柯的"异托邦"概念［J］. 同济大学学报（社会科学版），2005（3）：18-24.

沈东子. 乌鸦：爱伦·坡传记与诗选［M］. 天津：百花文艺出版社，2017.

沈婷婷. 催眠·复活·死亡——解读艾伦·坡《凹凸山的传说》中的死亡主题［J］. 昌吉学院学报，2016（4）：54-57.

盛宁. 爱伦·坡与"五四"运动以后的中国现代文学［J］. 国外文学，1981（4）：1-10.

盛宁. 文学：鉴赏与思考［M］. 北京：生活·读书·新知三联书店，1997.

田艺. 分析爱伦·坡的《凹凸山的传说》中的效果统一理论［J］. 文学界（理论版），2012（9）：202-203.

汪民安. 现代性［M］. 南京：南京大学出版社，2012.

王齐建. 试论爱伦·坡［J］. 外国文学研究集刊，1982（6）：314-354.

王齐建. 首要的目标是独创——爱伦·坡故事风格管窥［J］. 外国文学研究，1980（4）：91-94.

王任傅. 埃德加·爱伦·坡恐怖小说的浪漫主义特色［J］. 沈阳大学学报（社会科学版），2013（5）：710-713.

王涛. 行旅中的建构与喻辞：埃德加·爱伦·坡在中国的传播与接受研究［M］. 北京：中国社会科学出版社，2018.

王业昭. 人种同源还是人种多元？——论美国种族主义思想的"科学化"进程［J］. 世界民族，2018（6）：21-28.

王一平. 论爱伦·坡侦探小说中悬念的运用［J］. 台州学院学报, 2008 (2): 51-54.

韦伯, 马克斯. 新教伦理和资本主义精神［M］. 于晓, 陈维纲, 等, 译. 北京: 生活·读书·新知三联书店, 1992.

瘟疫下的美利坚——1832美国霍乱大爆发［EB/OL］. (2020-01-25)［2020-04-30］. https://zhuanlan.zhihu.com/p/103958632?utm_source=qq.

翁长浩. 爱伦·坡简说［J］. 外国文学研究, 1986 (3): 66-70.

吴家东, 朱文一. 美国监狱建筑初探［J］. 世界建筑, 2013 (4): 102-107.

肖明翰. 英美文学中的哥特传统［J］. 外国文学评论, 2001 (2): 90-101.

小约瑟夫, 阿尔文. 白人—土著美国人冲突的历史文化渊源［J］. 印第安史学家, 1979 (2): 7-8.

晏虹. 美国史学界关于安德鲁·杰克逊及其时代的研究［J］. 世界历史, 2005 (2): 93-104.

杨大春, 尚杰. 当代法国哲学诸论题——法国哲学研究［M］. 北京: 人民文学出版社, 2005.

杨璇瑜. 扭转命运的力量——对爱伦·坡作品《陷坑与钟摆》的叙事学分析［J］. 天津外国语学院学报, 2002 (3): 58-63.

印度新冠患者家属抱怨: 医生的举动"像对待麻风病人"［EB/OL］. (2020-06-30)［2020-08-30］. http://www.cankaoxiaoxi.com/world/20200630/2414283.shtml.

于雷.《裘力斯·罗德曼日志》的文本残缺及其伦理批判［J］. 外国文学研究, 2013 (4): 78-86.

于雷. 爱伦·坡与"南方性"［J］. 外国文学评论, 2014 (3): 5-20.

于雷. 基于视觉寓言的爱伦·坡小说研究［M］. 南京: 南京大学出版社, 2015.

于雷. 新世纪国外爱伦·坡小说研究述评［J］. 当代外国文学, 2012 (2): 157-167.

岳俊辉. 爱伦·坡的声音书写：重读《鄂榭府崩溃记》［J］. 重庆交通大学学报（社会科学版），2020（2）：84 – 89.

翟萍. 爱伦·坡的女性观新解：失落的自我，胜利的他者［J］. 湖南科技大学学报（社会科学版），2008（4）：94 – 97.

张大萍，杜长林. 人类医学大发现［M］. 济南：山东画报出版社，2010.

张锦. 福柯的"异托邦"思想研究［M］. 北京：北京大学出版社，2016.

张菊香，张铁荣. 周作人研究资料（上）［M］. 天津：天津人民出版社，1986.

张琼. 幽灵批评之洞察：重读爱伦·坡［J］. 四川外国语学院学报，2006（6）：19 – 23.

张永怀. 从沉默、反抗到"双性同体"——兼及爱伦·坡的三篇"美女之死"短篇小说［J］. 河套大学学报，2012（1）：45 – 48.

张友伦. 美国西进运动探要［M］. 北京：人民出版社，2005.

张陟. "地球中空说"、南极探险与想象美国的三种方式［J］. 外国文学评论，2017（2）：80 – 110.

周瘦鹃. 欧美名家短篇小说［M］. 长沙：岳麓书社，1987.

周遐寿. 鲁迅的故家［M］. 上海：上海出版公司，1952.

朱振武，王子红. 爱伦·坡哥特小说源流及其审美契合［J］. 上海大学学报（社会科学版），2007（5）：92 – 96.

朱振武，吴妍. 爱伦·坡科幻小说的人文关怀［J］. 外国语，2009（6）：64 – 71.

朱振武. 爱伦·坡小说全解［M］. 上海：学林出版社，2008.

朱振武. 爱伦·坡研究［M］. 北京：人民文学出版社，2011.

宗家秀. 历史上的瘟疫：科技阻挡不了的19世纪霍乱［EB/OL］.（2020 – 04 – 27）［2020 – 04 – 30］. https://www.sohu.com/a/391576467_ 120076850.

Alterton, Margaret. "An Additional Source for Poe's 'The Pit and the Pendulum.'" *Modern Language Notes*, vol. 48, no. 6, Jun. 1933, pp. 349 – 356.

——. *Origins of Poe's Critical Theory*. Russell & Russell, Inc., 1925.

Armstrong, Virginia I. *I Have Spoken: American History Through the Voices of the*

Indians. Swallow P, 1971.

Baldwin, Summerfield. "The Aesthetic Theory of Edgar Poe." *The Sewanee Review*, vol. 26, no. 2, Apr. 1918, pp. 210 – 221.

Ballengee, Jennifer R. "Torture, Modern Experience, and Beauty in Poe's 'The Pit and the Pendulum.'" *Modern Language Studies*, vol. 38, no. 1, Summer 2008, pp. 26 – 43.

Barnes, Harry Elmer. *The Story of Punishment: A Record of Man's Inhumanity to Man*. Paterson Smith, 1972.

Barrett, Lindon. "Presence of Mind: Detection and Racialization in 'The Murders in the Rue Morgue.'" *Romancing the Shadow: Poe and Race*, edited by J. Gerald Kennedy & Liliane Weissberg, Oxford UP, 2001, pp. 157 – 176.

Barton, Walter E. *The History and Influence of the American Psychiatric Association*. APA, 1987.

Bell, Landon C. "The Sully Portrait of Edgar Allan Poe." *The Wisconsin Magazine of History*, vol. 2, no. 1, Sep. 1918, pp. 102 – 103.

Berkhofer, Robert F., Jr. *The White Man's Indian: Images of American Indian from Columbus to the Present*. Random House, Inc., 1978.

Blair, Walter. "Poe's Conception of Incident and Tone in the Tale." *Modern Philology*, vol. 41, no. 4, May 1944, pp. 228 – 240.

Bonaparte, Marie. *The Life and Works of Edgar Allan Poe: A Psychoanalytic Interpretation*. Imago Publishing Co. Ltd., 1949.

Bonomi, Patricia U. *Under the Cope of Heaven: Religion, Society, and Politics in Colonial America*. Oxford UP, 2003.

Caldwell, Charles. *Thoughts on the Original Unity of the Human Race*. Kessinger Publishing, 2008.

Cambiaire, Célestin Pierre. *The Influence of Edgar Allan Poe in France*. G. E. Stechert & Co., 1927.

Campbell, Killis. "Poe in Relation to His Times." *Studies in Philology*, vol. 20, no. 3, Jul. 1923, pp. 293 – 301.

Cantalupo, Barbara. "Interview with J. Gerald Kennedy." *The Edgar Allan Poe Review*, vol. 18, no. 2, Autumn 2017, pp. 281–291.

Clark, David Lee, "The Sources of Poe's 'The Pit and the Pendulum.'" *Modern Language Notes*, vol. 44, no. 6, Jun. 1929, pp. 349–356.

Clarke, Graham. *Edgar Allan Poe: Critical Assessments*, Volume III. Routledge, 1991.

Clough, Wilson O. "The Use of Color Words by Edgar Allan Poe." *PMLA*, vol. 45, no. 2, Jun. 1930, pp. 598–613.

Combe, George. *The Constitution of Man*. Maclachlan and Stewart, 1860.

Cooke, Phillip Pendleton. "Edgar A. Poe." *Southern Literary Messenger*, Jan. 1848, pp. 34–38.

Crawford, Polly Pearl. "Lewis and Clark's Expedition as a Source for Poe's *Journal of Julius Rodman*." *Studies in English*, no. 12, Jul. 1932, pp. 158–170.

Davidson, Frank. "A Note on Poe's 'Berenice.'" *American Literature*, no. 11, May 1913, pp. 212–213.

Davis, John D. *Phrenology, Fad and Science: A Nineteenth Century Crusade*. Yale UP, 1955.

Day, David. *Antarctica: A Biography*. Oxford UP, 2013.

Dayan, Joan. "The Identity of Berenice, Poe's Idol of the Mind." *Studies in Romanticism*, vol. 23, no. 4, Winter 1984, pp. 491–513.

De Beaumont, Gustave and Alex de Tocqueville. *On the Penitentiary System in the United States and Its Application in France*. Southern Illinois UP, 1979.

Dehaene, Michieland Lieven De Cauter, *Heterotopia and the City Public Space in a Postcivil Society*. Routledge, 2008.

Descartes, René. "Letter to Henry More, 1649." *Descartes Selections*, edited by Ralph M. Eaton, Charles Scribner's Sons, 1927, pp. 355–360.

Dickens, Charles. *American Notes*. Penguin Books Ltd., 1972.

Duquette, Elizabeth. "'The Tongue of an Archangel': Poe, Baudelaire, Benjamin." *Translation and Literature*, vol. 12, no. 1, Spring 2003, pp. 18 – 40.

Ehrlich, Heyward. "Poe in Cyberspace: His Contribution to Internet Pre-History." *The Edgar Allan Poe Review*, vol. 18, no. 2, Autumn 2017, pp. 267 – 274.

Elbert, Monika M. " 'The Man of the Crowd' and the Man outside the Crowd: Poe's Narrator and the Democratic Reader." *Modern Language Studies*, vol. 21, no. 4, Autumn 1991, pp. 16 – 30.

Emerson, Ralph Waldo. *Selected Writings of Ralph Waldo Emerson*. Edited by William H. Gilman, New American Library, 2011.

Erkkila, Betsy. "The Poetics of Whiteness: Poe and the Racial Imaginary." *Romancing the Shadow: Poe and Race*, edited by J. Gerald Kennedy & Liliane Weissberg, Oxford UP, 2001, pp. 41 – 74.

Etter, William M. *American Literary-Political Engagements: From Poe to James*. Cambridge Scholars Publishing, 2012.

Falk, Doris V. "Poe and the Power of Animal Magnetism." *PMLA*, vol. 84, no. 3, May 1969, pp. 536 – 546.

Foucault, Michel. "Of Other Spaces: Utopias and Heterotopias." *Rethinking Architecture: A Reader in Cultural Theory*, edited by Neil Leach, Routledge, 1997, pp. 330 – 336.

——. *Discipline and Punish: The Birth of the Prison*. Translated by Alan Sheridan, Vintage, 1995.

——. *Madness and Civilization: A History of Insanity in the Age of Reason*. Translated by Richard Howard, Vintage, 1988.

Frank, Albert J. von. " 'MS. Found in a Bottle': Poe's Earliest Debt to Tennyson." *Poe Studies: History, Theory, Interpretation*, vol. 32, no. 1 – 2, Jan./Dec. 1999, pp. 1 – 5.

Friederich, Reinhard H. "Necessary Inadequacies: Poe's 'Tale of the Ragged Mountains' and Borges' South." *The Journal of Narrative Technique*, vol. 12, no. 3, Fall 1982, pp. 155 – 166.

Friedman, William F. *Edgar Allan Poe, Cryptographer*. Duke UP, 1936.

Gamwell, Lynn and Nancy Tomes. *Madness in America: Cultural and Medical Perceptions of Mental Illness Before* 1914. Cornell UP, 1995.

Gossett, Thomas F. *Race: The History of an Idea in America*. Southern Methodist UP, 1975.

Grammer, John. "Poe, Literature, and the Marketplace." *The Southern Literary Journal*, vol. 35, no. 1, Fall 2002, pp. 164 – 166.

Green, Jeremy N. *The Loss of the Verenigde Oostindische Compagnie Retourschip "Batavia"*, *Western Australia*, 1629. British Archaeological Reports, 1989.

Grob, Gerald N. *The Mad Among Us: A History of the Care of America's Mentally Ill*. Free P, 2011.

Hagemann, E. R. "Two 'Lost' Letters by Poe, with Notes and Commentary." *American Literature*, vol. 28, no. 4, Jan. 1957, pp. 507 – 510.

Hammond, Alexander. "Subverting Interpretation: Poe's Geometry in 'The Pit and thePendulum.'" *The Edgar Allan Poe Review*, vol. 9, no. 2, Fall 2008, pp. 5 – 16.

Hammond, J. R. *An Edgar Allan Poe Companion: A Guide to the Short Stories, Romances and Essays*. Plagrave Macmillan, 1981.

Harbert, Earl N. "A New Poe Letter." *American Literature*, vol. 35, no. 1, Mar. 1963, pp. 80 – 81.

Haslam, Jason. "Pits, Pendulums, and Penitentiaries: Reframing the Detained Subject." *Texas Studies in Literature and Language*, vol. 50, no. 3, Fall 2008, pp. 268 – 284.

Hassell, J. Woodrow. "The Problem of Realism in 'The Gold Bug.'" *American Literature*, vol. 25, no. 2, May 1953, pp. 179 – 192.

Hawthorne, Nathaniel. *Nathaniel Hawthorne: Tales and Sketches*. Edited by Roy Harvey Pearce, Library of America, 1982.

Hoffer, Peter Charles. *Indians and Europeans: Selected Articles on Indian-White Relations in Colonial North America*. Garland Publishing Co., 1988.

Horsman, Reginald. *Race and Manifest Destiny: Origins of American Racial*

Anglo-Saxonism. Harvard UP, 1981.

Hunt, Michael H. *Ideology and U. S. Foreign Policy*. Yale UP, 1988.

Hurd, Henry Mills. *The Institutional Care of the Insane in the United States and Canada (Volume 3)*. Johns Hopkins UP, 2014.

Hutton, James. *Theory of the Earth*. Classic Books Internatinal, 2010.

Ingram, John Henry. *Edgar Allan Poe: His Life, Letters and Opinions*. John Hogg, Paternoster Row, 1880.

Jacobs, Paul, et al. *To Serve the Devil: Natives and Slaves*. Vintage, 1971.

Jones, Paul Christian. "The Danger of Sympathy: Edgar Allan Poe's 'Hop-Frog' and the Abolitionist Rhetoric of Pathos." *Journal of American Studies*, vol. 35, no. 2, Aug. 2001, pp. 239–254.

Kane, Margaret. "Edgar Allan Poe and Architecture." *The Sewanee Review*, vol. 40, no. 2, Apr. –Jun. 1932, pp. 149–160.

Kant, Immanuel. *The Critique of Judgement*. Translated by James Creed Meredith, Clarendon, 1952.

Kennedy, J. Gerald. *A Historical Guide to Edgar Allan Poe*. Oxford UP, 2001.

Kime, Wayne R. "Poe's Use of Irving's *Astoria* in *The Journal of Julius Rodman*." *American Literature*, vol. 40, no. 2, May 1968, pp. 215–222.

——. "Poe's Use of Mackenzie's *Voyages* in *The Journal of Julius Rodman*." *Western American Literature*, vol. 3, no. 1, Spring 1968, pp. 61–67.

Landis, Marilyn J. *Antarctica: Exploring the Extreme*. Chicago Review P, 2001.

Laser, Marvin. "The Growth and Structure of Poe's Concept of Beauty." *ELH*, vol. 15, no. 1, Mar. 1948, pp. 69–84.

Laverty, Carroll. "The Death's–Head on the Gold–Bug." *American Literature*, vol. 12, no. 1, Mar. 1940, pp. 88–91.

Lawes, Rochie. "The Dimensions of Terror: Mathematical Imagery in 'The Pit and the Pendulum.'" *Poe Studies: History, Theory, Interpretation*, vol. 15, no. 1, Jun. 1982, pp. 5–7.

Lemay, Joseph A. Leo. *An Early American Reader*. United States Information Agency, 1988.

Lewis, Paul. "The Intellectual Functions of Gothic Fiction: Poe's 'Ligeia' and Tieck's 'Wake Not the Dead.'" *Comparative Literature Studies*, vol. 16, no. 3, Sep. 1979, pp. 207–221.

Link, Alex. "Laughing Androids, Weeping Zombies, and Edgar Allan Poe." *ESQ: A Journal of the American Renaissance*, vol. 58, no. 3, 2012, pp. 257–293.

Long, David A. "Poe's Political Identity: A Mummy Unswathed." *Poe Studies: History, Theory, Interpretation*, vol. 23, no. 1, Jun. 1990, pp. 1–22.

Malloy, Jeanne M. "Apocalyptic Imagery and the Fragmentation of the Psyche: 'The Pit and the Pendulum.'" *Nineteenth-Century Literature*, vol. 46, no. 1, Jun. 1991, pp. 82–95.

Marsh, Clayton. "Stealing Time: Poe's Confidence-Men and the 'Rush of the Age.'" *American Literature*, vol. 77, no. 2, Jun. 2005, pp. 259–289.

Martin, Terence. "The Imagination at Play: Edgar Allan Poe." *The Kenyon Review*, vol. 28, no. 2, Mar. 1966, pp. 194–209.

McKee, John D. "Poe's Use of Live Burial in Three Stories." *The News Bulletin of the Rocky Mountain Modern Language Association*, vol. 10, no. 3, May 1957, pp. 1–3.

McKeithan, D. M. "Two Sources of Poe's *Narrative of Arthur Gordon Pym*." *Studies in English*, no. 13, Jul. 1933, pp. 116–137.

Melvin, Steinfield. *Cracks in the Melting Pot: Racism and Discrimination in American History*. Glencoe P, 1970.

Miller, John C. "A Poe Letter Re-Presented." *American Literature*, vol. 35, no. 3, Nov. 1963, pp. 359–361.

——. "An Unpublished Poe Letter." *American Literature*, vol. 26, no. 4, Jan. 1955, pp. 560–561.

Miskolcze, Robin. "Poe's 'MS. Found in a Bottle' and the Dangers of Mobility." *Forum for Modern Language Studies*, vol. 49, no. 4, Oct. 2013, pp. 382–392.

Moore, Bryan L. *Ecological Literature and the Critique of Anthropocentrism.* Palgrave Macmillan, 2017.

Moquin, Wayne. *Great Documents in American Indian History.* Da Capo P, 1995.

Morton, Samuel G. *Crania Americana.* Simpkin Marshall & Co., 1839.

Murtuza, Athar. "An Arabian Source for Poe's 'The Pit and the Pendulum.'" Poe Studies: History, Theory, Interpretation, vol. 5, no. 2, 1972, p. 52.

Nankov, Nikita. "The Locus of the Logos: Marginalia on Narrativity in Postmodern Theoretical Discourse." *Interdisciplinary Literary Studies*, vol. 14, no. 2, 2012, pp. 213 – 240.

Neal, John. "The Yankee and Boston Literary Gazette." *The Complete Poems of Edgar Allan Poe*, edited by James H. Whitty, Houghton Mifflin Company, 1911, pp. 170 – 177.

Nelson, Dana D. "The Haunting of White Manhood: Poe, Fraternal Ritual, and Polygenesis." *American Literature*, vol. 69, no. 3, Sep. 1997, pp. 515 – 546.

Nichols, Marcia D. "Poe's 'Some Words with a Mummy' and Blackface Anatomy." *Poe Studies: History, Theory, Interpretation*, vol. 48, 2015, pp. 2 – 16.

Nott, Josiah C. *Types of Mankind.* Lippincott Grambo & Co., 1855.

Olney, Clarke. "Edgar Allan Poe—Science-Fiction Pioneer." *The Georgia Review*, vol. 12, no. 4, Winter 1958, pp. 416 – 421.

Omans, Glen A. " 'Intellect, Taste, and the Moral Sense': Poe's Debt to Immanuel Kant." *Studies in the American Renaissance*, edited by Joel Myerson, Twayne Publishers, 1980, pp. 123 – 168.

Ostrom, John Ward. "Second Supplement to the Letters of Poe." *American Literature*, vol, 29, no. 3, Nov. 1952, pp. 358 – 366.

Panek, Leroy L. " 'Maelzel's Chess-Player,' Poe's First Detective Mistake." *American Literature*, vol. 48, no. 3, Nov. 1976, pp. 370 – 372.

Philippon, Daniel J. "Poe in the Ragged Mountains: Environmental History and Romantic Aesthetics." *The Southern Literary Journal*, vol. 30, no. 2, Spring 1998, pp. 1–16.

"Phrenology." *Bolster's Quarterly Magazine*, Vol. I, Feb. 1826, p. 179.

Poe, Edgar Allan. *Collected Works of Edgar Allan Poe*. Edited by Thomas Ollive Mabbott, The Belknap P of Harvard UP, 1979.

——. *Collected Writings of Edgar Allan Poe*, Volume I. Edited by Burton R. Pollin, Twayne Publishers, 1981.

——. *Poetry and Tales*. Edited by Patrick F. Quinn, Library of America, 1984.

——. *The Letters of Edgar Allan Poe, Volume I:1824–1845*. Edited by John Ward Ostrom, Harvard UP, 1948.

——. *The Science Fiction of Edgar Allan Poe*. Edited by Harold Beaver, Penguin Books Ltd., 1976.

——. *The Selected Writings of Edgar Allan Poe*. Edited by G. R. Thompson, W. W. Norton & Company, 2004.

——. *The Short Fiction of Edgar Allan Poe*. Edited by Stuart Levine and Susan Levine, U of Illinois P, 1989.

Poe, Eliza, et al. "Some Unpublished Documents Relating to Poe's Early Years." *The Sewanee Review*, vol. 20, no. 2, Apr. 1912, pp. 201–212.

Pollin, Burton R. "Shakespeare in the Works of Edgar Allan Poe." *Studies in the American Renaissance*, edited by Joel Myerson, Twayne Publishers, 1985, pp. 157–186.

Quinn, Arthur. *Edgar Allan Poe: A Critical Biography*. Appleton-Century-Crofts, Inc., 1941.

Quinn, Patrick F. "Poe and Nineteenth-Century Poetry." *American Literary Scholarship*, no. 3, 1969, pp. 189–195.

——. *The French Face of Edgar Allan Poe*. Southern Illinois UP, 1957.

Riggio, Thomas P. "American Gothic: Poe and an American Tragedy." *American Literature*, vol. 49, no. 4, Jan. 1978, pp. 515–532.

Robinson, E. Arthur. "Order and Sentience in 'The Fall of the House of Usher.'" *PMLA*, vol. 76, no. 1, Mar. 1961, pp. 68-81.

Rondinone, Troy. *Nightmare Factories: The Asylum in the American Imagination*. Johns Hopkins UP, 2019.

Rotman, Edgardo. "The Failure of Reform: United States, 1865-1965." *The Oxford History of the Prison: The Practice of Punishment in Western Soceity*, edited by Norval Morris and David J. Rothman, Oxford UP, 1995, pp. 169-197.

Sartain, William. "Edgar Allan Poe: Some Facts Recalled." *The Art World*, vol. 2, no. 4, 1917, pp. 321-323.

Satz, Ronald N. *American Indian Policy in the Jacksonian Era*. U of Nebraska P, 1975.

Savoye, Jeffrey A. "Poe and Baltimore: Crossroads and Redemption." *Poe and Place*, edited by Philip Edward Phillips, Palgrave Macmillan, 2018, pp. 97-122.

Seaborn, Adam. *Symzonia: A Voyage of Discovery*. Scholars' Facsimiles & Reprints, 1965.

Shannon, Fred A. *American Farmers' Movements*. D. Van Nostrand Company, 1957.

Sheehan, Bernard W. *Seeds of Extinction: Jeffersonian Philanthropy and the American Indian*. W. W. Norton & Co., 1973.

Shorter, Edward. *A History of Psychiatry: From the Era of the Asylum to the Age of Prozac*. John Wiley & Sons, Inc., 1997.

Smith, Don G. "Shelley's *Frankenstein*: A Possible Source for Poe's 'MS. Found in a Bottle.'" *Poe Studies: History, Theory, Interpretation*, vol. 25, no. 1-2, Jun.-Dec. 1992, pp. 37-38.

Smith, Horatio E. "Poe's Extension of His Theory of the Tale." *Modern Philology*, vol. 16, no. 4, Aug. 1918, pp. 195-203.

Smolinski, Reiner. "Poe's Party Politics in the Age of Jackson." *Poe Writing/ Writing Poe*, edited by Richard Kopley and Jana Argersinger, AMS P, 2013, pp. 51 – 71.

Sophocles. *Antigone*, *Oedipus the King and Electra*, edited by Edith Hall, Oxford UP, 1994.

Sova, Dawn B. *Critical Companion to Edgar Allan Poe: A Literary Reference to His Life and Work*. Facts on File, Inc., 2007.

Spurzheim, J. G. *The Physiognomical System of Drs. Gall and Spurzheim*. Baldwin, Cradock and Joy, 1815.

Stauffer, Donald Barlow. "Poe as Phrenologist: The Example of Monsieur Dupin." *Papers on Poe: Essays in Honor of John Ward Ostrom*, edited by Richard P. Veler, Chantry Music P, 1927, pp. 114 – 117.

Steffen, Will, et al. *Global Change and the Earth System: A Planet Under Pressure*. Springer-Verlag Berlin Heidelberg, 2004.

Stern, Philip Van Doren. "The Strange Death of Edgar Allan Poe." *Saturday Review*, vol. 32, Oct. 1949, pp. 28 – 30.

Taft, Kendall B. "The Identity of Poe's Martin Van Buren Mavis." *American Literature*, vol. 26, no. 4, Jan. 1955, pp. 562 – 563.

Teunissen, John J. "Poe's *Journal of Julius Rodman* as Parody." *Nineteenth-Century Fiction*, vol. 27, no. 3, Dec. 1972, pp. 317 – 338.

The Catechism of the Catholic Church, Second Edition. Libreria Editrice Vaticana, 2019.

Thoreau, Henry David. *Walden and Other Writings*. Edited by Brooks Atkinson, Modern Library, 1992.

"Values of Phrenology to Business Men." *The American Phrenological Journal: A Repository of Science, Literature, and General Intelligence*, Vols. XXV and XXVI, Feb. 1857, p. 28.

Walker, Ian. *Edgar Allan Poe: The Critical Heritage*. Routledge & Kegan Paul, 1986.

Walsh, John. *Poe the Detective: The Curious Circumstances Behind "The Mystery of Marie Rogêt"*. Rutgers UP, 1968.

Waterfield, Robin. *The First Philosophers: The Presocratics and Sophists*. Oxford

UP, 2000.

Weeks, Philip. *Subjugation and Dishonor: A Brief History of the Travail of the Native Americans*. Robert E. Krieger Publishing Co., 1981.

Weisman, Alan. *The World Without Us*. Picador, 2007.

Werner, James V. *American Flaneur: The Cosmic Physiognomy of Edgar Allan Poe*. Routledge, 2004.

Werner, W. L. "Poe's Theories and Practice in Poetic Technique." *American Literature*, vol. 2, no. 2, May 1930, pp. 157–165.

Williams, Michael. "The Voice in the Text: Poe's 'Some Words with a Mummy.'" *Poe Studies: History, Theory, Interpretation*, vol. 15, no. 1, Jun. 1982, pp. 1–4.

Wimsatt, William Kurtz, Jr. "Poe and the Mystery of Mary Rogers." *PMLA*, vol. 56, no. 1, Mar. 1941, pp. 230–248.

Wing-chi Ki, Magdalen. "Poe's Sea Tales and Economic Man: Decision Making in 'MS. Found in a Bottle' and 'A Descent into the Maelstrom.'" *Literature Compass*, vol. 10, no. 9, Sep. 2013, pp. 655–666.

Worster, Donald. *Nature's Economy: A History of Ecological Ideas*. Cambridge UP, 1994.

Zwarg, Christina. "Vigorous Currents, Painful Archives: The Production of Affect and History in Poe's 'Tale of the Ragged Mountains.'" *Poe Studies: History, Theory, Interpretation*. vol. 43, no. 1, Nov. 2010, pp. 7–33.